TROIS JOURS ET TROIS NUITS

Préface de Nicolas DIAT

Pascal BRUCKNER
Sylvain TESSON
Camille PASCAL
Jean-René VAN DER PLAETSEN
Frédéric BEIGBEDER
Jean-Paul ENTHOVEN
Jean-Marie ROUART *de l'Académie française*
Franz-Olivier GIESBERT
Sébastien LAPAQUE
Thibault DE MONTAIGU
Louis-Henri DE LA ROCHEFOUCAULD
Boualem SANSAL
Simon LIBERATI
Xavier DARCOS *de l'Académie française*

Trois jours et trois nuits

Postface du père Emmanuel-Marie LE FÉBURE DU BUS

fayard
PROMENADES SINGULIÈRES

Julliard

La collection *Promenades singulières*
est dirigée par Nicolas Diat

Les auteurs de ce livre reversent leurs droits
aux chanoines de Lagrasse pour la restauration de leur abbaye.

Couverture : Nuit de Chine
Photographie de couverture : © Christophe Loviny
Photographie du rabat : © Eric Sander

ISBN : 978-2-260-05523-5
Dépôt légal : novembre 2021

Préface

Ceux de Lagrasse

Nicolas Diat

Te lucis ante terminum,
Rerum Creator, poscimus
Ut pro tua clementia
Sis praesul et custodia.
Procul recedant somnia
Et noctium phantasmata
hostemque nostrum comprime,
Ne polluantur corpora.

« Avant que la lumière ne s'achève,
Nous vous supplions, Créateur de toutes choses,
Que votre clémence accoutumée
Nous protège et veille sur nous.
Éloignez les songes
Et les fantômes des nuits :
Enchaînez notre ennemi,
Pour que nos corps restent sans tache. »

C'était en août 2021. Un jour de forte canicule. Les chanoines chantaient l'hymne traditionnelle des complies, et les notes de l'orgue, les paroles poétiques portaient à la mélancolie tandis qu'une pénombre rassurante enveloppait la lourde nef.

Puis, comme chaque soir, vers 21 heures, les hommes en soutane blanche quitteraient l'abbatiale. On les verrait bientôt marchant dans les travées du cloître pour rejoindre leurs cellules. La journée des religieux de Lagrasse s'achevait. Silencieusement.

Comme dans la douceur du printemps ou les bourrasques de l'automne, les mots, les gestes, les inflexions de ce soir d'été suffocant ne changeaient pas.

À Lagrasse, on se tient à l'écart du temps. Tout respire la vigueur de la jeunesse et surgit du fond de l'histoire. Mais ces vies qui ressemblent à des partitions grégoriennes *recto tono*, sur le même ton, ne s'égarent-elles pas sur les rivages de la monotonie ?

Car il n'est pas rare qu'une légère fatigue ferme les visages.

Je me suis souvent interrogé sur la dualité de ces religieux qui vivent en communauté et disent chaque jour les sept offices dans l'église abbatiale, sans jamais s'éloigner des tourments du monde. Combien de fois ont-ils arpenté les hôpitaux, les prisons ou les maisons de soins palliatifs de l'Aude avant de revenir au monastère ?

La région est volontiers frondeuse et anticléricale. L'Église a presque disparu. En demeurant près des plus pauvres, les chanoines ont fini par s'imposer.

Disons-le sans détour, ces vies de lutteurs sont harassantes. Des jours, des mois, des décennies de combat et d'épreuve : le novice qui entre à l'abbaye sait qu'il aura plus souvent à parcourir les chemins escarpés de la misère que les sentiers verdoyants d'un dimanche bucolique.

On peut les aimer, les détester, les ignorer, croire en Dieu, douter ou préférer le diable et ses œuvres. On peut tourner autour des murs immenses qui entourent le monastère sans jamais passer le grand portail mauriste. Ça ne change pas grand-chose.

Ils restent des hommes à part. Des hommes abandonnés. Où ? Sur quel rivage ? Entre les bras de la Providence, répondront-ils, mi-sérieux, mi-souriants. Jusqu'à la mort, ils sont loin de leur famille. Ils n'ont pas de carrière. Pour eux, l'amour n'a de sens que dans son accomplissement divin. Voilà la question, la grande affaire des chanoines : le ciel, l'éternité et Dieu.

Ils sont de ceux qui Lui donnent tout. Le travail, la prière, le silence même.

Pourtant, l'ordre canonial auquel se rattache Lagrasse n'est pas réputé le plus austère. Les journées se répètent, la nourriture est simple, mauvaise à l'occasion, les cellules, sans luxe ni confort particulier. Mais il règne une fraternité stupéfiante sur les rivages de l'Orbieu, cette rivière ombragée qui sépare le bourg médiéval de l'antique abbaye.

Les bénédictins, les cisterciens ou les trappistes, qui suivent la règle de saint Benoît, sont des contemplatifs. Ils ne quittent jamais les hauts murs de la clôture. On parle de *fuga mundi*, de fuite du monde. Le moine est un solitaire. L'étymologie grecque – *monos*, « homme seul » – vient le rappeler.

Dès l'origine, le moine est celui qui part au désert pour se placer sous la direction d'un maître. Ô surprise, historiquement, il n'est pas un prêtre. Au xᵉ siècle, cette évolution viendra de la volonté de l'illustre abbaye de Cluny qui voulait dire des messes pour les âmes du purgatoire.

Le choix des religieux de Lagrasse est autre. Leur maître est saint Augustin, qui dit à ses fils : « Qu'il y ait entre vous non seulement la charité, mais aussi la liberté de l'amitié », ajoutant bientôt : « Ne t'en va pas au-dehors, rentre en toi-même, dans ton cœur habite la vérité », car « la prière est le plus grand rempart de l'âme ».

Le mot « chanoine » vient du grec *kanôn*, ce qui signifie « la règle ». Cet homme-là suit une coutume et reste dans les églises des villes. Pendant le premier confinement et l'épidémie du Covid, les chanoines furent bien malheureux. Ils se sont sentis bridés, désœuvrés, coupés de leur vocation. Ils étaient contraints de devenir des moines…

Mais les disciples de l'évêque d'Hippone aiment aussi le silence qui marque la vie bénédictine.

Certes, dans la grande cour de l'abbaye, où les enfants courent sans se soucier de rien, un écrivain journaliste s'était soudain tourné vers moi en baissant la voix : « Je voulais faire un texte sur le silence ; mais c'est impossible. Ici, il n'y a jamais de silence. » En apparence, il n'avait pas tort. De mai à septembre, l'abbaye est le point de ralliement d'une foule avide de rencontres. Et les foules aiment confusément le bruit. L'été, au moment des fêtes de l'Assomption, on peut s'imaginer que l'abbaye héberge une joyeuse kermesse villageoise tant les cris, les rires, les paroles partent en tous sens.

Dans ce capharnaüm potache, les chanoines restent des fils du silence. Car la vie spirituelle a nécessairement besoin de cette économie de la parole, qui tient lieu de rempart pour pouvoir prier, méditer et contempler.

Les hommes de Lagrasse connaissent les vertus du silence, mais, plus que les bénédictins, ils en goûtent les variations.

Les moines noirs sont immergés dans le silence. Parfois, ils ne font plus qu'un avec lui. Ils deviennent des adorateurs immobiles qui ne peuvent plus vivre hors des vastes étendues de la solitude. De son côté, le chanoine voyage : du silence au bruit, du silence aux babillages, du silence aux grandes discussions. Il finit par connaître d'instinct la pesée de chaque chose. Le bénédictin est homme d'habitudes. Il ne déroge jamais à l'organisation de sa journée. Il est l'ennemi du désordre. Le chanoine ne l'aime pas non plus ; mais il doit s'en accommoder. Il passe sans coup férir de la vie d'oraison au parloir d'une prison, du combat spirituel aux embardées du siècle, de son château intérieur au soin quotidien des âmes qui se perdent.

Comment acquérir cette plasticité du cœur, de l'intelligence et du corps ? La formation certainement joue un rôle. Et, selon l'expression consacrée, il y a l'apprentissage du terrain. Les chanoines, à force de se frotter aux tourments de la vie, connaissent les secrets de la psyché humaine.

Bien sûr, le danger de l'activisme rôde… On pense spontanément aux mots de l'évangéliste Luc :

« Comme ils faisaient route, il entra dans un village, et une femme, nommée Marthe, le reçut dans sa maison. Celle-ci avait une sœur appelée Marie, qui, s'étant assise aux pieds du Seigneur, écoutait sa parole. Marthe, elle, était absorbée par les multiples soins du service. Intervenant, elle dit : "Seigneur, cela ne te fait rien que ma sœur me laisse servir toute seule ? Dis-lui donc de m'aider." Mais le Seigneur lui répondit : "Marthe, Marthe, tu te soucies et t'agites pour beaucoup de choses ; pourtant il en faut peu, une seule même. C'est Marie qui a choisi la meilleure part ; elle ne lui sera pas enlevée" » (Lc 10, 38-42).

Les théologiens ont commenté ces phrases de l'auteur des Actes. À travers les siècles, ils disent d'une seule voix : il est précieux de servir le Christ comme Marthe, mais il est plus grand encore de goûter sa communion dans le silence et de tout recevoir de lui, comme Marie. Celle-ci avait choisi la bonne part – il n'est pas dit la meilleure –, qui ne devait pas lui être ôtée, ni pour le temps présent, ni pour l'éternité.

Il y a quelques années, un frère de Lagrasse fut profondément marqué par ses visites hebdomadaires aux malades en phase terminale ; l'émotion et la tristesse enflaient. Il a dû s'arrêter, se reposer, se reconstruire.

La communauté est une famille protectrice. Le chanoine le sait et il ne cesse de la protéger, de l'aimer. Tout le paradoxe demeure dans cette tension. Car il pourrait se contenter d'une forme bien comprise de bonheur domestique. En repartant toujours sur les routes du monde, il se met en danger. Il est incontestablement un Sisyphe monastique.

Dans l'écrin d'une nature aride, sauvage, entre Narbonne et Carcassonne, les écrivains sont venus rendre visite à des hommes qui remontent sans cesse leurs pierres à la recherche du Très-Haut. Ce paradoxe ne pouvait qu'aiguiser les plumes.

J'ai connu les chanoines en 2014. À l'époque, ils commençaient la restauration du monastère, construit autour de l'église, dont les fondements remontent à l'époque carolingienne. Le travail était herculéen. Car la construction des bâtiments s'étend sur près de huit siècles. L'abbatiale, sa nef, ses transepts, ses absidioles, le cloître, le clocher fortifié, les bâtiments conventuels mauristes, le réfectoire, la salle capitulaire, la bibliothèque, les parloirs, les grands couloirs, les communs, les jardins à perte de vue, tout est démesure, à l'abri des mystérieuses collines cathares.

« Il faudra bientôt construire des cloîtres rigoureusement isolés où ni les feuilles ni les ondes n'entreront ; dans lesquels l'ignorance de toute politique sera préservée et cultivée. On y méprisera la vitesse, le nombre, les effets de masse, de surprise, de contraste, de répétition, de nouveauté et de crédulité. C'est là qu'à certains jours on ira, à travers les grilles, considérer quelques spécimens d'hommes libres. » Dans *Regards sur le monde actuel et autres essais*, Paul Valéry ne s'était pas trompé. Et il aurait aimé les chanoines.

À Lagrasse, en 2004, le jour de l'acte d'achat, rien n'était à construire. La longue cohorte des abbés qui se sont succédé depuis le Moyen Âge avait déjà monté les murs. Le père Emmanuel-Marie n'aura pas la peine d'Auger de Gogenx, son auguste devancier du XIIIe siècle… Simplement, il lui faudrait tout restaurer. Sisyphe, encore Sisyphe !

Emmanuel-Marie Le Fébure du Bus est abbé de Lagrasse depuis quinze ans. Mince, droit, port altier et geste rare, il est intimidant.

Un *quidam* pourrait l'imaginer sévère, inflexible ou austère. On peut vite bêtifier, en suivant cette pente, être injuste aussi. Car l'homme se révèle bon et doux.

Reconnaissons qu'il se départ peu d'un imperturbable sérieux. Las, l'époque a tôt fait de renvoyer équilibre et droiture du côté de l'ennui janséniste. Je crois qu'il a décidé de se sacrifier, de donner sa vie pour ses frères, leur avenir, leur vocation. Comme l'aventurier rebelle qu'il fut dans sa jeunesse, sur les pistes latino-américaines, il ne fait rien sans générosité.

Je l'ai vu accompagner frère Vincent, jeune chanoine de Lagrasse, mort à trente-six ans d'une sclérose en plaques foudroyante. Le petit Normand était prisonnier de son corps, qui s'en allait inexorablement ; peu à peu, il n'a plus pu ni marcher, ni parler, ni déglutir, ni respirer. Il ne pouvait plus rien. Si ce n'est mourir dans la fleur de l'âge. Le père Emmanuel a mobilisé des trésors spirituels, humains et médicaux qui ont traversé des océans de douleur. Le courage de frère Vincent arrachait des larmes, celui du père Emmanuel n'en était pas moins surhumain.

Au printemps 2016, les jours qui ont suivi la mort du pauvre frère, l'abbaye flottait dans un étrange nuage ; l'atmosphère était indéfinissable. Paradoxalement, c'était un temps de grâce.

Le père Emmanuel considéra qu'il avait fait son devoir. En réalité, c'était bien plus. Il avait entraîné une communauté entière à se dépasser pour porter toutes les souffrances d'un corps martyrisé.

L'exemple de frère Vincent m'a poussé à écrire un récit consacré à la mort des moines*. Et c'est bien aussi ce jeune homme espiègle qui m'a arrimé au port de Lagrasse, moi qui, par tempérament, serais plus prompt à rechercher l'onction bénédictine.

L'abbé n'est pas seul. Père Dominique, prieur, et père Michel, sous-prieur, veillent au grain. On ne peut les manquer au réfectoire quand ils arborent des mines de centurions inflexibles.

Le premier, en religieux qui ne s'en laisse jamais conter, a le regard droit et le sourire franc. Pour lui, le devoir prime. Pourquoi alors s'embarrasser de sentiments inutiles ? On pourrait l'imaginer sans peine sous les traits d'un ingénieur scrupuleux, méthodique et inflexible. Avec la maturité, il ne prend plus le temps de dompter son humour pince-sans-rire et lance à la cantonade quelques commentaires désarçonnants. Père Dominique prouve que les généraux dans l'âme peuvent garder une bonhomie douce et accueillante. Chez lui, cette gageure devient une évidence riante.

---

* Nicolas Diat, *Un temps pour mourir. Derniers jours de la vie des moines*, Fayard, 2018 ; Pluriel 2019.

Le deuxième, père Michel, théologien, intellectuel de haut vol, professeur et pédagogue, est un fin connaisseur de l'âme humaine. Il écoute, questionne, tourne autour du mal avant de délivrer son ordonnance. Le fidèle ou l'hôte de passage garde longtemps les conseils avisés de ce chanoine marseillais. La gentillesse se lit vite sur son visage rond et son sourire timide. Père Michel est aussi un guerrier – peut-être même ignore-t-il ce trait premier de son caractère. Quand il mène un combat, il ne s'arrête pas en chemin. Tant mieux pour ses frères et ses amis.

Son propre frère de sang, père Hilaire, est maître des novices. Avec ses petites lunettes cerclées, son regard doux et sa distinction anglaise, il évoque le préfet des études d'un lycée français des années 1950. Il donne souvent l'impression qu'il ne veut pas déranger. Le sérieux, la droiture, la malice aussi qui émanent de ce religieux sage sont un profond sujet de contentement. Le père Hilaire est le plus bénédictin des chanoines – qualité importante à mes yeux qui sont peut-être trop embués, je le confesse, d'esthétisme solesmien…

Ces trois-là occupent les hautes charges. Ils sont la belle garde rapprochée de l'abbé.

Mais, dans les longues processions, personne ne peut passer à côté du père Louis-Marie. Sous les arcades du cloître, dans la cour d'honneur, on comprend vite que ce religieux aime sans réserve les discussions qui ne finissent pas. Verbe haut, fleuri, imagé : les écrivains l'ont tous pris en affection. L'affaire est simple. Comment ne pas aimer ce sentimental qui se perd sans cesse dans des phrases qui parlent de lui et finalement de vous ? Car père Louis-Marie est la générosité faite homme.

Il y a aussi frère Côme, grand, brun, regard espiègle, manières aristocratiques, pas encore diacre, qui dirige fermement l'hôtellerie, où défilent l'été des centaines de retraitants ; frère Jean-Marie, maître de chœur au visage d'ange, qui subjugue son monde en faisant mine de ne pas comprendre combien sa voix d'or et ses doigts virevoltant sur les claviers sont fascinants ; père Ambroise, sûr de son fait, opiniâtre et fantasque, maître du jardin monastique, dont il est l'ordonnateur inspiré, le gardien socratique ; père Maximilien, qui n'a jamais abandonné la joie palpitante et la fulgurance des petits enfants qui observent chaque matin les choses avec un regard neuf. Après l'opération délicate d'une grosse tumeur au cerveau, il ne savait plus dire la messe. Il a fallu tout réapprendre. Les paroles du *Pater Noster* ? Envolées. Le *Canon missae* ? Oublié. En sortant de sa longue convalescence, père Maximilien s'est retrouvé comme un jeune séminariste qui découvre toute sa vie.

Aujourd'hui, ils sont quarante-deux. Et chaque année la troupe s'enrichit de recrues nouvelles.

Où est le bonheur des chanoines ? Dans les rencontres incessantes avec les autres, dans l'entraide communautaire, dans la prière ? Il est plus simple encore ; mais quasi indéfinissable. L'homme de Lagrasse, comme le moine, n'a pas la nostalgie du passé, il ne regarde pas l'avenir avec anxiété : il vit simplement le temps présent. *Hic et nunc.*

Cette équation paraît banale. Mais la clef du trésor canonial ne se trouve nulle part ailleurs.

En entrant dans un monastère, il faut abandonner les critères du monde. Le religieux est un homme dépouillé, concentré sur les réalités d'en haut, détaché des affaires terrestres. Sa vie n'est plus la nôtre.

Pour mieux le dépeindre, nous pouvons prendre appui sur le psaume premier :

> « Heureux l'homme qui ne marche pas
> selon le conseil des méchants,
> Qui ne s'arrête pas sur la voie des pécheurs,
> Et qui ne s'assied pas
> en compagnie des moqueurs,
> Mais qui trouve son plaisir
> dans la loi de Yahvé,
> Et qui la médite jour et nuit !
> Il est comme un arbre planté
> près d'un courant d'eau,
> Qui donne son fruit en sa saison,
> Et dont le feuillage ne se flétrit point :
> Tout ce qu'il fait lui réussit. »

Le psaume commence par le mot « heureux ». Il pourrait être mal interprété. Ce n'est pas d'un bonheur superficiel qu'il s'agit. Il ne dure pas l'instant d'une passion, d'un sentiment trop vif, d'un enivrement.

Pour autant, les chanoines sont des hommes. Les peines et les douleurs ne disparaissent pas le jour des prises d'habit ou des professions solennelles. L'image d'Épinal du saint religieux ascète, perpétuellement perdu dans les nuages, est loin de la réalité. Le fils d'Augustin peut tomber sur les chemins arides du combat spirituel. La vision d'une vie cotonneuse, inaccessible, lointaine, est trompeuse.

Le vrai bonheur ne se marchande pas, dans le monde comme à Lagrasse. Pas à pas, en remettant son ouvrage sur le métier, le chanoine cherche simplement le bon, le bien, le juste.

Le 12 septembre 2008, à l'occasion de son célèbre discours prononcé au Collège des Bernardins, Benoît XVI avait levé une partie du voile : « En considérant les fruits historiques du monachisme, nous pouvons dire qu'au cours de la grande fracture culturelle, provoquée par la migration des peuples et par la formation des nouveaux ordres étatiques*, les monastères furent des espaces où survécurent les trésors de l'antique culture et où, en puisant à ces derniers, se forma petit à petit une culture nouvelle. Comment cela s'est-il passé ? Quelle était la motivation des

---

* Le pape parlait ainsi de la chute de l'Empire romain d'Occident et des désordres considérables qui s'ensuivirent.

personnes qui se réunissaient en ces lieux ? Quels étaient leurs désirs ? Comment ont-elles vécu ? Avant toute chose, il faut reconnaître avec beaucoup de réalisme que leur volonté n'était pas de créer une culture nouvelle ni de conserver une culture du passé. Leur motivation était beaucoup plus simple. Leur objectif était de chercher Dieu, *quaerere Deum.* Au milieu de la confusion de ces temps où rien ne semblait résister, les moines désiraient la chose la plus importante : s'appliquer à trouver ce qui a de la valeur et demeure toujours, trouver la Vie elle-même. Ils étaient à la recherche de Dieu. Des choses secondaires, ils voulaient passer aux réalités essentielles, à ce qui, seul, est vraiment important et sûr. On dit que leur être était tendu vers l'eschatologie. Mais cela ne doit pas être compris au sens chronologique du terme – comme s'ils vivaient les yeux tournés vers la fin du monde ou vers leur propre mort – mais au sens existentiel : derrière le provisoire, ils cherchaient le définitif. »

Le pape allemand, amoureux depuis longtemps des monastères, poursuivait : « Nous sommes partis de l'observation que, dans l'effondrement de l'ordre ancien et des antiques certitudes, l'attitude de fond des moines était le *quaerere Deum* – se mettre à la recherche de Dieu. C'est là, pourrions-nous dire, l'attitude vraiment philosophique : regarder au-delà des réalités pénultièmes et se mettre à la recherche des réalités ultimes qui sont vraies. Celui qui devenait moine s'engageait sur un chemin élevé et long, il était néanmoins déjà en possession de la direction : la Parole de la Bible dans laquelle il écoutait Dieu parler. Dès lors, il devait s'efforcer de Le comprendre pour pouvoir aller à Lui. Ainsi, le cheminement des moines, tout en restant impossible à évaluer dans sa progression, s'effectuait au cœur de la Parole reçue. La quête des moines comprend déjà en soi, dans une certaine mesure, sa résolution. Pour que cette recherche soit possible, il est nécessaire qu'il existe dans un premier temps un mouvement intérieur qui suscite non seulement la volonté de chercher, mais qui rende aussi crédible le fait que, dans cette Parole, se trouve un chemin de vie, un chemin de vie sur lequel Dieu va à la rencontre de l'homme pour lui permettre de venir à Sa rencontre. [...] Sous de nombreux aspects, la situation actuelle est différente de celle que Paul a rencontrée à Athènes, mais, tout en étant différente, elle est aussi, en de nombreux points, très analogue. Nos villes ne sont plus remplies d'autels et d'images représentant de multiples divinités. Pour beaucoup, Dieu est vraiment devenu le grand Inconnu. Malgré tout, comme jadis où derrière les nombreuses représentations des dieux était cachée et présente la question du Dieu inconnu, de même, aujourd'hui, l'actuelle absence de Dieu est aussi tacitement hantée par la question qui Le concerne. *Quaerere Deum* – chercher Dieu et se laisser trouver par

Lui : cela n'est pas moins nécessaire aujourd'hui que par le passé. Une culture purement positiviste, qui renverrait dans le domaine subjectif, comme non scientifique, la question concernant Dieu, serait la capitulation de la raison, le renoncement à ses possibilités les plus élevées et donc un échec de l'humanisme dont les conséquences ne pourraient être que graves. Ce qui a fondé la culture de l'Europe, la recherche de Dieu et la disponibilité à L'écouter, demeure aujourd'hui encore le fondement de toute culture véritable. »

Ce jour de septembre, Benoît XVI parlait au monde de la culture. Une décennie plus tard, les écrivains à Lagrasse ont pu mesurer combien il avait raison. La recherche de Dieu est le cœur unique de la vie monastique. Il n'y a pas d'autres étoiles dans les nuits de nos chercheurs augustiniens.

À Lagrasse, nous sommes loin des idéologies, du prosélytisme stérile ou d'une *disputatio* mondaine.

Des écrivains dans un monastère… C'était l'assurance d'anecdotes savoureuses. La plus amusante n'est pas la plus spectaculaire. Après le dîner, un écrivain me confia, sur le ton de la confidence : « Ce soir, je ne vais pas à complies ; je finis la lecture de *Madame Bovary*. » On partit dans de grands éclats de rire !

Un autre manqua le dîner au réfectoire, moment important de la vie communautaire. Il devait enregistrer une émission à la radio. Sur la porte de sa cellule, il apposa ce petit écriteau : « Ne pas déranger ; je suis en direct sur les ondes espagnoles. »

Je n'oublie pas non plus le philosophe qui décida un soir, à l'heure du grand silence, de jouer quelques morceaux sur le piano du frère Jean-Marie. En écoutant au loin les premières notes, le père abbé envoya séance tenante un frère pour voir ce qui se tramait. Le pauvre homme de lettres resta gêné. Il n'avait rien fait de grave pourtant. Le silence reprit ses droits, et la vie immuable à Lagrasse.

On n'en resta pas à cet intermède musical. Car le lendemain, le même homme voulut partir en randonnée vers Notre-Dame-du-Carla, une jolie chapelle perdue dans les collines. La marche dure habituellement une petite heure sur les sentiers caillouteux. Nous étions à la fin du mois de mai, et il faisait déjà chaud sur la région. La promenade fut une réussite. Mais ce qui le fut moins regarde le retour au monastère. Notre promeneur était naturellement parti en short pour grimper vers les hauteurs. Il revint à l'heure du déjeuner entre les murs de la clôture. Et se présenta donc au réfectoire dans la même tenue sportive. Les chanoines étaient surpris, mais la vie religieuse continuait quand même.

Il y a plus remarquable encore…

Chacun reconnaîtra, sans peine, l'écrivain-voyageur qui, la veille de son départ, décida de descendre en rappel la tour-clocher. Plusieurs chanoines, dont le père Louis-Marie et le frère Côme, parmi les plus téméraires, suivirent et les villageois eurent la surprise de voir des soutanes glisser sur les hauts murs de l'abbaye.

J'oubliais encore deux petites histoires… À la fin d'une messe dominicale, un écrivain trouva que la liturgie canoniale n'était pas sans lui rappeler les cérémonies du couronnement des rois d'Angleterre. C'en était trop pour l'humilité sincère des chanoines. Ils essayèrent de lui expliquer que les choses étaient très différentes ; mais l'homme n'en démordait pas. À ses yeux, les correspondances étaient évidentes.

Pour le dernier café avec un célèbre critique littéraire, une partie de la communauté décréta qu'il ressemblait à Jésus lui-même. Visage, chevelure, la comparaison n'était pas tout à fait fausse. Mais l'écrivain en question goûtait modérément le compliment… Un chanoine ne s'en laissa pas conter et montra sur son téléphone portable la photo d'un buste du Christ du Bernin, prise dans la basilique Saint-Sébastien-hors-les-Murs, via Appia Antica à Rome. Il remporta un franc et bruyant succès. La ressemblance était troublante ! Le critique s'inclina. Et on se quitta joyeusement.

Les écrivains ont aimé Lagrasse. Là-bas, ils ont trouvé des amis, des conseillers, des guides, des hommes simples surtout. Personne n'était là pour convaincre l'autre.

Mais le pari n'était pas gagné d'avance. Et pourtant l'aventure fut belle.

L'ombre des silhouettes dans les longs couloirs, les pierres marbrées du cloître, le chant du vent marin dans les cyprès ou les bourrasques de cers, dont les roulis inquiétants grondent à l'envi, le son des cloches aigrelettes du clocher de l'abbé Lévis, les notes grégoriennes onctueuses et solennelles n'y sont certainement pas pour rien.

Le blanc immaculé des soutanes non plus…

Le phalanstère de Dieu

Pascal Bruckner

Sur l'abbaye de Lagrasse

Que l'on soit croyant ou non, arriver à Lagrasse pour quelques jours, partager la vie des frères, c'est subir une immersion instantanée dans une société aux antipodes de la nôtre : le silence en lieu et place du bruit, la frugalité plutôt que l'abondance, la coupure plutôt que la connexion. Logé dans une cellule sobre mais vaste, la chambre de l'évêque, qui donne sur un jardin splendide, on s'endort le soir, fenêtres grandes ouvertes, au chant des crapauds et du rossignol, on se réveille avant 6 heures sur le pas menu des chanoines qui se rendent à matines. Des hommes choisissent de s'isoler en pleine nature dans un cadre d'une beauté époustouflante et de vivre selon la règle de saint Augustin. Qu'est-ce qui en eux peut nous séduire ou du moins nous ébranler alors même qu'ils ont préféré le retrait et la chasteté ? Ils ont décidé de mourir à ce qui n'est pas essentiel, nous vivons pour ce qu'ils jugent frivole. Pour notre univers prosaïque, ce choix de la réclusion reste une énigme. Rentré agnostique, je n'ai pas rencontré Dieu, mais des hommes d'exception qui croient en lui. Cela me suffit.

La jeunesse du recrutement

Bien que réfractaire à la foi, le fait religieux me trouble. Dans tous les pays que je traverse, je suis aimanté spontanément par les églises, cathédrales et basiliques, les temples hindous ou bouddhistes, les mosquées et sanctuaires de marabouts. Assister aux offices, aux grandes processions comme la Kumba Mela, en Inde, me fait frissonner. Chez moi, je ne me lasse pas de la musique sacrée, messes, requiem, stabat mater, cantiques. De ce trop bref séjour dans l'abbaye, je retiens ceci : l'extrême jeunesse des frères et leur équanimité, ou plutôt leur bonne humeur, leur disponibilité permanente. Ils sont d'une gentillesse déroutante et manifestent une ferveur sans fanatisme. Cette juvénilité est un signe d'espoir quand tant d'églises en France et en Europe de l'Ouest sont remplies de personnes âgées qui marmonnent des prières, tassées sur leurs sièges. Si les chrétiens échouent à convaincre les nouvelles générations, ils disparaîtront du paysage. Les édifices religieux relèveront du ministère du Tourisme et se visiteront au même titre que nous arpentons les ruines romaines ou les temples grecs.

Il n'est pas sûr que le recrutement de nouvelles ouailles se fera par simples concessions à l'esprit du temps, usage du rap et du hip-hop, langage familier ou cool, prêtres sympas, etc. J'ai la certitude au contraire que l'Église ne reviendra en grâce auprès des jeunes qu'en offrant un art de vivre à la fois tolérant et exigeant, sans rien renier de ses principes. C'est à l'élévation des hommes qu'une religion doit travailler et non à flatter leurs penchants. Oserais-je l'avouer, j'ai beaucoup apprécié le côté potache des chanoines le soir, quand vient le moment de la détente lors des récréations et que les blagues fusent comme dans une salle de classe. La pression s'allège, les tensions s'assouplissent, on rit de bon cœur, on se moque les uns des autres, et c'est la meilleure des atmosphères. Dans ces moments particuliers, la règle est à la fois confirmée et transfigurée. L'indulgence avec laquelle les frères vous disent : « Si vous voulez du réseau, vous devez aller dans la grande entrée », comme on explique à un enfant qu'il pourra agiter son jouet après le dîner, m'a amusé. À ma grande honte, je n'ai pas quitté mon portable. Trois jours ne suffisent pas pour se désaccoutumer des hochets mondains.

J'ai retrouvé à Lagrasse un élément qui m'a toujours fasciné depuis mes lointaines retraites d'adolescent : l'organisation de la vie journalière. C'est la vie monastique avec son découpage horaire minutieux, ses offices, ses plages réservées à la prière, à la méditation et au travail, qui préfigure le mieux notre expérience du temps profane. Les moines, on le sait, surtout s'ils appartenaient à un ordre contemplatif, risquaient toujours de succomber au pouvoir de dissolution du quotidien, lequel pouvait les détourner de Dieu. Les exercices spirituels auxquels chaque communauté était astreinte avaient pour but de soustraire les religieux à la dissipation afin de les maintenir dans la voie de l'adoration divine. C'est probablement à l'ombre feutrée des couvents et des monastères que l'Occident s'est inculqué un minutieux dressage horaire (repris ensuite par le capitalisme). Celui qui a fui le monde pour se consacrer au Très-Haut vit selon un cadre régi par l'horloge, dont les cloches sont le symbole. Le moine n'est pas un fainéant ni un parasite, comme l'en accuseront Luther et Calvin (qui remplaceront la prière par le travail, faisant de ce dernier un acte quasi religieux), c'est en quelque sorte un être surmené. Comme chacun de nous, il est voué à cette tâche essentielle et futile : tuer le temps, en l'occurrence le temps ordinaire, pour gagner l'éternité. Ce surmenage, je l'ai constaté à l'abbaye, a ceci de singulier qu'il est organisé avec méthode : des matines à 6 h 10 aux complies à 20 h 45. La journée est saturée d'activités, entre travail et prières, qui ne laissent pas l'esprit en repos, mais ménagent des plages de délassement. L'essentiel est d'éviter le sentiment redoutable du vide. S'il s'insinue dans les cœurs, alors survient ce que les Grecs appelaient le risque de l'*acédie*, ce terrible mal des ascètes qui les détournait du Seigneur et les frappait de tristesse. C'est la fatigue de celui qui a dédié sa vie à la prière et que la prière lasse, celui qui souffre d'un désintérêt subit à l'égard de son salut, mal terrible contre lequel l'Église s'est avouée impuissante :

« Quand cette passion s'est une fois rendue maîtresse de l'âme d'un moine, elle engendre, en lui, l'horreur pour le lieu où il demeure, le dégoût pour sa cellule, du mépris pour ses frères qui vivent avec lui ou sont éloignés et qu'il considère comme négligents ou peu spirituels. Elle le rend mou et sans courage pour tous les travaux qu'il a à faire à l'intérieur de sa cellule, l'empêchant d'y demeurer et de s'appliquer à sa lecture. [...] Finalement, il pense ne pouvoir assurer son salut s'il reste en ce lieu, s'il ne s'en va pas au plus vite, abandonnant la cellule avec laquelle il lui faudra périr s'il y demeure encore » (saint Jean Cassien, *Les Institutions cénobitiques*, 420 apr. J.-C.).

Dans ces thébaïdes où ne devraient régner qu'effusion et recueillement, l'ennui réintroduit de l'humeur et corrompt la maison radieuse, affaisse les énergies, soumet l'immuable aux assauts de l'éphémère. Faute d'avoir le courage « d'endurer la durée » (Vladimir Jankélévitch), le moine connaît une sorte de pourrissement interne. D'où la nécessité de l'occuper jour et nuit et de quadriller son espace mental, de combler les trous morts de son temps, de le presser de tâches diverses, aussi astreignantes que nécessaires, de peur que le Malin ne s'introduise en lui pour hâter son relâchement. Dans les *Confessions*, saint Augustin recommande la pratique des hymnes et des cantiques pour éviter que le peuple « abattu » ne « séchât d'ennui » pendant les offices. J'ai retrouvé ce bon principe durant les offices de Lagrasse, pendant lesquels alternent les stations debout, les inclinations, les agenouillements. Saint Thomas bénira l'obscurité des Saintes Écritures, qui contraignent l'esprit à un effort d'attention, et recommandera des prières ni trop longues, ni trop courtes, accompagnées d'une riche gestuelle afin d'épargner aux croyants l'épreuve du bâillement. Cela me rappelle cette anecdote savoureuse de Christopher Isherwood dans son livre *Mon gourou et son disciple* (1939), où il explique combien la fascination éprouvée pour son maître, Swami Prabhavananda, tenait à l'incompréhension totale du discours de ce dernier, énoncé en hindi, en sanskrit ou en *broken English*. Plus les sermons duraient longtemps, plus il était transi d'admiration, et cette opacité du verbe le ramenait toujours au Sage, après des épisodes de beuverie et de sensualité. C'est pourquoi, sujet éminemment politique désormais, j'aime les messes en latin, dont l'obscurité touche au sacré. Il n'est pas de culte sans mystère, et à vouloir se rapprocher du langage commun pour séduire les fidèles, on risque aussi de les éloigner.

À mon arrivée à Narbonne, accueilli par le père Hilaire, nous avons été abordés au café par une femme d'origine brésilienne qui se plaignait de la liturgie en latin et réclamait des prières claires et compréhensibles en français. Le père Hilaire, avec une grande patience, lui a assuré que son vœu serait suivi d'effet, mais que le latin était la langue de l'Église depuis les origines. J'aurais aimé ajouter que nous n'avons pas besoin de tout comprendre pour être émus, les textes ecclésiastiques ne sont pas des tracts, mais d'abord une mélodie qui nous berce, le retour au monde ancien qui nous a précédés et qui nous survivra.

À Lagrasse, j'ai été frappé par les rituels et leur diversité. Étant moi-même un obsessionnel qui corsète ses journées par des horaires stricts – tout rendez-vous qui m'arrache à ma table de travail m'est douloureux –, je me suis plié d'emblée aux différents épisodes qui scandent la journée de l'abbaye. À cet égard, la frugalité des repas m'a enchanté. Dans notre civilisation de la pléthore, l'abondance des plats est une victoire permanente contre la rareté. À table, en Europe comme aux États-Unis, chaque être humain semble un soldat voué à terrasser le spectre de la famine. Ce triomphe a un prix : il décime massivement ceux qui le célèbrent. Dîner, dès le premier soir, d'une salade suivie d'un plat de lentilles-carottes et de conclure d'une pomme comme dessert m'a ravi. Manger peu et sain, souvent des légumes du potager, c'est rester affûté et disponible. Il ne s'agit pas de puritanisme, mais de sagesse pratique du corps : les hommes et les femmes s'attardent à table en général quand ils se sont résignés à abandonner les autres plaisirs. Ils mangent à défaut d'autres voluptés, et ce trait s'accentue avec l'âge. Les repas sont pris en silence tandis qu'un frère psalmodie *recto tono* une page des Évangiles, souvent des textes d'une étonnante modernité, où les vices humains, l'orgueil, la vengeance, le ressentiment sont mis en avant. L'expérience d'abord frustrante est finalement gratifiante. On se recueille sur ce qu'on ingère, on observe les mandibules de ses voisins – tiens, monsieur l'abbé a une bonne descente ; cet autre est déjà rubicond après deux verres de piquette –, on mesure leur rythme d'ingestion, il y a les mâcheurs rapides et les mâcheurs lents, ceux qui couvent leur assiette d'un air tendre et ceux qui la vident d'un coup comme pour la punir de les tenter, il y a ceux qui traînent en regardant ailleurs et font attendre les autres. Un bénédicité avant les repas, une action de grâce ensuite, rien n'est laissé à la banalité de la nourriture rapide qui est de règle dans nos sociétés. Les contraintes horaires ont ceci de précieux qu'elles rendent plus intenses les heures libres consacrées aux activités matérielles, le jardinage, l'entretien du verger et du potager, les visites aux malades en soins palliatifs, l'enseignement dans les écoles, le cursus universitaire à l'intérieur de l'établissement. L'abbaye constitue ce paradoxe : une clôture ouverte, une porte battante, une communauté fermée d'intervention dans le monde extérieur. Une sorte de poumon spirituel qui respire et qui inspire toute la région, grâce aux travaux de restauration qui vivifient tout le village et multiplient les échanges avec les habitants. La rénovation des bâtiments a littéralement ressuscité ce petit bourg endormi. Reconstruire un édifice ancien et majestueux n'est pas qu'un geste esthétique : c'est surtout insuffler de l'esprit dans la pierre, rendre une âme à des lieux en voie de désertification. L'abbaye est un refuge au double sens du terme : un havre de paix, un centre de réflexion et un lieu de repos pour les déshérités (des étudiants venus réviser leurs examens y sont restés plusieurs mois en raison du Covid). Enfin, les frères de saint Augustin pratiquent l'art de la sieste brève, l'après-midi. C'est à mes yeux le summum de la civilisation. Un ordre qui permet à ses membres de se reposer après le déjeuner ne peut être tout à fait mauvais.

Amis, frères ou camarades ?

Ce qui caractérise cette assemblée, c'est donc l'amitié augustinienne, l'éducation de tous par chacun dans la bienveillance et la persuasion. L'amitié, c'est-à-dire le cheminement en commun dans la poursuite d'un projet collectif, les échanges enjoués, les doux badinages, « rares dissentiments, sans aigreur, comme on en a avec soi-même, léger assaisonnement de contradictions, sel qui relève l'unanimité trop constante », ainsi que l'exprime éloquemment saint Augustin (*Confessions*, IV, 8,13). Lagrasse accueille une petite république qui cumule les fonctions d'une monarchie, d'une oligarchie et d'une démocratie : on décide chaque jour, lors du chapitre, des tâches à accomplir, des querelles à régler, des ambitions communes. Le père abbé, Emmanuel-Marie Le Fébure du Bus, augustinien érudit – il a consacré un ouvrage à l'évêque d'Hippone* –, est le capitaine qui doit mener le vaisseau à travers doutes et tempêtes afin de parachever le grand œuvre, le relèvement de l'abbaye, passée de l'état de ruine au début du siècle à celui de joyau régional. Ce capitaine, doux et discret, ancien aventurier dans sa jeunesse, on le devine aussi inflexible dans la tourmente. Il est secondé par le père Michel, solide et souriant, le politique qui tient la ligne. Ces médecins des âmes désamorcent les conflits, sondent les cœurs, impriment une direction.

L'amitié augustinienne, très inspirée de l'amitié civique d'Aristote, n'est pas la fraternité républicaine ni la camaraderie communiste : elle s'acclimate mieux des petites communautés et ne dérape

---

* Emmanuel-Marie Le Fébure du Bus, *Désir et unité. La spiritualité augustinienne pour aujourd'hui*, Tallandier, 2019.

pas dans l'arbitraire qu'implique l'égalitarisme. Nous sortons à peine de ces régimes sanglants qui ont voulu faire de la fraternité entre les peuples le lien par excellence et qui ont pour cela plongé des millions d'hommes dans la terreur. Pour rassembler les hommes, il faut commencer par en exclure certains : les mécréants, les hérétiques, les exploiteurs. Ici et là, même bonté criminelle de l'Inquisiteur – quand cette institution détenait un véritable pouvoir dans l'Église romaine – ou du commissaire politique, seuls dépositaires de la Vérité. La Fraternité ou la Mort : on sait le succès qu'a rencontré cette formule au moment de la Révolution française. On commence par invoquer l'Évangile, « les premiers disciples du Sauveur étaient tous frères aussi, égaux et libres », dira l'abbé Lamourette (un nom prédestiné) en 1791, et l'on finit par s'expédier les uns les autres à l'échafaud pour trahison. Les historiens, dont la grande Mona Ozouf, ont proposé deux interprétations de ce phénomène : soyons frères ou je me donne la mort de dépit, sois mon frère ou je te donne la mort (c'est la version de Chamfort). Le psychanalyste Jacques André en suggère une troisième : sois mon frère pour que je te tue sur l'autel de la Patrie. La fraternité rivalise dans l'emphase, l'enthousiasme de commande. Avide de se prouver, elle exige de l'autre des preuves identiques, voire supérieures, et le soupçonne de trahison s'il agit avec tiédeur. Le communisme, dans ses versions soviétique, maoïste, castriste, polpotiste, a pratiqué l'élimination des camarades et des compagnons de route qui avaient juré jusqu'à la potence fidélité à la Révolution et au socialisme. « Ô vous qui êtes mes frères parce que j'ai un ennemi », disait Paul Éluard, le grand poète stalinien. Quant à la camaraderie national-socialiste, elle est cette disposition à sacrifier sa vie pour la gloire du Reich : chaque soldat est un atome, un rouage qui doit disparaître si la collectivité l'exige (comme, de nos jours, le djihadiste qui offre son martyre à Allah). Creusez les discours des laudateurs de la fraternité, analysez leurs trémolos : ils sont remplis de fiel. Ils ne chérissent pas, ils détestent. Cet attachement supérieur à la vérité ou à l'humanité justifie le supplice des traîtres, l'élimination des ennemis du peuple ou des races inférieures. Le prix à payer pour réaliser la justice sur terre légitime la brutalité des méthodes. C'est une lointaine résurgence de cette idéologie que l'on retrouve dans l'utopie fade du « vivre-ensemble » : on agglutine les hommes les uns avec les autres, on les entasse comme des pommes de terre dans un sac et on leur demande de s'aimer ou du moins de se tolérer, quitte à montrer du doigt ceux qui se rebellent contre cette assignation.

Rien de tel dans l'abbaye de Lagrasse, qui se veut un contre-modèle. Elle constitue l'exemple d'une petite société en co-présence permanente avec elle-même. Il m'a été impossible dans un laps de temps si court de comprendre ou de saisir les tensions qu'engendre une existence collective en espace fermé. C'est une épreuve du huis clos entre hommes – les femmes sont exclues –, à laquelle peu d'entre nous résisteraient. Lors d'une recréation, j'ai demandé aux personnes présentes comment elles avaient pu, si jeunes, faire le sacrifice de toute vie amoureuse ou charnelle. La réponse immédiate – nous donnons tout au Christ – ne m'a pas convaincu. Pourquoi se priver de la seule vie qui nous soit donnée alors que nous n'avons aucune certitude d'un autre destin après la mort ? Pourquoi écarter a priori les femmes ?

Les frères objectent qu'ils ne ressentent aucun sentiment de privation, mais au contraire celui d'une plénitude constante car ils ont placé leur salut entre les mains du Seigneur et non des hommes. Et qu'ils préfèrent ce lien fondamental aux affections fugaces et périssables de l'ici-bas. Nous considérons leur engagement avec les préjugés de la vie sensible alors qu'ils se trouvent entre deux mondes, le nôtre et celui du Très-Haut. C'est exact : la foi se renforce d'être partagée quand le doute ne peut exercer qu'un pouvoir de corrosion. Face à ces hommes qui existent sur le double plan de l'éternité et de la durée humaine, je me sens incapable de juger. Pour nous laïcs, le temps humain réunit les trois dimensions de l'enfer, du purgatoire et du paradis. Et surtout, il inclut les hommes et les femmes. Exclure ces dernières, c'est mutiler l'existence d'un pilier essentiel. C'est ici et maintenant, depuis les Lumières, que tout se joue, et le reste n'est que spéculation sur l'Absent. Pourtant, quand j'ai vu la tombe du frère Vincent, mort jeune d'une sclérose en plaques dans l'affection collective de l'abbaye – des frères dormaient par terre dans sa chambre pendant son agonie –, je me suis dit qu'il serait doux pour un mécréant comme moi de reposer dans la terre de Lagrasse. L'amitié ou plutôt la sympathie que se vouent les frères repose sur l'inclination et l'attraction réciproques, mais aussi sur le partage d'une ardeur commune, le service de Dieu, même si les moments de perplexité, de fatigue, ne sont pas absents (les postulants ont six ans pour prononcer des vœux définitifs, ce qui est la preuve d'une grande sagesse). L'institution est là qui porte le temps et permet aux frères de traverser les tourments et les flottements. Même le silence à table, matin, midi et soir, serait encore une stratégie indirecte de fidélité. Comme me l'a expliqué le père Hilaire, peut-être *cum grano salis*, ne pas se parler en mangeant évite de se fatiguer les uns des autres alors qu'on est ensemble toute la journée. C'est une ruse du lien qui feint de s'abolir pour mieux renaître ensuite. Je me propose d'appliquer cette règle en famille.

Un foyer de rayonnement ?

L'aventure du Grand Relèvement – cette simple expression est une profession de foi contre le défaitisme du Grand Remplacement, idéal de l'ultra-gauche et cauchemar de l'extrême droite – se déroule dans un contexte très particulier : celui de l'affaiblissement du christianisme et de la montée de l'islam politique en France comme religion de substitution. L'habit d'un blanc immaculé des frères leur vaut le respect des uns et les sarcasmes des autres. Ils se voient, s'affichent et ne se cachent pas, au contraire de tant de prêtres qui n'osaient plus, ces dernières années, endosser l'habit sacerdotal. Les rapports avec les imams de la région sont cordiaux mais limités, les Maghrébins n'osent pas entrer dans l'abbaye de peur d'être dénoncés par leurs voisins, même si des conversions de musulmans ont lieu, dans la discrétion la plus absolue. Ou bien la restauration de l'abbaye restera une exception dans un pays qui perd ses traditions, ou elle deviendra un exemple de redressement spirituel et matériel et servira de modèle à d'autres établissements. Auquel cas elle constituera l'instrument de la reconquête par l'Église des cœurs et surtout des cœurs indécis. Elle sera, toutes proportions gardées, l'équivalent dans l'ordre monastique de ce qu'a été le foquisme en Amérique latine, cette stratégie de harcèlement imaginée par Che Guevara et Régis

Debray, qui voulaient créer partout des foyers de guérillas rurales, organiser « un, deux, plusieurs Vietnam » afin d'affaiblir durablement l'impérialisme américain. L'abbaye s'inscrit dans une Église post-Vatican II, quand Rome, après un vaste réexamen de sa doctrine, accepte de revenir à une certaine tempérance dans la propagation de la foi. Cette inflexion est capitale : l'abandon de la conversion violente, la remise en cause du fameux adage « Hors de l'Église, point de salut » ont constitué une formidable avancée et explique pourquoi le christianisme est devenu synonyme de douceur (au contraire de l'islam, perçu, à tort ou à raison, par l'opinion publique comme violent et prosélyte). Plus une grande confession est divisée, plus elle gagne en aménité, se résout au doute, à l'auto-examen. Mais Rome aura poussé la tolérance jusqu'à l'abolition de soi, entérinant sans broncher la persécution des minorités chrétiennes, cherchant toujours à minimiser les violences de ses ennemis pour mieux partager la faute avec eux. Même en France, après l'égorgement d'un prêtre à Saint-Étienne-du-Rouvray en 2016, l'attentat avorté à Villejuif en 2020, celui, raté aussi, des voitures piégées près de Notre-Dame en 2016, celui de Nice en octobre 2020 à l'arme blanche, qui a fait trois morts, la réaction de l'épiscopat a été d'une prudence et d'une modération qui confinent au mutisme. L'argument, utilisé par une certaine droite, selon lequel la France s'effondre car elle a oublié ses racines religieuses et connaît un « vide spirituel », n'est pas tout à fait exact : ce sont les chrétiens eux-mêmes, à force d'humilité, qui paraissent soumis à une minorité active et se couvrent de cendres dès qu'on les attaque. Et je ne parle pas des « antifas », ces néonazis déguisés en leur contraire qui ont déjà assailli des crèches vivantes à Toulouse ou des processions religieuses à Paris comme si la simple persistance du culte chrétien représentait à leurs yeux un affront. Bref l'Église, déjà rongée par les scandales sexuels, donne le sentiment de tendre la joue gauche après avoir été giflée sur la droite. Il ne lui restera bientôt plus assez de joues pour être frappée. Elle ne peut se courber davantage sous les coups, à moins de disparaître corps et biens. Frères chrétiens, réveillez-vous ! Vous n'êtes pas le paillasson sur lequel les extrémistes de notre pays peuvent venir s'essuyer les pieds.

L'abbaye de Lagrasse est épargnée, du moins jusqu'à présent, par ces tensions, même si le RAID est venu faire une expertise sur place pour parer à un éventuel attentat. Elle est d'ores et déjà devenue un foyer de rayonnement qui fait tache d'huile sur les environs : elle accueille de très nombreux visiteurs, admet des fidèles à la messe chantée en grégorien avec quelques psaumes magnifiques en occitan ou en gascon (où domine la belle voix de contre-alto du frère Jean-Marie), elle supervise des *trails* dans la région sur les sentiers de randonnée avec baraques à frites dans la grande cour, elle bénit les bécanes des motards, nombreux dans les environs. Elle s'engage autant que faire se peut dans les activités profanes sans rien renier de son sacerdoce ni de son vœu de réclusion. De façon très pragmatique, elle emprunte au monde terrestre ses séductions pour aller vers Dieu : elle quitte le monde sans l'abandonner, sépare le séculier du sacré par une mince membrane, toujours mouvante. Elle ne pratique pas une piété mécanique, mais une tension vivifiante entre la règle et les engagements profanes. Depuis l'expérience réitérée du confinement, je me dis que le cloître sera peut-être notre destin universel dans les années à venir si les voyages et la mobilité restent freinés par la pandémie ou la crainte d'aggraver plus encore le dérèglement climatique. Les petites sociétés monastiques, auto-suffisantes et économes, préfigureraient alors le visage de notre futur. Le plus archaïque deviendrait le plus actuel.

Je ne sais si le catholicisme est en train de mourir, comme se le demandait l'historien Jean Delumeau – les religions naissent et disparaissent comme tout organisme vivant –, mais s'il doit ressusciter, un jour, ce sera grâce au monachisme et non aux clercs ou aux décisions du Vatican. J'ai été frappé par l'érudition et le degré de connaissance des frères, qui savent beaucoup de la vie culturelle française et internationale, semblent avoir tout lu et me paraissent plus lucides, à certains égards, que bien de nos intellectuels. Il est vrai qu'ils poursuivent des études de philosophie et de théologie à un niveau qui ferait pâlir nos universités. On ne peut que souhaiter dix, vingt ou cent Lagrasse sur le territoire national pour revivifier une croyance devenue trop modeste et qui trahit à sa façon le désarroi d'une France qui ne s'aime plus.

Séjourner à l'abbaye, c'est comme visualiser en intuition une cartographie mentale de notre pays. Le département de l'Aude et la région de Narbonne ont été occupés par les Maures pendant près de cinquante ans au VIIIe siècle. Comme le disent les Anciens avec un certain bon sens : ils sont venus, ils sont repartis. Et nous avons survécu. La situation est différente de nos jours. Ce n'est pas la virulence de nos « ennemis » qu'il faut craindre, c'est la faiblesse de notre résistance : nous nous détestons beaucoup plus qu'ils ne nous haïssent. L'auto-dénigrement est si fort en France qu'il tient lieu d'idéologie politique et de patriotisme de rechange. Être français, c'est d'abord, pour toute une partie de nos élites, piétiner la civilisation française.

En novembre 2016, lors d'un voyage, le second en un an, avec la Guilde du Raid, Hugues Dewavrin et Sylvain Tesson dans le Kurdistan irakien afin d'aider les chrétiens d'Orient et les yazidis, nous avons assisté à la re-consécration par l'évêque de la ville, Petrus Moshe, de l'église syro-catholique de Qaraqosh, Al Tahira, dite de l'Immaculée Conception, située à trente kilomètres au sud-est de Mossoul. La guerre faisait rage tout autour, les troupes alliées chassaient les tueurs de l'État islamique, Mirage et F16 survolaient la ville pour lâcher leurs bombes. Ce qui nous avait surtout effrayés, un peu plus tôt dans la journée, davantage que les tirs et les explosions, c'était la conduite du chauffeur de l'évêque, qui roulait pied au plancher, doublait à l'aveugle, tandis que Mgr Moshe répétait en français ou en arabe : « Plus vite, plus vite, *Inch'Allah.* » En attendant que l'autel soit dressé, nous regardions passer sur leurs tanks ou leurs véhicules blindés les soldats irakiens, sanglés dans des uniformes flambant neufs, Ray-Ban sur le nez. Ils semblaient les acteurs d'un film nord-américain, tandis que les militaires alliés, déguisés en moudjahidine, longues barbes, yeux bleus et tenues de camouflage qui ne camouflaient rien, protégeaient le prélat et ses fidèles. Un soldat néo-zélandais me lança avec un sourire ironique : « Nous sommes vos baby-sitters. » Dans une cathédrale ravagée par la fureur des brutes et qui avait été transformée en mosquée et en entrepôt d'armes par Daesh se tenait la première messe célébrée en arabe depuis 2014. Cet après-midi-là, nous avons décidé, par politesse envers nos hôtes, de communier, car l'assistance était mince, réduite à une poignée de militaires, dont certains chiites. Je n'avais pas communié depuis l'âge de quinze ans. Cette expérience fut aussi étrange que bouleversante dans un décor apocalyptique où la raison triomphait, mais trop tard, de la barbarie. Le 7 mars 2021, lors d'une visite solennelle à Qaraqosh, le pape François a célébré une messe dans cette église pour réconcilier les communautés et a invoqué le pardon du Christ à l'égard des tueurs de Daesh. Ce fut un geste magnifique, mais, face à l'abîme, il n'est pas sûr que l'ordre de la charité suffise à vaincre le désordre du fanatisme. Pour accorder le pardon à l'ennemi, il faut d'abord l'avoir vaincu.

L'abbaye de Lagrasse ne prêche pas, elle témoigne. Je reste un chrétien de culture, un chrétien de mémoire et ne renierai jamais la religion de mon enfance. Je reste au seuil du mystère, je n'y entre pas. Le débat entre la philosophie et la théologie, entre le doute et la foi ne doit pas cesser. Même un athée croit encore à la non-existence de Dieu, il croit dur comme fer qu'il ne croit pas.

Le mystique rhénan Angelus Silesius écrivait en 1657 : « Je n'ignore pas que, sans moi, Dieu ne pourrait vivre un seul instant ; si je ne suis plus, lui aussi devrait rendre l'âme. »

Dieu a besoin de Lagrasse.

Nous aussi.

Dans le climat de la grâce

Sylvain Tesson

« Ô mère ensevelie hors du premier jardin
Vous n'avez plus connu ce climat de la grâce. »

Au début d'*Ève*, Péguy décrit le paradis. Des biches folâtrent dans des paysages. Les bêtes lacent « l'écheveau de leur course ». Le soleil éclabousse la splendeur. Tout est parfait. Cela va donc mal tourner. Un jour, les douceurs cesseront, l'homme sera destitué. On connaît l'histoire (nous la payons toujours) : la pomme, la Chute, le mal, le soi. Désormais, l'hyène déchiquettera le daim. Il y aura pire : l'homme sera capable de fomenter des pensées atroces en arborant un sourire innocent. La face des bêtes ne ment pas. L'homme, lui, porte un masque qui s'appelle un visage. Pour Ève, Mère des hommes, fin de la Grâce et, pire, de son climat.

Un bon climat est pourtant un précieux trésor dans un monde en feu.

*

Je roulais vers les Corbières au volant d'une automobile, le soleil se couchait, le monde devenait mauve, on se serait cru en paix. L'air sentait l'herbe fraîche et le maïs en plastique, et j'avais rendez-vous avec un homme en robe, le père Michel. Je l'avais rencontré à Paris, il m'avait invité à passer quelques jours à l'abbaye Sainte-Marie de Lagrasse. Avantage de rouler à tombeau ouvert vers une abbaye : en cas d'accident mortel, on bénéficiera d'un service. J'arrivai juste à l'heure, pare-brise intact. Pas un moucheron ne s'y était écrasé. Le ciel du XXIe siècle est vide.

*

Je venais de la Sainte-Baume, patrie de Marie-Madeleine, la sainte pécheresse, l'adoubée du Christ, perdue, puis rachetée. Nulle fatalité pour la femme fatale. Elle avait passé la fin de sa vie dans une grotte du massif où les Gitans de France convergeaient pour vénérer leur sœur de l'ombre. Bien qu'amateur de toute tziganerie, ce n'était pas pour rendre mes dévotions à la traînée glorieuse que j'avais séjourné ici, mais pour escalader le « pilier de Bartagne », une étrave de deux cents mètres de haut, fermant l'angle sud-est de la Sainte-Baume et transformant le massif en un navire de karst suspendu dans le ciel. L'escalade est une liturgie, une conjuration de la chute. Nous autres, amateurs de rochers, allons sur les faces comme à l'église. On y accomplit des gestes éphémères et des nœuds définitifs. On contemple le vide, image de soi-même. On vit une réduction de l'existence avec ses joies, ses peines, sa peur, et la délivrance, une fois parvenu en haut. On est relié à un ami, mais on ne le côtoie pas, car cinquante mètres de corde nous séparent de lui : relation humaine parfaite. On contemple les touches du réel. Chaque détail dit le monde. Une fleur des parois suffit à aimer la totalité. Il ne faut pas essayer de tout comprendre. On saisit quelque chose, c'est bien assez d'en jouir. On arrivera à l'unité par l'admiration d'un ou deux débris splendides de l'univers. « Tout ce qui se dévoile est beau », avait dit Priam sur les remparts de Troie. Tout ce qui est beau est divin, était-il facile d'ajouter. Débouchant au sommet, dans le vent mêlé d'aromates, on se dit que Pan n'est pas mort. La sensation d'être vivant, au bord d'un gouffre, ne peut-elle pas porter le nom de Dieu ? Là résidait l'intuition antique : les dieux étaient le nom de tout phénomène, de toute apparition. Cette phrase de Leopardi pour mieux exprimer l'idée : « Aucune métaphore plus appropriée n'ayant été trouvée pour traduire certaines nuances d'ordre émotionnel, j'affirme que les dieux existent. »

*

À près de cinquante ans, voilà de quoi je me contentais comme armement spirituel. Un mélange de lectures antiques, de méditations écolo-poétiques rapides, de credo néo-païen et de rata contemporain. Les efforts des Frères des écoles chrétiennes qui m'avaient appris à lire de la poésie, à connaître les plantes et à aimer la peinture (ils n'étaient pas *pédagogues*, ces ringards, ils nous instruisaient), n'avaient pas servi à grand-chose en matière théologique. Je ne connaissais plus *le climat de la Grâce*, j'avais perdu la foi en la fable de mon enfance. À trop cavaler dans les steppes, j'étais sorti du jardin. L'abbaye approchait. Y retrouverais-je le climat ?

*

Le père Michel m'attendait du bon côté de la grille. Juste à temps pour les complies, office du soir. Que chantaient les chanoines ? Ils chantaient la paix de la nuit. Elle descend du ciel, bleue bien sûr. Les insectes s'excitent, les oiseaux regagnent les nids, l'air est un peu acide, la Terre rend en humidité ce qu'elle a pris de photon au ciel. Les chanoines semblaient porter à bout de bras un plafond menaçant de tomber. Ils chantaient le psaume de David : « En paix je me couche, aussitôt je m'endors. » Se coucher pour s'endormir *aussitôt* : « C'est une phrase d'alcoolique », pensai-je ! Il fallait que je me débarrasse de cette mécanique consistant à tout transformer en calembour. C'était la vie dans les villes qui m'avait inoculé ce poison. Trois jours suffiraient-ils pour y remédier ?

*

Pouvoir hypnotique des complies : la psalmodie agit sur les ondes gamma du cerveau. Appelons cela le soulèvement de l'âme. Les voix invoquaient la protection du Créateur. La prière repoussait les ombres comme avait fait le feu dans la nuit préhistorique. Arrière, les fauves ! Hors du cercle, les spectres ! Que recule le territoire de la peur ! Ô la conjuration des psaumes, cette vaste douceur de la ligne atonale ! Dans ces textes, on discernait le temps des dieux avides, des Titans qui réclamaient la chair, des bêtes rôdant au bivouac. Tout était fragile. On vivait sur la crête. Il ne s'agissait pas de verser, car l'abîme appelle l'abîme. Rien n'a changé.

*

Après l'office, le père Michel m'emmena au réfectoire. Il était tard, les chanoines s'étaient retirés dans leurs cellules, l'abbaye reposait, « établie en sûreté » dans le Seigneur. Moi, arrivé comme un rustre dans un magasin de porcelaine (un stégosaure en Arcadie pour dire les choses plus simplement), je perturbais l'ordre.

Ainsi des augustiniens : une partie de leur vie est vouée à la contemplation, une autre à leurs semblables. Une part au ciel, une part au bruit qu'on appelle « le siècle » en terme poli. *La vie dedans puis la vie dehors* : c'est la règle.

Le chanoine sort en éclaireur, il passe la ligne, se porte au chevet de ses semblables, le monde étant un hospice. Il offre sa bonté aux hommes et son silence au ciel, distribuant aux premiers un peu de la clarté du second et retournant chercher les purifications du second après s'être sali le suaire au contact du suint.

Comment faisaient-ils, ces moines, après les coups de sonde dans la fosse pour ne pas s'effarer du désordre et de la laideur ? La Terre a si mal tourné. Et comment faisaient-ils pour ne pas se sentir supérieurs (ce qui eût été un péché) ?

Dehors, les frères se commettent. Dedans, ils se régénèrent. Le mur du monastère est une membrane. Dans la campagne, on appelle cela une *haie*. La haie délimite et contient, elle sépare les champs, mais n'emmure rien. Le vent, la lumière, les lièvres et les enfants ont l'autorisation d'y passer. L'openfield, géographie du monde global, conduit à l'arrachage des haies. Dans le bocage *défini*, climat de la grâce. Dans la steppe ouverte, climat de la masse.

La membrane du monastère autorise donc une circulation. Les profanes entrent comme je le faisais ce soir. Les frères sortent en robe, c'est-à-dire en armure, c'est-à-dire exposés, c'est-à-dire offerts. Grandeur des murs ! Beauté des frontières ! Les esprits paresseux déplorent tout rempart. Ils rêvent de terres équarries par les courants d'air. Ils ignorent qu'un rempart contient ses pertuis. Pardonnons-leur, ils ne savent pas ce qu'ils manquent.

Augustin, en établissant cette règle du ressac, cette navette de haute lisse entre *l'intérieur et l'extérieur*, évitait-il aux chanoines le narcissisme de l'ermite ? Je soupçonne que les forçats de l'absolu, vivant seuls dans leur grotte, finissent par s'aimer un peu trop. À prendre le ciel pour un miroir, ils y contemplent leur grandeur. On les entend d'ici, ces mangeurs de lézards : « Que le ciel sache ma grandeur, je tiens le flambeau, seul, face aux ténèbres ! » Ce vice de l'anachorète sera épargné à l'augustinien.

Et voilà comment, ce soir-là, un chanoine de Sainte-Marie de Lagrasse, après dix années d'études de théologie et une vie de conversation intérieure, se prémunissait de toute vanité en servant la soupe à un voyageur indigne, déboulé en retard dans un jeu de mikado. C'est la noblesse des domesticités volontaires. Je me sentais indigne de l'humilité du père. Il me resservit une cuillère de haricots.

*

Ce furent trois journées dans la partition. Génie des chanoines et des navigateurs (un synonyme) de solfier les heures. Passer le temps est une insulte à l'éternité (Thoreau). La prière sonne les quartiers du soleil : laudes au petit jour, sexte du plein midi, vêpres au tombant, complies des étoiles – calendrier cosmique. La vie voulant vivre, elle s'organise entre les prières. On agit dans le rythme et le rythme devient un pouls et la journée bat sa mesure. « Je n'aurai le temps de rien avec pareil programme », pense-t-on en arrivant. C'est le contraire qui est vrai. Le métronome élargit les heures. On remonte dans sa cellule aussitôt achevée la prière, on reprend son livre, son étude, ses exercices au sol. Espace clos, temps retrouvé, repas expédiés, vie conduite : maîtrise totale. Pilotage automatique. Ligne aérienne. On maigrit : on est donc au bon endroit.

*

Le monastère de pierre, couleur de peau de femme, couleur de pêche fraîche, s'appuyait sur huit siècles. Le jardin expliquait l'univers, très clairement. Les époques s'intriquaient. Le temps avait fait l'architecte. La table n'avait point été rasée, elle avait été marquetée. Absides, voûtes, tours, arcades : chaque siècle maintenait l'autre. Les pierres de grès chaud étaient d'un grain parfait, doux au toucher. Elles en avaient tant vu, elles en savaient beaucoup. Les pierres, absorbant les rayons et les ombres, n'oublient rien. Le temps battait, il pleuvait. Les grenouilles se chargeaient de la psalmodie nocturne. Lavé par les averses tièdes, le cloître avait un air de mission subtropicale, comme dans Graham Greene, mais avec des silhouettes blanches glissant sur les dalles et non un prêtre dingo cravachant un mulet devant son ombre macabre. C'était « la puissance et la grâce » ! Je dormais dans ma petite cellule. Par la fenêtre : le rappel des oiseaux, le vrombissement des mouches, le vent dans le cyprès, la cloche. Ding ! Ding ! Bêtes, hommes et arbres : tous frappés du même métal.

*

Les frères étaient bons avec moi. Ils venaient me parler. On s'asseyait dans les fauteuils, et ils m'apprenaient des choses sur la pensée augustinienne que j'avais attendu quarante-neuf ans pour découvrir car – faisons des confessions – j'avais peu lu Augustin. En outre, longtemps je m'étais promené du côté de la Mongolie extérieure, où l'on disait autrement ces choses-là (et par surcroît, dans une langue impossible).

L'homme prolongeait la Création en nommant les formes du monde, ses éclats, ses chatoiements. Ainsi les mots bénissaient-ils les choses et continuaient-ils l'œuvre par leur simple énoncé. Le livre d'heures du monde était un livre de mots. Dieu avait semé les consonnes et l'homme devait ajouter les voyelles. Riche de ce bel enseignement, je marchais chaque jour deux heures aller-retour, à travers bois, vers la chapelle Notre-Dame du Carla située à quelques kilomètres du monastère et, sur le chemin, je prenais soin de nommer à haute voix – de gueuler pour être honnête – le nom des espèces que j'avais la chance de croiser et l'honneur de reconnaître. « Ciste ! criais-je. Chêne kermès, faucon crécerelle ! Épeire et argiope ! Vive la chouette et le tronc ! » Et c'était ma prière que d'herboriser ainsi, offrant des mots aux bouquets de visions.

*

Un jour, je rentrai en courant vers le monastère car je m'étais arrêté devant un beau capricorne xylophage, et j'avais laissé passer le temps. Des nuages noirs menaçaient de crever et je m'étais mis en retard pour les vêpres, et je courais sur le chemin de cailloux blancs. De toute ma vie, je n'avais jamais forcé l'allure vers pareil rendez-vous.

*

Un autre frère m'expliqua qu'Augustin révérait les formes du vivant – les araignées et les ancolies, le vent dans les peupliers et l'encolure du poulain –, car chaque motif contient le résumé du monde. Cette idée du vitrail de la vie, cette idée que la constellation se tient récapitulée dans l'aubépine, que l'univers s'équationne dans l'aile du papillon, cette idée que je croyais pascalienne de l'univers dans le « ciron » et cette idée que je croyais jüngerienne qu'« un jour nous saurons que nous nous sommes connus » nous autres, tristes protozoaires et misérables humains, bref, cette idée de la fractalisation en tessons du principe unitaire, cette idée de l'entremêlement des échelles que je croyais pythagoricienne, hugolienne et vaguement banale, je crus comprendre qu'elle fécondait la pensée d'Augustin, orientait le regard de ses frères et modifiait sans cesse le réglage optique de leur cœur, cet instrument de visée. Et dès lors, je repris ma promenade en entrecoupant mes gueulements par de courtes stations, le nez dans l'herbe, à chercher dans la première fourmi croisée la preuve que l'univers était tout entier tombé en averse sur la Terre.

*

Un soir, après les complies, où j'avais mieux entendu que les premières fois la réverbération de la voyelle ouverte dans la ligne atonale, rebondissant dans la mesure, ricochant à chaque phrase et se réverbérant des palais à la voûte, des voûtes aux dalles du sol et du sol vers le ciel, je proposai aux chanoines de descendre en rappel de la tour du XVIe siècle qui flanque l'abbaye au chevet de la nef en ruine. Les lumières du soir excitent les enfants, c'était donc l'heure de faire le singe. Moi : « J'ai deux cordes et des harnais d'escalade, ne voulez-vous pas qu'on se tape un rappel de quarante-cinq mètres du haut de la tour ? » Les chanoines : « Demandons la permission au père abbé. » Non seulement il nous la donna, mais il l'assortit d'une bénédiction. Nous nous agenouillâmes dans le cloître (le genou est l'organe principal de la foi). Le père : « Je vous les confie, prenez garde, Sylvain. » Ah, le moment était beau ! Il n'aurait pas déparé dans un de ces romans de nos enfances héraldiques (Serge Dalens, Jean Raspail, Pierre Benoît, Joseph Peyré) et il me sembla ce soir-là que je recevais l'adoubement avant l'assaut. Hélas, ce n'était que pour survivre à des acrobaties de jongleur de beffroi. Hélas encore, le jour viendra peut-être, dans les années de nos vies, où il faudra forcer un passage vers la liberté à travers une herse barbare, et je me souviendrai alors qu'on gagne beaucoup à recevoir d'un prêtre le signe d'une croix sur le front, fût-il un front strié de pensées mécréantes, une boîte en os pleine de souvenirs érotiques.

La tour octogonale hérissée de huit pilastres tronqués (comme chez Frédéric Barberousse) faisait un fier portique pour les alpinistes. On balança les cordes. Trois chanoines volontaires enfilèrent les harnais sous les robes et se balancèrent dans le vide, sans avoir trop reçu d'explications (ils avaient reçu une bénédiction). Ils se fichaient des directives « *pour le confort et la sécurité* » (ces ambitions de gisants), ils riaient. Ils descendirent les quarante-cinq mètres. Leur robe se gonflaient. Trois corolles blanches flottaient : trois ombellifères, non ! Trois fleurs de lys lâchées d'un parapet, non ! Trois parachutes à Sainte-Mère-Église. On s'amusa. Il y eut force grâce dans cette pesanteur.

*

Le lendemain, je partis. Moi aussi, je passai la ligne. Je retournai dans l'arène aux réduves masquées, chez les miens donc. Je n'avais pas progressé beaucoup dans l'ordre de la foi. La preuve, je rentrais chez moi. Mais je savais que des chanoines étaient disposés là, en ordre de marche, c'est-à-dire éternellement immobiles. Et la certitude de leur présence lointaine et effective et même inaccessible valait peut-être autant que son côtoiement. Ainsi de la certitude que des bêtes magnifiques vaquent dans les forêts : point n'est besoin de les voir si on sait qu'elles vivent.

Les augustiniens se tiennent derrière la membrane de grès. Ils tiennent. Ils répètent les gestes. Ils disent les mots. Ils lisent le livre. Cela ne suffit-il pas ?

Et retrouvant la laideur énorme de la ville, la grande santé de la méchanceté humaine, je savais désormais que ce carnaval hideux n'était pas grave. L'immense expulsion de la haine, la cataracte de foutre et de sang qui s'appelle l'Histoire n'a aucune importance. Le temps va ramener l'ordre des anciens jours, a écrit Nerval. Phrase auguste. Patience, frères humains ! Le monde n'est pas ce qui se passe derrière les murs de Lagrasse.

La grâce, c'est qu'une dernière lampe continue à brûler.

La grâce, c'est que tout repoussera.

Prions pour que le climat se réchauffe.

Fondation

Camille Pascal

Le 15 août 778
et les quelques semaines qui suivirent

La trompe sonna une première fois. Une flèche siffla aussitôt pour venir se ficher dans la cotte de mailles, à hauteur de l'épaule droite. Le guerrier impassible porta à nouveau le cor à ses lèvres, inspira profondément pour que son appel puisse franchir les montagnes et alerter le roi. Un nouveau sifflement se fit entendre, la flèche déchira cette fois le haubert à la hauteur de l'abdomen, et l'homme dut poser un genou à terre. Alors il souffla, une troisième fois, dans son olifant, dont il parvint à arracher, malgré la douleur, une plainte pathétique partie se perdre dans le tournoiement des aigles qui glatissaient, au-dessus de lui, d'une excitation mauvaise. Le sang gicla et le noble paladin, cette fois terrassé, s'effondra sans avoir eu le temps de murmurer un dernier *Pater Noster*. Le soleil était au plus haut et l'ombre de Durandal, l'épée qu'il n'était pas parvenu à briser pour la soustraire à ses ennemis, dessinait désormais une croix sur son cadavre.

Le col de Roncevaux n'était plus qu'un charnier et les Vascons, heureux d'avoir vengé le sac de Pampelune, détroussaient les cadavres pour se payer de leur peine. Le cor de Roland, très disputé entre les vainqueurs, fut joué aux dés comme l'avait été, autrefois, la tunique du Christ, puis servit aux libations sauvages d'une tribu ivre du sang versé.

Lorsque le roi Charles, dont l'armée battait en retraite, apprit que son arrière-garde venait d'être décimée et que Roland, préfet des marches de Bretagne, comptait au nombre des victimes de l'embuscade, tout comme le sénéchal Eggihard et Anselme, comte du palais, il maudit ces Vascons qui n'étaient chrétiens que de nom, parlaient la langue du diable pour mieux pactiser avec les Sarrasins contre l'armée du Christ. Il regretta de ne pas avoir brûlé leurs villes, détruit leurs villages et fait semer du sel sur leurs terres pour les rendre à jamais stériles. Il appelait aussi la malédiction du Ciel sur Souleiman, le roi de Saragosse, qui l'avait entraîné dans cette aventure en l'appelant faussement à l'aide. Bientôt il se vengerait de lui comme d'Abu Tawr, ce Wisigoth, fils de chien, petit-fils de relaps, félon et traître parmi les traîtres, qui avait renié la Croix de ses pères pour mieux s'agenouiller devant l'émir de Cordoue.

Le roi pleurait de rage et d'impuissance, suppliait la Vierge Marie de lui venir en aide et de punir les méchants, les infidèles et les Vascons, lorsque Tylpinus, archevêque de Reims, aussi fin lettré qu'il était habile courtisan, venant cheminer à son côté et presque botte à botte, lui rappela opportunément que l'empereur Auguste avait vu, en son temps, les légions de Varus décimées par les barbares et que, malgré cette perte terrible, il n'en restait pas moins le fondateur du grand Empire romain dont la gloire traversait les siècles. Cette comparaison flatta le roi autant qu'elle le rassura. Si l'empereur Auguste avait affronté la défaite sans frémir ni fléchir, alors lui, Charles, fils de Pépin, petit-fils de Charles Martel, roi des Francs et des Lombards, bien-aimé du pape Adrien et soumis à la volonté du Tout-Puissant, ne pouvait pas désespérer. Il reviendrait, il en faisait le serment devant Dieu, repousserait les Sarrasins au-delà de l'Èbre, ferait la jonction avec le royaume des Asturies et libérerait l'apôtre saint Jacques des mains impies qui retenaient sa dépouille, mais, pour l'heure, il devait commencer par sauver son honneur, son armée et peut-être sa couronne.

À l'étape suivante, le roi ordonna à ses scribes et à ses secrétaires de taire la mésaventure de Roncevaux, et à ses vassaux de remettre l'armée en ordre de marche. Il fallait quitter définitivement ces montagnes maudites et rejoindre au plus vite la plaine où les deux colonnes franques qui remontaient d'Hispanie, l'une par l'ouest et l'autre par le col du Perthus, pourraient faire leur jonction. Là, les Francs seraient à nouveau invincibles.

Une fois les deux armées réunies, Charles commença par faire distribuer le butin pour entretenir le moral de ses guerriers, car les nouvelles étaient mauvaises, très mauvaises même. Les Saxons, profitant du départ du roi et de ses hommes pour l'expédition espagnole, s'étaient à nouveau révoltés. La destruction, six ans plus tôt, de l'Irminsul, leur arbre sacré censé soutenir le toit du monde, n'avait pas servi de leçon à ces écervelés, et leur chef Widukind reprenait les armes. L'été touchait à sa fin, les hommes étaient aussi épuisés que les chevaux, il ne pouvait être question de se lancer dans une nouvelle campagne militaire, mais il était déjà temps de préparer la suivante. Au prochain champ de mai, les guerriers seraient donc à nouveau appelés à s'assembler pour réduire et convertir définitivement la Saxe. Si abattre l'arbre sacré n'avait pas suffi à ramener les Saxons à la raison, alors Charles ferait brûler toutes les forêts de leur pays pour les enfumer jusqu'à leur reddition complète et au triomphe du Christ-Roi.

Quelques jours plus tard, un immense nuage de poussière s'élevait au-dessus de l'ancienne voie Domitia, annonçant à des dizaines de lieues à la ronde la remontée vers le nord de la grande armée royale. Ce tourbillon précédait l'avant-garde d'une demi-journée, obligeant les puissants à accourir et les misérables à abandonner le glanage pour venir se prosterner face contre terre. À Narbonne, où le roi avait décidé de relayer, il trouva la foule des solliciteurs venus de toute la Septimanie pour lui demander de trancher en leur faveur des litiges fiscaux, parfois vieux d'un demi-siècle, le rétablissement de privilèges, accordés par ses pères lors de leurs propres campagnes, ou de nouvelles exemptions en dédommagement de l'occupation sarrasine. Malgré la fatigue du voyage et la charge de ses contrariétés, Charles, installé sous un dais de velours pourpre et assis sur la chaise curule des anciens gouverneurs de la Narbonnaise, écoutait en silence. Il prenait l'avis des pairs et des clercs, prononçait des sentences ou accordait son pardon, obligeant alors les rejetons d'anciens lignages royaux à lui baiser le pied en signe de soumission. Pendant ce temps, le chancelier veillait à ce que chaque décision soit consignée et que la minute qui en serait bientôt délivrée au requérant soit strictement conforme à la parole royale qui, en vertu du principat reçu des papes de Rome, prenait désormais force de loi.

Alors que le roi, l'archevêque et tous les abbés qui l'entouraient s'apprêtaient à entonner les grâces pour étendre sur l'ensemble de ces décisions la protection du Saint-Esprit, le comte palatin en service s'approcha du dais royal et chuchota quelques mots à l'oreille de son maître. Un troupeau de moines, plus sales que des chèvres à l'automne, mais conduit par un homme dont le ton n'admettait pas la réplique, demandait à être reçu en audience. Celui-ci disait s'appeler Nimfridius, être de noble lignage wisigoth et conduire cette harde d'ermites crasseux et infirmes sur les chemins escarpés du Salut. Sa voix, sa croix pectorale de la plus belle orfèvrerie et surtout sa parfaite maîtrise de la syntaxe latine, rare même dans le plus haut clergé franc, en imposaient. Aussi fut-il aussitôt reçu par le roi, auquel il raconta son histoire en prenant bien soin de s'exprimer dans la langue vulgaire pour être immédiatement compris de lui. Il avait autrefois dirigé un petit ermitage à quelques lieues de là, mais cet établissement pieux, situé au lieu-dit Novalitio, avait été razzié et brûlé par les Sarrasins avant que la glorieuse armée du roi Pépin ne vienne reprendre une à une les villes de Septimanie. Certains de ses frères avaient été réduits en esclavage et d'autres aveuglés par la lame rougie au feu de l'enfer. Le père du roi avait promis de relever l'église et les bâtiments détruits par les infidèles mais, malheureusement, dans la précipitation de son départ, il avait oublié de faire consigner ses ordres par les scribes, et ses paroles s'étaient envolées au gré du vent de cers. Privés de tout soutien, les ermites étaient partis trouver refuge dans les grottes de la montagne toute proche, emportant avec eux quelques volumes calcinés et la sainte vaisselle liturgique. L'abbé exhortait le souverain à accomplir la volonté de son père et à relever le monastère, non sans vanter, au passage, la terre grasse et les riches herbages de la vallée de l'Orbieu où il se trouvait.

Charles écoutait attentivement le moine ; il avait autant besoin de réconfort spirituel que les chevaux de son armée d'herbe fraîche. Alors, il se leva, remercia le Ciel et la Vierge Marie d'avoir mis ces saints ermites sur son chemin et ordonna aussitôt que l'armée se prépare à faire mouvement, non plus vers le nord, mais vers l'ouest, dans la direction de Carcassonne. On ferait halte dans cette vallée grasse que l'abbé leur présentait déjà comme une nouvelle Terre promise. Les soldats, épuisés et affamés, applaudirent à cette décision qui leur promettait le repos en frappant bruyamment de l'épée sur les lourds boucliers de bois. Ils suivraient leur maître dans cette vallée comme les Hébreux avaient suivi Moïse. Aussitôt, les prélats et les chantres du palais chantèrent des louanges. Le lendemain, l'armée se mettait en branle.

Parvenus sur les bords de l'Orbieu, les Francs s'émerveillèrent de trouver de l'eau en abondance et cette herbe bien verte qui leur avait tant fait défaut dans les terres montagneuses et arides, où ils avaient souffert la malemort sous leurs harnachements de fer et de cuir. On établit le campement autour des tentes royales, le comte du palais envoya des guetteurs sur les hauteurs de façon à prévenir un coup de main des Vascons ou des Aquitains, et quand tout fut installé, les hommes partirent se jeter nus à la rivière en compagnie du prince et des évêques, sous le regard étonné des chevaux. Rafraîchi, Charles, accompagné d'une partie de sa cour, suivit ensuite Nimfridius jusqu'au lieu de l'ermitage, où il découvrit un spectacle de désolation. L'ancienne palissade avait été arrachée, les maisons des ermites réduites en cendres et la chapelle transformée en étable. Le roi fit le signe de croix à plusieurs reprises avant d'y pénétrer et ordonna à ses chapelains de dire les prières consacrées pour chasser le diable de la maison du Seigneur. Ensuite, en témoignage d'humilité, il s'empara lui-même d'une fourche pour enlever le fumier qui offensait le dallage et ordonna de relever la pierre d'autel transformée en mangeoire. Prenant exemple sur le roi, chacun fit de même, puis on alla chercher des prisonniers ramenés d'Espagne pour achever ce travail infamant. Ce que l'infidèle avait renversé, l'infidèle devait le relever. Ce n'était que justice.

Au sortir de la chapelle en ruine, Charles réunit le conseil ; il avait longuement réfléchi depuis le départ de Pampelune et la rencontre des sept ermites était évidemment un signe de Dieu, une réponse à ses craintes. Prenant à témoin l'archevêque de Reims, le noble et puissant Tylpinus, il lui rappela leur conversation au sujet de l'empereur Auguste et ajouta que, pour faire obstacle aux barbares, ses successeurs avaient doté les frontières de l'empire d'un mur immense. Tous les prélats et les paladins acquiesçaient aux paroles du roi en s'esbaudissant de son immense savoir, mais Charles, sans s'arrêter à ces courtisaneries de palais, poursuivait son raisonnement à haute voix. Élevé sur les ordres d'empereurs païens, ce mur n'avait évidemment aucune chance d'arrêter les fléaux de Dieu, car il n'était construit, en réalité, que de bois, de terre et de vanité... À ces paroles sentencieuses, tous se taisaient, et même les mouches d'août, dont le concert pouvait devenir assourdissant sous les tentes de peau mal tannée, firent silence. Où le roi voulait-il en venir ? Quelle idée Tylpinus lui avait donc soufflée pendant la longue retraite des Pyrénées ? Chacun s'interrogeait, mais en silence, ainsi qu'il convient aux conseillers d'un puissant monarque. Charles, heureux de son effet, poursuivait son propos comme si l'archange saint Michel parlait par sa bouche ; lui n'était pas un empereur païen, mais un roi très chrétien qui, comme le roi David, avait reçu l'onction sacrée. Une onction que le pape Étienne, de vénérable mémoire, leur avait accordée à lui comme à son père, un quart de siècle plus tôt, en la basilique Saint-Denis. Le pontife l'avait ainsi publiquement désigné comme le futur roi du nouveau peuple élu. Un glorieux avènement toujours confirmé par ses successeurs sur le trône de Pierre. Ce n'était donc pas un vulgaire mur de pierre qu'il devait élever pour protéger le royaume des infidèles et des relaps, mais bien un mur de prières dont les saints ermites seraient désormais les sentinelles. Ainsi, non seulement il était bien décidé à relever de ses cendres le monastère de Nimfridius, mais il avait pris la décision de fonder de nouveaux monastères dans toute la Septimanie afin de doter d'une infranchissable frontière spirituelle cette province arrachée aux Sarrasins par Charles Martel et Pépin le Bref. À peine Charles eut-il achevé d'exposer ce plan grandiose que l'archevêque de Reims resté silencieux jusque-là leva les bras au Ciel pour remercier l'Esprit saint d'avoir inspiré au plus grand de tous les rois la conception d'un projet qui mettrait le royaume, et par là toute la chrétienté, sous la protection des anges et des archanges. Il invita ses confrères tonsurés à s'agenouiller pour rendre grâce, ce qu'ils firent en tombant à terre avant même que le roi ait eu le temps de faire de même. C'était remercier Dieu et flatter le roi.

Les prières n'étaient pas achevées lorsqu'un messager tout couvert de poussière et qui s'était introduit sous la tente sans que personne le remarque s'approcha du monarque, auquel il tendit une lettre. Le roi s'en saisit avec vivacité, puis, prétextant de sa mauvaise vue, la fit lire à haute voix par un des scribes de la chancellerie. Les médecins de la reine Hildegarde, qui était grosse au moment où l'armée s'était mise en marche pour l'Espagne, avaient supplié le roi de ne pas l'emmener, mais, devant la colère de sa jeune épouse, qui se refusait à le quitter, Charles avait cédé et la reine avait suivi. Pourtant, aux alentours de Poitiers, la nature imposa ses raisons. La reine, qui avait perdu une fille lors de la traversée des Alpes au retour du siège de Pavie, s'était résolue à abandonner l'expédition et à attendre sa délivrance au palais de Chasseneuil. Elle venait donc d'accoucher de deux beaux jumeaux et le faisait savoir à son royal époux. Cette nouvelle, qui assurait la continuité de la dynastie, devenue sacrée par la volonté du pape, venait rappeler au roi qu'il restait le bien-aimé du Seigneur Jésus-Christ et de sa mère, la Vierge Marie. À cette annonce faite au roi, tous les prélats, les chantres et les thuriféraires du palais tombèrent à genoux derechef pour rendre à nouveau grâce. C'était comme si le Ciel, après le méchant orage reçu à Roncevaux, se souvenait qu'il avait choisi le peuple franc pour agir dans le monde à travers lui. Les ermites ajoutèrent leurs alléluias à cette joyeuse polyphonie et le roi remarqua avec plaisir que, pour être sales et miséreux, ils n'en possédaient pas moins une belle voix.

Transporté par la naissance de ses fils Louis et Lothaire, Charles distribua ses ordres. Le monastère et son église devaient être reconstruits à neuf, et l'église serait dédiée à la sainte Vierge. Il laisserait sur place des hommes d'armes afin d'assurer la protection des ermites et de surveiller les travaux. Tous les habitants de la vallée seraient soumis à la corvée jusqu'à la fin de la reconstruction, et la ville de Narbonne se voyait sommée de livrer les plus belles colonnes de marbre de son ancien capitole dans le but d'orner les portiques du nouvel édifice. Le fût de chacune deviendrait alors le réceptacle des reliques les plus saintes, et le roi annonça qu'à cet effet il se défaisait d'une partie du butin emporté d'Espagne. Il donnait, ainsi, à l'abbaye une fiole contenant le précieux sang de saint Étienne, deux dents de sainte Colombe, trois doigts de saint Germain, une boîte d'ivoire magnifiquement ouvragée remplie des cendres de saint Laurent et, surtout, les très vénérables vertèbres de saint Vincent, dont le martyre avait été longuement commenté dans ses célèbres sermons par le grand saint Augustin lui-même. Ces reliques de saint Vincent particulièrement précieuses n'étaient pas, à proprement parler, une prise de guerre, car elles avaient été rachetées contre monnaie sonnante et trébuchante à l'émir de Saragosse, qui jusque-là s'en servait pour jouer aux osselets. La seule chose dont le roi refusait intérieurement de se défaire, quoiqu'il en fût tenté pour montrer sa bienveillance à l'égard des moines, c'était ce cheveu de la Vierge délicatement enchâssé dans un reliquaire en cristal de roche et qu'il portait en permanence autour du cou.

Avant que l'armée et les lourds chariots de la cour ne s'engagent sur la route de Carcassonne, les troupes furent disposées en arc de cercle autour de l'ancienne chapelle de façon à pouvoir recevoir la bénédiction de l'archevêque de Reims, lequel se recueillait avec le roi à l'intérieur de l'édifice, dont le toit et l'autel avaient été hâtivement relevés la veille. Si Charles était en tenue de campagne, seul un diadème délicatement posé sur son front venant rappeler sa souveraineté, Tylpinus étincelait dans ses vêtements sacerdotaux, relevés par la simplicité, presque rustique, du *pallium*, qui rappelait à chacun en quelle estime le saint homme était tenu par le pape en personne. L'apparition d'un archange n'aurait pas fait plus d'effet sur les guerriers francs.

Embrassant l'assemblée d'un regard fiévreux, le prélat leva le bras, signe qu'il allait s'adresser à elle avant de la bénir. Le silence se fit aussitôt et les hommes déposèrent leurs francisques à terre en signe de respect. Il avait fait un songe la veille et devait en faire part aux ermites et à toute l'assemblée. Les anges étaient descendus du ciel au cours de la nuit précédente pour lui annoncer que la future église abbatiale serait consacrée par quelqu'un de plus noble que lui, quelqu'un de plus noble que Sa Sainteté le pape Adrien lui-même. Chacun se regardait, s'interrogeait du regard, mais seul le roi Charles ne paraissait pas surpris. Pourtant, qui pouvait être plus noble que le pape de Rome ? L'empereur Léon qui régnait à Byzance ? La chose n'avait pas le sens commun ;

non seulement ils protégeaient les iconoclastes, mais, d'après le récit des marchands venus du Levant, c'était l'impératrice Irène, sa femme, qui portait en réalité la couronne impériale. Alors qui ? Le patriarche de Constantinople ? Là encore, comment placer au-dessus du successeur de saint Pierre ce simple patriarche obligé de se prosterner de tout son long devant les empereurs le jour de leur avènement ? Chauffée à blanc par la curiosité, l'assistance suppliait le prélat du regard pour obtenir une réponse. Assuré de son emprise sur la foule, Tylpinus révéla que, dans son sommeil, les anges lui avaient annoncé la venue du fils de la bienheureuse Vierge Marie lui-même… À la prédiction d'un tel miracle, tous se jetèrent à genoux pour remercier le Ciel et implorer la bénédiction du saint homme, qui avait reçu la grâce d'être visité par les anges et d'annoncer la visite du Christ.

Le 19 janvier 779 au palais de Compiègne

Il faisait un froid à pierre fendre dans ce vieux palais des anciens rois, et une humidité mauvaise montait de la forêt toute proche. Malgré son lourd manteau fourré de loutre et les braseros de bronze posés de-ci de-là dans la vaste salle, Charles ne parvenait pas à se réchauffer. Le roi n'aimait pas cette villégiature hantée par le souvenir coupable des descendants de Mérovée, pas plus qu'il n'aimait ces longues heures passées dans la chancellerie à signer les actes et les diplômes de son règne. La fréquentation des clercs, des jurisconsultes et des savants l'impressionnait toujours un peu, car il ne maîtrisait ni le latin ni l'écriture cursive, ce qui l'obligeait à se faire lire et traduire en langue franque tous les documents qui lui étaient soumis. Outre que cette ignorance le mettait en situation d'infériorité vis-à-vis de ses propres scribes, elle l'obligeait à leur faire entièrement confiance. Cela étant dit, la haine entre eux était si vive que, si l'un d'eux s'était risqué à trahir la volonté de son maître, il aurait été dénoncé par ses pairs dès le lendemain, et aucun de ces esprits agiles n'avait envie de finir au fond d'un couvent, les yeux crevés et le nez coupé.

Charles préférait sans conteste la guerre et la chasse à l'austère travail de chancellerie, mais il le savait indispensable. Les rois aussi étaient ainsi soumis à la corvée. Le royaume qui lui avait été confié par Dieu traversait depuis plusieurs mois une crise terrible. Il était parfaitement conscient que, en levant le siège devant Saragosse, son armée laissait l'Aquitaine et la Septimanie à la merci des raids des Sarrasins, mais ce n'était pas la seule menace. Au nord, rien n'arrêtait plus l'impudence des rebelles saxons, dont la cavalerie narguait à présent les murailles de l'ancienne ville impériale de Cologne et, comme un malheur n'arrivait jamais seul, des récoltes catastrophiques laissaient les greniers vides. Avec l'hiver, la famine se déclarait partout et, le matin même, il avait dû ordonner à son sénéchal de puiser dans les propres réserves du domaine royal pour soulager les manants qui, sans cela et malgré la peur du fouet, auraient abandonné leurs terres pour chercher fortune ailleurs. Le Père tout-puissant manifestait ainsi violemment sa colère devant le désordre du royaume, un désordre général qu'il avait, lui-même, laissé s'installer, tant les campagnes d'Italie, de Saxe et d'Espagne l'accaparaient depuis plusieurs années. Une ferme reprise en main des affaires intérieures était devenue indispensable. Aussi travaillait-il d'arrache-pied et depuis plusieurs mois à de profondes réformes qui touchaient autant à l'organisation de l'Église qu'à l'administration de l'État. Rétablir l'ordre public et la paix intérieure lui apparaissait désormais comme les corollaires indispensables à sa politique de conquête. C'était la raison pour laquelle il ne se déplaçait plus sans la compagnie de ses clercs et de ses légistes, auxquels il avait commandé une refonte complète des procédures judiciaires et une révision de la répartition du poids de l'impôt. Il se voulait, sans oser l'affirmer encore, un nouveau Théodose ou un nouveau Justinien, ces grands empereurs chrétiens qu'il admirait pour avoir légué au monde les codes qui portaient encore leurs noms. Les imiter, c'était s'auréoler de leur gloire, c'était véritablement régner. Aussi Charles s'astreignait-il à se faire lire, ou plus exactement traduire, les différents articles de son futur capitulaire, modifiant parfois telle disposition qu'il trouvait trop éloignée du droit coutumier, ou exigeant plus de clarté dans l'énoncé des peines. À chacune des remarques royales, le chancelier Ercambaldus indiquait au scribe, de la pointe de sa baguette, le passage qu'il convenait de modifier et exprimait alors, dans un latin de palais, la pensée du monarque.

L'arrivée d'un copiste portant précieusement un parchemin fraîchement calligraphié interrompit soudain les doctes échanges entre les prélats de la chapelle palatine au sujet de la compétence canonique des évêques sur les prêtres. Chacun comprit et se signa. Le roi Charles n'avait pas oublié l'ancien ermitage du pieux Nimfridius, pas plus qu'il ne perdait de vue son projet de confier à la prière des moines la défense des frontières du royaume. Ainsi, non content d'avoir doté l'abbaye en reliques, en argent et en corvées, il souhaitait lui apporter tout à la fois sa protection directe et des biens-fonds inaliénables qui seraient ainsi soustraits à la rapacité des grandes familles locales. Le roi ordonna au chancelier de déchiffrer le diplôme tout en lui faisant signe de ne pas s'attarder sur la longue litanie de ses titres et d'aller directement à l'essentiel. Il accordait à l'abbaye l'immunité royale, lui permettant ainsi d'échapper à la juridiction de l'évêque autant qu'à l'autorité du comte de Narbonne, pour être soumise au seul patronage royal. À ce privilège de juridiction, le roi ajoutait la donation de l'ensemble des terres relevant de l'ancien fisc impérial qui entourait la nouvelle abbaye et toutes celles qui avaient été abandonnées par leurs tenanciers légitimes à cause des malheurs des temps. Ainsi dotée, la future abbaye devenait une véritable puissance toute dévouée au roi au cœur de l'antique Narbonnaise. Non seulement on y prierait éternellement pour Charles, sa famille et son royaume, mais les troupes y trouveraient toujours le fourrage et les vivres dont elles avaient besoin lorsqu'elles étaient en campagne. Quand le chancelier eut relu à haute et intelligible voix le texte latin, immédiatement traduit en langue franque par le scribe dont c'était la principale fonction, il signa le parchemin qui avait été soigneusement déroulé avant d'être fixé sur le plateau du scriban à l'aide d'épingles d'or. C'est à cet instant seulement que Charles se leva pour s'approcher avec respect de cette peau de bête qui, par la seule magie de l'écriture, conserverait désormais sa volonté pour des siècles et des siècles. Aussitôt, le chancelier présenta au roi le précieux encrier de porphyre et lui tendit un stylet d'ivoire pendant que le chambellan relevait la large manche de son habit pour faciliter ses mouvements. Le roi demanda que l'on approche de ses yeux fatigués une des lampes à huile qui combattaient l'obscurité précoce de cette journée d'hiver, trempa le stylet dans l'encre, l'essuya soigneusement sur les rebords de porphyre, puis traça avec mille précautions et une lenteur d'apprenti le monogramme en forme de croix et les quatre lettres qui lui tenaient lieu de signature. Une fois ce travail achevé, il reposa le stylet sur le rebord du scriban et contempla le résultat de ses efforts avec la satisfaction du devoir accompli. Le chancelier s'approcha ensuite, souffla sur l'encre pour l'aider à sécher et, d'une voix de stentor, lança à travers la vaste pièce le « *Carolus Rex* » qui attestait que le roi avait bien signé la charte de fondation du monastère. Chacun rendit alors grâce à Dieu et le roi ordonna qu'une minute de l'acte fût copiée, soigneusement roulée dans un étui de camphrier et envoyée à son ami l'abbé Nimfridius.

Le 5 avril 791, monastère de Novalias

C'est le pape Adrien en personne qui, depuis Rome, avait fixé la dédicace de la nouvelle église abbatiale au mardi suivant l'octave de Pâques. Il connaissait la prophétie, et seul le Christ une fois ressuscité pouvait descendre parmi les hommes. Juchés sur des chars à bœufs ou de simples mules, tous les évêques, les archevêques et les abbés mitrés d'Aquitaine et de Septimanie convergèrent vers la vallée de l'Orbieu pour participer à cette solennité si particulière. Parfois, une main lourdement baguée d'améthyste étendait, par-dessus les têtes de manants agenouillés au bord des chemins et des routes, la précieuse bénédiction épiscopale. Toutes les puissances locales étaient accourues dans l'attente du miracle promis, même si, malgré les vicissitudes des derniers siècles, les descendants des vieilles familles sénatoriales se refusaient encore à frayer avec les noblesses franques ou wisigothes, dont les origines septentrionales puaient la tourbe.

Après douze ans de travaux, le nouveau monastère n'avait évidemment plus rien de commun avec l'ancien ermitage autrefois ruiné par l'envahisseur. Une véritable enceinte séparait dorénavant les moines des turpitudes du siècle, et les invités profitaient de l'exceptionnelle levée de la règle de clôture pour faire l'inventaire des bâtiments nouveaux. Le cellier, la forge, les étables, la porcherie et surtout la vaste grange où les moines entassaient le produit de la dîme heureusement rétablie dans tout le royaume par la bienveillance du roi Charles faisaient l'admiration de tous, mais c'est bien sûr l'église qui provoquait les ébahissements et attirait à elle toutes les louanges. La tuile remplaçait le chaume, la pierre, la terre cuite, le marbre, les vulgaires stucs colorés, et l'argent finement ciselé, les anciennes poteries grossièrement vernissées. De précieuses mosaïques représentant les épisodes de la vie de la Vierge couvraient l'ensemble des parois et une lumière laiteuse, presque irréelle, tombait des hautes fenêtres obstruées d'albâtre. Partout où les tessons de pâte de verre ne glorifiaient pas la mère du Sauveur, les tissus orientaux les plus rares recouvraient les murs, et le dallage de pierre était jonché de magnifiques tapis de fleurs où les lys le disputaient aux roses. Quant aux anciens ermites, toujours vêtus de lin blanc désormais, ils avaient pris bonne mine.

Au matin du jour fixé par le Saint-Père, toute la prélature franque et wisigothe des provinces méridionales du royaume des Francs se pressait donc devant la belle porte de noyer aux ornements de bronze. Là, chacun attendait les instructions de l'abbé. Protégé par un baldaquin de soie, le noble ermite se fit apporter les vases précieux, ordonna qu'ils fussent remplis d'eau et les bénit. Il agit de même avec le saint chrême et le tout fut déposé par les thuriféraires au pied de l'autel. Ensuite, il demanda à tous les évêques présents de célébrer des messes jusqu'à la neuvième heure tout en annonçant, à leur grande surprise, que la consécration de l'édifice ne se ferait pas avant le lendemain matin. Des chants magnifiques s'élevèrent jusqu'aux voûtes de la chapelle pour les vêpres et complies, et c'est seulement à la nuit tombée que les officiants quittèrent le sanctuaire. Toutes les issues furent alors verrouillées et chacun regagna le vaste dortoir. Nimfridius était à ce point épuisé par cette longue journée de cérémonie, qu'il s'endormit tout habillé sur son propre lit et fut immédiatement bercé par le doux chant des anges du Ciel.

Dès le lendemain matin, un petit troupeau liturgique, où les simples clercs se mêlaient aux riches abbés comme aux puissants évêques, s'acheminait dans le plus grand désordre vers l'église de façon à pouvoir procéder à la dédicace de l'église du monastère selon le rite fixé deux siècles plus tôt par le pape Grégoire. Une fois la porte principale ouverte à deux battants, tous y pénétrèrent en une digne procession où chacun put retrouver enfin son rang, mais, très vite, un murmure d'étonnement parcourut l'assistance avant de se transformer en de véritables exclamations. Certains se signaient, d'autres pleuraient en silence, mais tous restaient bouche bée. Les vases sacrés étaient vides et l'eau bénite ruisselait partout sur les parois comme si l'aspersion rituelle venait d'avoir lieu, alors même que l'église était restée fermée toute la nuit et que personne n'avait pu y entrer. Soudain, un rayon de lumière fit même apparaître des croix tracées à l'aide d'huile sainte, et l'on n'en dénombra pas moins de douze, comme l'exigeait le rituel. Pour l'abbé qui s'approchait des parois afin de constater lui-même les traces de saint chrême sans oser bien sûr mettre ses mains dans les traces de celles du Fils de l'Homme, il ne faisait aucun doute que la prophétie de l'archevêque Tylpinus venait de s'accomplir. Le Christ en personne était descendu du ciel au cours de la nuit pour marquer lui-même et du signe de sa propre croix les parois de la nouvelle église abbatiale. Il cria aussitôt au miracle et fit sonner les cloches à toutes volées pour que nul n'ignore dans les vallées que la prophétie venait de s'accomplir. Avec le peu d'eau bénite qui restait au fond des vases, le père abbé essuya les yeux de ses frères aveugles et ils recouvrèrent aussitôt la vue, puis il toucha la langue d'un pauvre frère muet auquel la règle du silence ne coûtait guère et qui se mit aussitôt à parler. Quant à ceux qui avaient déjà des yeux pour voir et une bouche pour chanter, ils entonnèrent comme un seul homme le *Te Deum laudamus*. La joie était dans tous les cœurs, et un courrier partit aussitôt pour le palais royal de Paderborn.

Lorsque le roi Charles, qui s'apprêtait à partir en campagne contre les Avars, dont les incursions brutales menaçaient maintenant la Bavière trop récemment soumise, apprit la bonne nouvelle, il remercia le Christ de manifester ainsi sa protection et lui promit de faire triompher la sainte Croix, jusqu'aux confins du monde.

Les soldats de la grâce

Jean-René van der Plaetsen

Sainte-Marie de Lagrasse, le 3 mai 2021

Jean-René m'avait prévenu : « Entrer en religion, c'est comme s'engager dans la Légion étrangère : on change de nom, on efface vos fautes et on repart de zéro. » Jean-René, c'était le prénom de baptême du père Louis-Marie, avant qu'il ne décide d'entrer dans les ordres et n'en choisisse un autre. Au physique, le père Louis-Marie pourrait d'ailleurs être un légionnaire du 3e REI (régiment étranger d'infanterie) ou de la 13e DBLE (demi-brigade de Légion étrangère) : haute stature, cheveux rasés, regard droit et direct, allure athlétique. Des quarante-deux chanoines de la Mère-de-Dieu, il est, m'a-t-on dit, le plus sportif – raison pour laquelle il a accepté de participer à l'organisation des matchs de football avec les jeunes des villages voisins, et notamment avec les enfants des réfugiés irakiens et syriens installés dans toute cette région des Corbières. Sa nature le pousserait sans doute à jouer avant-centre et à marquer des buts, mais je me le figure plutôt en libéro. En réalité, je l'ai appris par la suite, il joue arrière latéral droit.

Le père Louis-Marie exerce sur lui-même une discipline rigoureuse, et l'on croit parfois entendre résonner en lui les échos d'une très ancienne colère devenue douceur. La même emprise de la volonté sur le caractère est perceptible dès le premier regard chez le père Emmanuel-Marie, qui préside à la destinée de la communauté des chanoines de Lagrasse, et que j'ai déjà rencontré à plusieurs reprises à Paris. De bonne taille, fin et sec, le visage émacié, portant, comme le père Louis-Marie, une paire de petites lunettes cerclées d'acier, j'imagine volontiers le père abbé, dans une vie précédente, en baroudeur des marges, évoluant sur de lointains continents, entre le routard à perpétuité et le vagabond céleste. La rumeur assure d'ailleurs qu'il mena, avant d'entrer dans les ordres, une existence d'aventurier, toujours par monts et par vaux – ce qui ne m'étonnerait guère. À croire que tous les chemins ne mènent plus à Rome, mais à Lagrasse. Le pape François ferait bien d'y réfléchir…

En venant de Narbonne, l'abbaye de Lagrasse apparaît soudain au fond d'une vallée. Édifiée à l'orée du village, elle se distingue de loin grâce à son clocher monumental, qui évoque plus un ouvrage de défense que l'architecture paisible d'une église de campagne. Depuis la voiture que le père Louis-Marie conduit à tombeau ouvert, sur le flanc opposé de la vallée, ce bâtiment octogonal présente de nombreuses similitudes avec le château de Chambois, le village natal de mon ami Michel Onfray, qui se trouve avec nous dans le véhicule et observe le silence. Sans doute compare-t-il la masse impressionnante de ce clocher à celle du donjon de son village, ouvrage d'art profane, témoignage puissant de l'architecture militaire sous Guillaume le Conquérant et réplique presque parfaite de la Tour de Londres – à moins que ce ne soit l'inverse…

C'est l'empereur Charlemagne, dit-on, alors qu'il guerroyait dans la région contre les Maures, qui prit la décision, en parvenant à Lagrasse, de faire fortifier l'abbaye existante, lui assignant un rôle stratégique : constituer un lieu de foi et de culture, autrement dit l'un des premiers remparts de la chrétienté contre la volonté d'expansionnisme de l'islam naissant. Au fur et à mesure de notre approche, la vision des autres bâtiments de l'ensemble abbatial se précise. Ils forment une masse compacte, qui devait être protégée autrefois par un mur d'enceinte dont on distingue par endroits les vestiges. Avec ses hauts murs élevés à l'aide de blocs de grès ferrugineux, d'une couleur oscillant entre le roux, l'orange et l'ocre, une roche que l'on nomme pierre de Roussier dans mon petit coin de Normandie, l'abbaye Sainte-Marie de Lagrasse paraît scintiller sous le soleil.

Comme la plupart des places fortes d'hier et d'avant-hier, Lagrasse rassemble toutes les caractéristiques du lieu idéal pour ériger un système de défense. Les maisons du village se sont regroupées autour des murs d'enceinte de l'abbaye, qui a elle-même été élevée en surplomb d'une rivière, l'Orbieu, au point d'intersection géographique qui permet de verrouiller et de contrôler la vallée, comme je le constaterai depuis le sommet du clocher, après avoir gravi avec le père Louis-Marie les cent cinquante marches aux arêtes adoucies par les pas des chanoines et de leurs prédécesseurs. Les chanoines, mais aussi les carmes, les chartreux, les dominicains ou les bénédictins, savent, depuis la nuit des temps, déterminer et choisir les emplacements les plus propices à leur activité, qui est la vie en communauté, le développement de l'action de l'esprit et l'élévation de la prière – mais aussi la nécessité de se défendre. C'est l'une des nombreuses analogies que j'observe d'emblée entre l'univers des moines et le monde des soldats, entre ceux qui veillent sur le salut de nos âmes et ceux qui protègent la communauté à laquelle ils appartiennent, entre le métier de prier, pour reprendre la belle expression de Michel Onfray, et celui de mourir, formule qui ressort plutôt de mon vocabulaire.

Encore quelques mots sur ce site magnifique par son ampleur que je découvre : Sainte-Marie de Lagrasse se situe plus ou moins à équidistance de la chaîne des Pyrénées, frontière naturelle entre les peuples du Nord et du Sud, et de Narbonne, dont le port antique constitua la plus ancienne colonie romaine en Gaule. Géographiquement, nous sommes donc aux marches de l'Occident. Symboliquement, nous sommes aux portes de la chrétienté. Notre-Dame de Lagrasse est d'ailleurs un lieu qui, je le discerne déjà, regorge de symboles, de signes et de correspondances. Certains sont évidents et s'imposent à tous ; la plupart sont si subtils et nécessitent, pour être perçus, une culture religieuse si approfondie qu'ils restent peu accessibles au catholique que je suis pourtant depuis toujours.

Dès notre arrivée dans le cloître, nous sommes saisis, Michel et moi, par le silence. Non pas l'absence de bruit, mais le silence, le vrai – celui de l'ascèse – et le définitif – celui du tombeau. L'ascèse et le tombeau : le destin terrestre d'un chanoine de Lagrasse n'est-il pas résumé par ces deux mots ? « Le silence est notre trésor », nous dit alors le père Louis-Marie avec le sourire d'un légionnaire qui vient de vous faire une bonne blague, de toute évidence très fier de son effet. C'est le grand silence du désert, le silence du Néguev et du Hoggar, celui que recherchent les prophètes et les ermites, celui que s'efforcent de respecter ces hommes partis aux confins de la terre afin, comme l'a si bien relevé Lawrence d'Arabie, d'y entendre plus distinctement dans la solitude le verbe vivant qu'ils y apportent. C'est le silence de Charles de Foucauld, qui a été, par une étrange coïncidence, canonisé aujourd'hui même par le pape François ! C'est le silence qu'observe la sentinelle dans le désert – car celui-ci n'est jamais sûr, étant, malgré les apparences, très fréquenté, ce que savent légionnaires, marsouins et bigors, spahis et méharistes, Bédouins et Touaregs.

Et la figure du père Charles de Foucauld, qui marqua mon enfance et mon adolescence autant que celle du général Leclerc, me revient soudain en mémoire. Je me souviens de mon grand-père, ancien de la Colo, chef de corps du 3e RAC (régiment d'artillerie coloniale) pendant les campagnes du Fezzan, de Tripolitaine et de Tunisie, celles de 1942 et 1943, me racontant l'origine du cri de guerre des troupes de marine. Missionnaire en poste dans les territoires du Sud algérien, au début du XXe siècle, le père Charles de Foucauld se trouvait depuis plusieurs jours au milieu d'une tribu sédentaire locale, que des guerriers nomades avaient pris pour cible et assiégeaient, lorsqu'il avait vu, de façon miraculeuse, arriver à leur secours une unité de méharistes venue du Soudan français. S'agenouillant pour remercier le Très-Haut, il avait commencé sa prière par ces quelques mots : « Et, au nom de Dieu, vive la Coloniale ! » Les méharistes portant l'ancre d'or sur leur képi en avaient déduit qu'il valait mieux s'adresser à Dieu qu'à ses saints – surtout lorsque l'on a beaucoup péché, ce qui est l'apanage de bien des soldats des troupes de marine ou de la Légion. Ici, comme dit le père Louis-Marie, on change de nom, on efface vos fautes et on repart à zéro. La vie accorde parfois une seconde chance à ceux qui se croient perdus au monde.

Être l'empereur de soi-même : tout comme Charles de Foucauld, passé de la débauche à l'ascèse, Augustin d'Hippone, dont les chanoines de Lagrasse suivent la règle, n'a-t-il pas opéré, par la seule force de sa volonté, cette métamorphose du caractère, lui qui était, par tempérament, porté au désir de jouissance, à une forme d'addiction aux plaisirs terrestres et à l'excès en toutes choses ? Étrange coïncidence que de pressentir que ce séjour à Lagrasse se fera sous le double patronage de saint Augustin d'Hippone et de saint Charles de Foucauld, deux noceurs devenus anachorètes, deux bambochards à la vie dissolue désignés par le bon Dieu pour devenir, l'un, ermite, l'autre, un des Pères de l'Église catholique d'Occident. Peut-être saint Paul de Tarse, qui avait commencé par persécuter les chrétiens avant d'être saisi par la révélation de l'existence du Christ, a-t-il raison : « Où le péché abonde, la grâce surabonde. » Il faudra que je dise à Frédéric Beigbeder, vieux compagnon de fête et de nuits parisiennes, de se méfier : il pourrait à son tour être touché par la grâce en venant ici. Peut-être le serai-je moi-même… Qui sait ?

Sainte-Marie de Lagrasse, le 4 mai 2021

Il est sept heures du matin. La cloche sonne dans le silence. Ce pourrait être le clairon de la Coloniale ou celui de la Légion, loin d'ici, dans un fortin oublié de tous, au milieu du désert ou de la forêt vierge, quelque part dans une contrée du Sud ou un pays d'Extrême-Orient. À six heures, j'ai assisté aux matines avec Michel. L'église abbatiale était à peine éclairée par la lueur tremblante des cierges, mais, à l'issue de l'office, une lumière balbutiante commençait à percer à travers le grand vitrail qui fait face à l'autel. Les pères et les frères rendent grâce à Dieu selon une dramaturgie qui n'a rien de triste ni de routinier. Au contraire, on perçoit comme un entrain derrière toutes ces formules psalmodiées dans un latin que nous ne comprenons plus. Chant grégorien, gestes immémoriaux, sentiment d'éternité. Sans doute faut-il aller chercher la paix intérieure loin du monde pour espérer la trouver. C'est ce qu'a fait Charles de Foucauld. C'est ce que font les chanoines de la Mère de Dieu.

Plus tard, après les laudes et la tierce, nous nous sommes rendus à la messe conventuelle avec Michel. Nous étions cinq fidèles à nous tenir debout dans l'enceinte de l'église, dont les hauts murs gris paraissent sombres, car une seule source de lumière, celle qui surplombe l'autel, éclaire le chœur et la nef. Face à nous, la liturgie orchestrée par les chanoines a des airs de ballet féerique tant les mouvements de chacun sont empreints de grâce et d'harmonie. Devant l'autel, nous tournant le dos, le père qui officie prononce la messe en latin, le corps et le regard orientés vers la lumière du levant. Les chanoines, arborant surplis et camail, lui répondent en chantant, la plupart du temps *recto tono*, parfois en canon, ou encore en chœurs polyphoniques.

Je songe à la réflexion d'un de mes amis, ancien chef d'état-major de l'armée de terre, qui fut chef de corps du 8e RPIMa (régiment parachutiste d'infanterie de marine) : « Le chant est primordial dans la vie d'un soldat. On chante à plusieurs, le soir au bivouac, ou pour se donner du courage avant de monter à l'assaut. On chante aussi dans son for intérieur, lorsque l'on monte la garde par exemple, afin de se sentir moins seul. » Tels des soldats de Dieu, les chanoines chantent tout au long de la journée, ceints de leurs vêtements d'un blanc immaculé, à la façon des méharistes, des spahis, ou des artilleurs de la Coloniale, lorsqu'ils déambulaient en tenue de parade dans les rues de Cholon et de Saigon après la si difficile conquête de l'Indochine. Tous vêtus à la même enseigne : c'est l'égalité par l'uniforme ou par la robe de bure.

Nouveau signe qu'il me faudra déchiffrer : la messe du jour, comme je le découvre en feuilletant le missel romain qui nous a été confié par un jeune novice, est célébrée en mémoire de sainte Monique d'Hippone, mère de saint Augustin. L'histoire de cette femme, qui incarne aux yeux de l'Église le modèle des épouses, des veuves et des mères de famille chrétiennes, mérite d'être contée à grands traits. D'origine berbère, Monique d'Hippone parvint, à force de patience et de douceur, à convertir son mari, homme de tempérament violent et emporté. Devenue veuve, elle se consacra à son fils, dont la vie de péché la désolait. Là encore, à force de larmes et de prières, elle obtint sa conversion. Elle mourut le lendemain du baptême d'Augustin, ayant eu la joie de le voir enfin entrer dans la maison du Père. Dans le calendrier liturgique romain de saint Pie V, sa fête est fixée au 4 mai. C'est cette date que respectent les chanoines de la Mère de Dieu. J'ignorais tout de la vie de sainte Monique avant cette messe. Je ne puis m'empêcher de penser que son fils l'a placée sur ma route, comme il m'a fait recroiser hier le chemin de Charles de Foucauld, dont le destin avait fait palpiter mon cœur d'enfant.

Les chants s'élèvent comme des volutes sous les voûtes médiévales de l'église abbatiale, les effluves d'encens dessinent des arabesques à travers la lumière et, dans des froissements d'étoffes, les chanoines passent de génuflexion en station debout, les yeux tournés vers l'hostie élevée à bout de bras par le père prieur, tandis que le doux cliquetis des clochettes rythme le sacrement de l'eucharistie – et tout cela sans pourpre cardinalice ni myrrhe de Rois mages ! Il faut reconnaître que l'Église catholique, apostolique et romaine sait y faire en matière de beauté – et, lorsqu'elle associe la simplicité et le dépouillement à ses rituels, elle peut donner une idée de ce monde parfait que nous nommons le paradis. Un long frisson me parcourt l'échine.

Et il me semble que Michel, debout à mes côtés, est en proie, lui aussi, à une vive émotion. En sortant de l'église, une fois la messe achevée, il me dit, avec le sens qu'on lui connaît de la formule qui fait mouche : « Une messe telle que celle-ci, c'est une machine de guerre. » Michel Onfray a raison : si l'Église veut reconquérir les âmes et les cœurs, il lui faudra sans doute revenir à l'esthétique des catacombes et, peut-être, à l'éthique des martyrs. La beauté est l'une des portes qui ouvrent sur le catholicisme – or la beauté, comme le sacré, s'entoure et se pare de mystère bien plus que de transparence ou de familiarité. On ne tutoie pas le divin – pas plus qu'on ne s'ébat en short et tee-shirt dans une église. Et la foi du charbonnier se nourrit de l'inexplicable autant que de l'indicible. Elle ne provient pas d'un mouvement de l'esprit mais d'un élan du cœur.

À l'heure du déjeuner, nous nous sommes tous retrouvés dans le réfectoire. Déjeuner en silence tandis que le père Louis-Marie faisait, d'une voix monocorde, l'éloge de la vie d'un homme proposé à notre admiration – il s'agissait, m'a-t-il semblé, du père Bruckberger… Comme dans tous les alignements militaires, la symétrie est presque parfaite : les chanoines, disposés de chaque côté de cette vaste salle aux voûtes badigeonnées de chaux, se font face, sous l'autorité ferme mais bienveillante du père abbé, du prieur et du sous-prieur. Pas un chanoine ne parle ni ne murmure. On se passe le pain ou un broc d'eau sans prononcer un mot. Les verres sont en étain et les assiettes sans ornement, le vin râpeux, et la cuisine, simple et légère, ne peut en aucun cas fournir un sujet de conversation, ni pendant ni après le repas. À l'issue du déjeuner, tous les chanoines se retrouvent dans le grand parloir pour prendre un café et discuter. C'est, semble-t-il, avec les réunions du chapitre qui se tient une fois par semaine, le seul moment de la journée où les membres de la communauté sont autorisés à parler et à discuter.

« Fais silence, car, si tu parles, le verbe se taira. Écouter et se taire, c'est ainsi qu'on va au-devant du verbe. » Ces deux phrases de saint Augustin ont été gravées sur une plaque de marbre blanc ouvragé que les chanoines ont scellée sur le mur pignon de l'un des escaliers – celui qui mène à la tribune de l'organiste à l'arrière de l'église abbatiale. Ces quelques mots formulent, avec des termes presque identiques, ce que T. E. Lawrence dira plus tard des prophètes et des ermites, qui se rendent dans le désert afin d'y entendre plus distinctement dans la solitude le verbe vivant qu'ils y apportent avec eux. Étrange parenté de destins de ces hommes de Dieu qui ont choisi de se retirer du monde, les uns dans la cathédrale à ciel ouvert qu'est le désert, les autres dans ce monastère qui avait perdu ses toitures et ses plafonds avant que la communauté ne s'y installe voici une quinzaine d'années. Dans le cas des chanoines, cependant, ce retrait du monde est partiel puisqu'ils remplissent aussi, tels des prêtres que la plupart d'entre eux sont, une mission pastorale.

Dans l'après-midi, nous nous sommes promenés avec Michel dans le jardin biblique, où règne le même climat, ou presque, qu'à Jérusalem. Ce que les chanoines y ont réalisé est admirable : toutes les essences d'arbres recensées dans l'Ancien et le Nouveau Testament y ont été plantées – avec plus ou moins de succès, à cause du vent qui s'engouffre dans la vallée trois cents jours par an, décimant oliviers, cyprès, amandiers, pommiers, figuiers et eucalyptus. Comme dans l'armée de terre, où les régiments à la parade sont organisés et présentés à la façon d'un jardin à la française, tout y est ordonné selon le plus parfait classicisme : alignements au cordeau, rigueur dans les perspectives, recherche systématique de la symétrie. S'y ajoute une dimension symbolique et religieuse inexistante dans le monde des soldats. C'est là que je fais la rencontre de plusieurs chanoines.

Leur point commun : tous ont éprouvé une vocation militaire avant de se décider à entrer dans les ordres. Il y a là le père Maximilien, frère cadet du père abbé, qui a servi chez les marsouins du RICM (régiment d'infanterie et de chars de marine), le régiment le plus décoré de l'armée française. Il y a là le père Benoît et le frère Étienne, qui ont tous les deux éprouvé la rigueur militaire avant de connaître celle du monastère. Au total, trois chanoines sur quarante-deux. Soit près de dix pour cent de la communauté. Lorsque j'interrogerai un peu plus tard le père abbé sur cette statistique des plus baroques, il me répondra ces quelques mots pleins de sagesse et d'espoir : « Peut-être que le Seigneur va chercher plus volontiers ses enfants dans les familles de devoir que dans celles qui se décomposent. » Je m'endors dans la cellule qui m'a été allouée en me disant que saint Augustin d'Hippone, saint Charles de Foucauld et saint Paul de Tarse étaient tous issus de familles ayant conservé le goût des rites et des traditions.

Sainte-Marie de Lagrasse, le 5 mai 2021

En opérations, un soldat est un homme très occupé ; un chanoine aussi. Tenu de respecter un emploi du temps dense et chargé, constitué par un fin maillage d'activités obligatoires, programmées toutes les heures ou presque, on éprouve très vite le sentiment de n'avoir pas une minute à soi et de courir d'un endroit à l'autre, sentiment qui précède celui, plutôt agréable, d'être totalement pris en charge. Ce matin, il y eut donc les matines à six heures, le petit-déjeuner à sept heures moins le quart, les laudes à huit, la tierce à neuf heures vingt, la messe conventuelle à neuf heures et demie, la sexte à une heure moins le quart, puis le déjeuner à une heure. Comme chez les soldats, la ponctualité est de rigueur. Celui qui arrive en retard à un office fait pénitence en s'agenouillant de longs instants dans le chœur, avant de regagner sur la pointe des pieds la place qui lui est assignée, au milieu de ceux qui sont déjà plongés dans la prière et ont pris la peine de se présenter à l'heure au rendez-vous de la communauté.

Conséquence : on ne voit pas passer le temps, qui file plus vite qu'ailleurs. Paradoxe : on éprouve sur le moment l'étrange sensation que ce même temps se dilate et dure plus longtemps qu'ailleurs. J'ai connu exactement les mêmes impressions dans ma jeunesse, lorsque je fus soldat au Liban, alors plongé dans le chaos d'une guerre civile doublée d'un conflit armé avec ses voisins syriens et israéliens. C'est le sentiment, presque l'intuition, de vivre à fond, pleinement, concentré sur soi-même, chaque instant qui se présente. Les hommes d'action se nourrissent de cette sensation qui leur procure ivresse et volupté. Sans doute les hommes de méditation éprouvent-ils la même délectation à sentir dans toute son intensité passer le temps.

« Selon les canons contemporains, me dit le père Michel, sous-prieur de l'abbaye, esprit tout en finesse logé dans un corps robuste de grenadier du Premier Empire, avec un regard intense où passe une grande bonté, tout ce que nous faisons est du temps perdu. Mais je ne le crois pas. Car nous nous efforçons, chaque instant, chaque jour, chaque semaine, de créer de la beauté. C'est de la beauté gratuite, certes, mais, par définition, la beauté n'est-elle pas gratuite ? » Je ne puis qu'acquiescer. Alors que nous avons été contraints d'apprendre, nous autres habitants des villes, mais aussi des campagnes, à vivre dans la laideur, le bruit et la violence, cette beauté constitue le quotidien des chanoines. Il y a là quelque chose qui s'apparente à un miracle ou à une grâce. Depuis deux jours, je m'en fais sans arrêt la réflexion. Majesté du site, splendeur de l'architecture, modestie de l'ameublement, pureté du silence, humilité des comportements, simplicité des offices, apprentissage ou redécouverte de l'essentiel : un séjour à Sainte-Marie de Lagrasse, c'est une leçon de beauté qui vaut tous les voyages en Toscane.

Une vie passée à attendre et à prier, ou à se préparer à combattre et à mourir. Autrement dit : la vie, puis le tombeau. Au-delà de la vérité implacable de ces deux mots, cette perspective est vertigineuse. Joris-Karl Huysmans et Dino Buzzati en ont fait le sujet d'*En route* et du *Désert des Tartares*. Les chanoines se préparent au face-à-face avec Dieu ; les soldats se préparent à l'empoignade avec la mort. Dans les deux mondes, Dieu, ou l'idée que l'on s'en fait, retrouve la place qui lui revient, et qui est la première. Un de mes cousins, qui fut chef de corps du 1er REC (régiment étranger de cavalerie) pendant l'opération Daguet, lors de la guerre du Golfe, m'a dit un jour : « À Orange, où le régiment était basé, mes légionnaires allaient rarement à la messe. Seuls les officiers s'y rendaient, accompagnés de leur épouse et de leurs enfants. Mais, dès que nous fûmes arrivés en Irak, l'aumônier a vu revenir mes hommes aux célébrations qu'il improvisait sur le terrain. » Lorsque l'on sait que l'on va mourir, ou que l'on sera amené à donner la mort, on éprouve le désir de se rapprocher du Tout-Puissant. Pour les chanoines, comme pour les soldats, Dieu, ou la croyance que l'on peut développer en lui, permet de regarder la mort en face. C'est sans doute l'une des raisons pour lesquelles l'Église vénère ses saints et ses martyrs tandis que l'armée entretient le culte de ses héros. Plus qu'un exemple ou un souvenir dans les cœurs et les esprits, ces hommes défunts deviennent une mémoire en action, qui permet de surmonter et de vaincre la peur de mourir.

Ce matin de mon troisième jour à Lagrasse, il m'est apparu un nouveau signe, aussi étrange qu'impénétrable – mais n'était-ce pas plutôt une coïncidence, un symbole, une correspondance souterraine et invisible reliant cette journée aux précédentes ? La messe du jour, selon le calendrier romain tridentin que suivent les chanoines, était destinée à commémorer la figure et l'œuvre de saint Pie V, pape qui a fait appliquer la réforme du concile de Trente, sur laquelle est revenu, quatre siècles plus tard, celui de Vatican II. C'est à ce pape, dont le legs fut considérable dans de multiples domaines (de la doctrine chrétienne à la discipline de l'Église, en passant par la propagation de la foi ou la vigueur redonnée à la piété), que l'on doit la messe dite de saint Pie V, qui représente l'une des formes du rite tridentin – autrement dit, pour les profanes, la messe en latin, chantée en grégorien, avec le prêtre qui se recueille et officie devant son autel, tournant le dos à ses ouailles. Or, c'est la messe de saint Pie V, dont la liturgie est si belle, si chargée de sens et de mystère, que célèbrent chaque jour les chanoines.

Pour l'enfant de la génération Vatican II que je suis, né l'année de l'ouverture du concile, la messe, dans sa version Paul VI, tenait plus de la franche rigolade que de l'initiation au sacré ou du recueillement devant le Créateur. J'ai le souvenir, alors que j'étais enfant puis adolescent, de ces messes dans la crypte de Notre-Dame-de-Grâce de Passy, paroisse parisienne de ma famille, où les chants, composés et signés la plupart du temps par un certain John Littleton, chanteur de gospel, étaient accompagnés par un orchestre qui comptait batterie et percussions, orgue, basse et guitares électriques en grand nombre. Les vieilles dames distinguées du quartier, ainsi que leurs vénérables époux, qui arboraient souvent une rosette à leur boutonnière, fuyaient ce type de rassemblement qui s'achevait, lors du chant final, par un fracas d'instruments comparable aux avalanches de sons que provoque un groupe de hard rock. Le curé de la paroisse, devenu archevêque par la suite, semblait prendre son mal en patience, sans manifester de façon ostensible son désarroi. C'est que l'obéissance, chez les hommes de Dieu comme chez les soldats, est le premier devoir – même si celle-ci se fonde sur l'acceptation d'une discipline librement consentie.

À Notre-Dame de Lagrasse, j'ai redécouvert la beauté de la liturgie de la messe selon le rite de saint Pie V. À plusieurs reprises, au cours de ces trois jours, je me suis demandé si cette existence tournée vers la contemplation, l'adoration et la prière aurait pu me convenir. J'ignore évidemment la teneur de la réponse. Je possède, en revanche, une certitude : c'est que la liturgie de saint Pie V se trouve au cœur de la motivation des chanoines et fonde leur foi. « La liturgie est le lieu de ma vocation et de ma prière », me disait le premier soir le père Louis-Marie, alors que nous nous trouvions au sommet de la tour protégeant les cloches de la communauté. Et il ajoutait : « C'est par la beauté de la liturgie que j'ai découvert Dieu. » Hier, lors d'une de nos discussions, le père abbé a eu ces mots d'ascète qui accepte de s'émouvoir : « La liturgie me permet d'accéder à une connaissance de type poétique. Elle nourrit et fortifie mon âme. » Et, ce matin, le père Michel m'a confié ces mots troublants : « Pour nous autres chanoines, la messe, avec la splendeur de sa liturgie, c'est comme un ballet d'amour. »

Nous sommes déjà parvenus à la veille de notre départ. Demain, nous prendrons le train pour Paris avec Michel, qui poursuivra son chemin jusqu'en Normandie. Je sais que je n'oublierai pas ces trois jours et trois nuits à Sainte-Marie de Lagrasse. J'emporterai avec moi une énigme, un mystère plutôt, sur lequel je n'ai pas fini de m'interroger : saint Augustin, dont la communauté des chanoines de la Mère de Dieu suit la règle avec autant de piété que d'enthousiasme, a-t-il délibérément placé sur ma route ces trois figures si susceptibles de me toucher, et qui résument le souvenir que je garderai de mon passage en ces lieux : saint Charles de Foucauld, sainte Monique d'Hippone et saint Pie V ? Réunis tous les trois par ce qu'on ne peut nommer que la grâce, ils forment à mes yeux une sainte trinité qui me sera toujours chère : celle de Lagrasse.

Le refuge

Frédéric Beigbeder

Dimanche 13 juin 2021

Je suis officiellement la personne la plus dingue du monde : j'ai accepté d'être confiné après le confinement. C'était le lendemain de mon spectacle au Bataclan. Les 11 et 12 juin 2021, je me trouvais debout sur la scène de ce vieux music-hall devant un public courageux. Durant une heure, j'y déplorais la suppression de toutes les libertés publiques pendant un an et demi. Le 9 juin, tous les restaurants venaient de rouvrir après des mois de fermeture autoritaire. Il y avait une hystérie dans l'air parisien. DJ Pone envoyait « Yeah techno » de Soulwax tandis que je beuglais les passages les plus nihilistes de mes livres. Les deux soirs, j'ai terminé la lecture en nage. Je me suis couché extrêmement tard après avoir dansé, festoyé, rigolé et pleuré comme un pur histrion exhibitionniste. Je connaissais enfin la vie de rock star : on est applaudi par une foule et, quand on rentre se coucher, l'adrénaline empêche de trouver le sommeil. Je voulais effectuer un bilan scénique de mes trente ans de publication : j'en ai retenu que le monde est bien pire qu'à ma naissance, moins libre et plus sale, moins drôle et plus moche. Voici ce que j'écris depuis trente ans : la vie est invivable, le désir toujours insatisfait, l'amour une escroquerie, le bonheur impossible, le capitalisme une machine à tout détruire, le présent une apocalypse et le futur inexistant. Par-dessus le marché, j'ai découvert que le narcissisme, même rassasié, rendait insomniaque.

Aujourd'hui, j'ai ronflé dans le TGV Paris-Carcassonne ; je le sais parce que j'ai été réveillé plusieurs fois par le bruit d'un moteur cassé, qui était moi. Un chanoine en soutane blanche est venu me chercher à la gare : le père Dominique. Ce grand homme à lunettes a soulevé ma grosse valise sans le moindre effort. J'ai eu un peu honte de saluer un homme en soutane devant un groupe de jeunes filles, et juste après, j'ai eu honte d'avoir honte. Il faisait quarante degrés ; je ne sais pas comment Dominique supportait la soutane. Dans la voiture qui nous a conduits à l'abbaye, je me suis ouvert à lui, nous avons parlé de mes enfants qui me manquaient, mais j'ai senti que mon chanoine-chauffeur s'intéressait davantage à mes chroniques du *Figaro Magazine*. C'était une conversation d'homme à homme, sous le regard de Jésus, si Jésus prenait la forme d'un nuage unique dans un ciel d'azur. J'ai apprécié la disparition du « *small talk* », ces banalités polies et flatteuses dont les gens de théâtre m'abreuvaient depuis des semaines. Les religieux sont pressés d'aller à l'essentiel, surtout ceux qui ont fait vœu de silence. Cela les rend très directs, parfois un peu trop. Heureusement, le père Dominique ne m'a pas demandé comment j'allais, ce qui m'a évité de me liquéfier dans sa Twingo.

Je suis resté enfermé dans ma cellule toute la première journée. Auparavant, j'avais dormi quatre heures en trois jours. Je suis arrivé à l'abbaye Sainte-Marie de Lagrasse dans un état d'épuisement physique et psychique total. Le déconfinement fut une déconfiture. L'enfermement de 2020 m'avait rendu dépressif ; en 2021, le retour à la vie me rendait fou. Et si je n'arrivais plus à affronter le monde extérieur autrement qu'en cabotinant sur des tréteaux ? La société s'apprend lentement et se désapprend très vite. En enfermant un peuple et en le libérant un peu, avant de le cloisonner de nouveau, le gouvernement ne savait pas le risque qu'il prenait : nous transformer en bêtes sauvages, en mammifères désespérés, en atomes dispersés. Une peuplade de schizophrènes prête à déchaîner sa violence à la moindre contrariété.

Je décidai de prendre des notes, pour laisser une trace, juste avant mon suicide imminent dans ce monastère augustinien. Les chanoines blancs de Lagrasse vivent dans une faute d'orthographe : pourquoi ne pas assumer de vivre dans La Grâce en deux mots ? Frère Dominique m'a fait visiter le clocher rénové de cette abbaye romane. Une charpente en bois toute neuve supporte l'immense cloche qui indique les heures et les offices. En haut d'un escalier minuscule en colimaçon de pierre, le chanoine me montra le paysage alentour, la rivière qui borde le domaine (l'Orbieu), les potagers et les amandiers, les oliviers et les vignes, la colline en face aux cyprès penchés, prénommée Carla, et le village médiéval, avec ses fenêtres ouvertes sur le vide. Je lui ai demandé combien de personnes s'étaient jetées du haut de cette tourelle. Il m'a répondu : « Seulement Sylvain Tesson, mais avec une corde de rappel ; et trois frères qui l'ont suivi courageusement. » Il ne semblait pas spécialement choqué par ma gueule de bois. Je suppose que la plupart des personnes qui viennent spontanément effectuer une retraite spirituelle sont au bout du rouleau. Les gens épanouis ne demandent pas à s'enfermer au monastère. S'est-il aperçu que, en banalisant ma détresse, il venait de m'en débarrasser ? Je ne descendrais pas en rappel, mais je me souviendrais de ma descente.

Je suis le Zelig du Christ. Moi, tu me mets en présence de quiconque et je m'adapte trop bien.

Avec les moines, je suis si influençable qu'il me pousse une capuche dans le dos. Chantez-moi les vêpres en grégorien et je m'agenouille ; la ferveur est contagieuse. Dans trois jours, je retourne à l'hôtel Grand-Amour avec des zizis dessinés sur la moquette et je redeviens érotomane. Quand on n'a pas de colonne vertébrale, j'imagine que l'âme se promène alternativement entre le cœur et la bite. Cette phrase pourrait être du Bossuet 2.0.

Je pourrais trouver la foi dans ce jardin, comme on cueille une pâquerette. Depuis que j'ai lu *La Grâce* de Thibault de Montaigu, je me méfie des églises et des monastères. J'ai peur de me prosterner trop vite. Je sens en moi un besoin de génuflexion. J'ai tant de péchés à confesser : l'égocentrisme, la mégalomanie, l'addiction à tous les plaisirs défendus. Mon pessimisme est un fonds de commerce. Je n'ai pas lu tout saint Augustin, mais je sais que sa règle me soigne mieux que sa pensée. Je suis comme la France : de temps en temps, entre deux dépenses excessives, j'ai besoin d'une cure d'austérité.

Ce n'était pas la première mais la troisième fois que j'effectuais une retraite dans un cloître.

Récapitulons mes trois retraites.

La première, c'était en 1978. Avant ma confirmation, l'école Bossuet emmenait ses élèves près de Paris, en retraite spirituelle. Pour préparer la cérémonie, nos professeurs de catéchisme avaient organisé un week-end dans une abbaye dont le nom m'échappe. Seul dans ma chambre, j'y ai pris goût à l'introspection. Une plume de colombe entrée par la fenêtre fut prise pour un signe de Dieu. J'avais écrit un texte de trente pages sur ce miracle tombé du ciel. Les curés de Bossuet avaient félicité mes parents, qui s'étaient inquiétés : étais-je en train de basculer vers le mysticisme ? Allais-je exiger mon inscription au séminaire ? Je suis peut-être devenu écrivain durant cette première retraite, en noircissant les pages d'un carnet pour tromper mon ennui. J'ignorais que j'imitais Blaise Pascal, avec mes feuillets pliés soigneusement dans la poche intérieure de mon duffle-coat. Ce que cette première retraite m'a appris à douze ans, c'est qu'écrire accélère le passage du temps, aide à penser, emmène dans des zones imprévues. En remplissant mon carnet, j'explorais mon crâne. Cela me changeait des dictées du prof de français de CM2, pourtant l'exercice n'était pas si différent : écrire, c'est retranscrire une dictée qui sort de soi. Il existe probablement un lien indissoluble entre l'écriture et les Écritures. Écrire, c'est croire en quelque chose de supérieur, c'est se prendre pour quelqu'un de meilleur – tout écrivain est habité. On écrit pour entrer en soi, s'explorer, apprendre qui l'on est. L'enfermement dans cette retraite a créé un désir d'expression, comme lors de ma garde à vue de 2008. Ensuite, toute ma vie, si j'ai fréquenté des lieux distrayants, c'était pour éviter d'écrire.

En 1983, un copain préparant comme moi le concours d'entrée à Sciences Po me proposa de bachoter ensemble dans l'abbaye de l'abbé Pierre, en Normandie. À dix-huit ans, je me suis donc retrouvé une semaine cloîtré à Saint-Wandrille avec Jean-François Reille-Soult de Dalmatie. Je devais apprendre en huit jours tout le programme de l'année. C'est un souvenir flou, tout comme mes connaissances en droit public et économie politique. Tout s'est envolé une fois réussi l'examen, ce qui laisse songeur sur les capacités des diplômés. Un énarque, c'est un type qui a complètement oublié tout ce qu'on lui a inculqué, mais prétend tout savoir : la pire configuration pour gouverner. La règle bénédictine m'a aidé à me diplômer, mais elle était plus stricte que celle d'Augustin : on n'avait jamais le droit de parler. Il faisait très froid et la bouffe était sinistre. Il me revient tout de même qu'au bout de quelques jours je m'étais surpris à apprécier cette existence structurée. J'ai grandi dans l'indiscipline forcée de mes parents. Sans réellement l'admettre, il est possible que j'aie fantasmé sur une vie rigoureuse, avec des points de repère, des valeurs, des interdits et des horaires stricts. Saint-Wandrille m'a donné un aperçu d'ordre, que j'ai ensuite retrouvé au 120e régiment du train de Fontainebleau, lors de mon service militaire. Je suis paradoxal : mon libertarisme hédoniste est en permanence contredit par ma nostalgie d'un ordre que je n'ai jamais connu. Je suis en manque de rituels. Comme un artiste a besoin de contraintes pour donner le meilleur de lui-même, l'homme a besoin de structures pour éviter de se perdre.

Enfin me voici en 2021 dans la troisième retraite catholique, à Sainte-Marie de Lagrasse. Une sorte de détox post-« DJ set littéraire » : ni femme ni enfants, pas de pression médiatique, pas d'exhibitionnisme exacerbé, pas de *standing ovation*. La liberté entre quatre murs épais. Le terminus des prétentieux. La règle augustinienne est un cadre strict mais non rigide : pauvreté, humilité, charité, prière, psaumes, frugalité, communauté, chasteté. L'état de la planète nous rendra bientôt tous augustiniens, que nous le voulions ou non. « Subjuguez votre chair en jeûnant et en vous abstenant de nourriture et de boisson dans la mesure où votre santé le permet. » Elle est loin, la tradition du moine ripailleur de Rabelais. Frère Dominique me propose tout de même du pâté et du saucisson, que je dévore avec lui et quelques chanoines sur la table du jardin. Ce sera notre unique repas avec l'autorisation de parler à haute voix. De cette Cène, j'ai retenu ceci :

Le ciel hypothétique ne m'aide pas à vivre, mais les principes de l'Église, oui. Partager, accueillir, aider. Aimer. Garder son calme. Le silence et les chants grégoriens. Accepter d'être dépassé par plus haut que soi. La génuflexion guérit de la prétention. Restaurer la beauté d'une abbaye, sauvegarder la culture comme à Monte Cassino : enfin des projets dignes. Il arrive aux moines de douter : dans ce cas, ils s'entraident, se serrent les coudes. Parfois certains renoncent. D'autres ne sont pas acceptés dans le groupe. C'est une famille comme une autre, ou un club très exigeant, dont l'unique but est la joie intérieure. Certains se sont sentis appelés très jeunes, d'autres ont souffert un chagrin d'amour, un deuil, un accident, ou simplement la vocation tardive. Nous discutons de ces questions importantes avec une douceur qui ne nous quittera plus. Le chantre-organiste de l'abbaye est particulièrement beau et gentil. Si j'étais homosexuel, il serait celui dont je tomberais amoureux.

Ma vision de la vie monastique est très rudimentaire. Puérilement, je m'imagine la vie comme un labyrinthe dans lequel je suis poursuivi par un monstre. Je cours depuis ma naissance en cherchant l'issue. Un jour, je me retrouve dans une impasse. Le monstre se rapproche dans mon dos. Au bout de l'impasse, je vois une porte. Je tourne la poignée, ouvre la porte et la referme à double tour derrière moi. J'entre dans une cour intérieure aux arcades dorées, un jardin soigneusement taillé, où des chants s'élèvent. Un havre simple. Le refuge des âmes blessées. Le diable griffe la porte fermée, mais je n'entends plus ses grognements. J'ai raconté ce rêve éveillé aux frangins assis autour de la table et ils ne se sont pas moqués de moi. « Voilà comment j'imagine votre existence. » « C'est exactement ça », a dit le chantre en me tendant la coupe d'amandes fraîches.

Rappelons le principe de la règle monastique : pas de vodka, ni de kétamine. Pas une seule nana. L'enfer ! Nombreux furent les dépravés tentés par cette « *rehab* » ultime : saint Augustin, le père de Foucauld, Huysmans et son héros Durtal, ou Franz Liszt, et même Michel Houellebecq, à qui j'ai transmis l'invitation à participer à ce livre. Il m'a répondu avec son laconisme habituel : « Il suffit de me demander de rendre un texte pour que je ne fasse rien, il y a des gens comme ça, hélas. »

Homo festivus tourne en rond : à un moment, il a besoin de chercher une autre dimension, regarder en l'air plutôt que gambader tout le temps vers des plaisirs de plus en plus fugaces et de moins en moins sains. De moins en moins saints, aussi.

Mon frère Charles m'envie de partir en retraite à Lagrasse. Il m'annonce que je vais remonter mille ans en arrière. Il a séjourné à Fontgombault, monastère roman, où il n'y a ni téléphone, ni wifi, et où la température est de sept degrés pendant l'hiver (très humide). On devrait publier un guide des meilleures retraites cathos : Lagrasse serait dans le tiercé de tête, avec l'abbaye de Lérins, sur l'île Saint-Honorat, en face de Cannes, et le Mont-Saint-Michel, bien sûr.

L'abbaye de Lagrasse a été fondée par Charlemagne au début du VIIIe siècle, mais auparavant des moines troglodytes vivaient déjà dans des grottes du coin. Dans les années 1960, la bâtisse a été colonisée par des catholiques hippies de la communauté de la Théophanie, puis rachetée par un Allemand pour faire un centre de cure méditative, et enfin reprise en 2004 par la congrégation des chanoines de Sainte-Marie de Gap. Un tiers de l'abbaye reste occupé par Le Banquet du Livre, une librairie proche des éditions Verdier et d'Ombres Blanches, excellente officine toulousaine. La littérature cohabite avec la spiritualité. Plus loin, nous verrons que ce n'est pas tous les jours évident.

Les chanoines ont le wifi dans une seule salle, mais coupé à 21 h 30. Le reste du temps, ils captent d'autres ondes. Je taquine frère Dominique :

« Donc il y a une pièce avec le wifi, mais, pour capter le Très-Haut, il faut se rendre à l'église ?

— Non. Dieu est partout, pas Google. »

Dominique m'a donné les digicodes pour sortir de ma réclusion afin de me rendre au village, mais je refuse de m'en servir, même la nuit.

Je m'attendais à séjourner dans *Le Nom de la rose*, j'ai davantage l'impression de résider dans *Des hommes et des dieux*. J'attends l'attaque de Daech. Suis-je paranoïaque ? J'espère me tromper, mais cette congrégation me semble une cible idéale pour des fanatiques qui voudraient se faire un coup de publicité. Liquider des moines est encore plus facile que de fusiller le public d'un concert des Eagles of Death Metal. Décidément, mon passage au Bataclan semble avoir laissé des traces dans mon cerveau. Je vois des terroristes partout, même dans un petit village des Corbières. À Tibhirine, leurs collègues trappistes ont été coupés en rondelles. Le moine est une cible facile, dénuée de mitraillette, sans peur et sans défense. Le film de Xavier Beauvois sur leur martyre culminait avec la séquence du *Lac des cygnes* : le spectateur pleurait les innocents crucifiés en écoutant Tchaïkovski. Je n'ose aborder la question avec les frères, de peur de les rendre aussi paranos que moi.

Je descends aux vêpres en pantalon et polo Lacoste blanc, par solidarité avec le look virginal des *brothers*. À ma connaissance, le *dress code* blanc est le seul et unique point commun entre Sainte-Marie de Lagrasse et le Nikki Beach de Saint-Tropez. Le chantre qui joue de l'orgue ressemble au *Christ voilé* de San Martino à Naples. Il a les yeux verts et interprète Bach comme Jimi Hendrix brûlait sa guitare électrique. J'essaie de me concentrer sur mon hétérosexualité.

La nuit, j'entends les grenouilles coasser dans le canal sous ma fenêtre. La lune éclaire quelques geckos attirés par une lampe orangée. La vie animale grouille autour du cloître. Les cigales frottent leurs élytres. Le boucan est infernal et incessant, comme si la nature voulait signaler son importance à ces humains aux regards tournés vers le ciel cathare.

Je m'endors en lisant ces mots : « Que l'éternelle gloire nous conduise au banquet de la vie éternelle. Amen. »

Lundi 14 juin 2021

Le lecteur du réfectoire chantonne un texte de Bernanos avec une tonalité monocorde. Je devrais peut-être lire le prompteur *recto tono* lors de mon prochain « DJ set littéraire ». Cela donnerait quelque chose comme : « Je m'appelle Octaaave. Je suis publicitaiiiire. Eh oui : je polluuuue l'univeeeers. » Le public serait explosé de rire. Cette uniformisation vocale présente sans nul doute un intérêt, mais lequel ? Chaque lecture semble identique à la précédente. Pas de « jeu », ni d'interprétation « personnelle », ni de séduction spectaculaire. Le ton psalmodié est un contrepoison à la tentation de l'Actor's Studio. Imagine-t-on un lecteur effectuant un numéro de stand-up au bout de la cantine ? Quelle vulgarité. Une abbaye n'est pas une salle de cabaret.

Une abbaye est un « Loft Story » dont les colocataires ne sont filmés vingt-quatre heures sur vingt-quatre que par la webcam de Dieu. Matines à 5 h 55, laudes à 8 heures, tierce à 9 h 20, sexte à 12 h 45, vêpres à 18 h 30, complies à 20 h 45 : quel artiste serait capable de donner six shows par jour ? Je tourne en rond dans le cloître, avec l'impression d'aller enfin quelque part, jusqu'au moment où je me décide à remonter dans ma cellule… et je m'aperçois alors que j'ai oublié le code de la porte d'entrée. J'ignore si les voies du Seigneur sont impénétrables, mais celles de mon lit sont digitalement closes. Je suis forcé de déranger Dominique sur son talkie-walkie. Ce qui confirme que les retraités sont toujours des emmerdeurs.

Quand l'abbé Emmanuel-Marie écrit dans une brochure : « Notre monde vit un bien douloureux réveil, après des années d'ivresse hébétée », j'ai l'impression qu'il m'a percé à jour.

Moi qui passe mes journées à grignoter, je commence à ressentir la faim. Les repas n'en sont que meilleurs. Le vin dégueulasse semble un nectar. Les coquillettes aux champignons, du caviar haut de gamme ! Une pêche est un trésor, une banane un don du ciel. Le truc pour rendre grâce à Dieu s'appelle la famine. Cela me rappelle un proverbe russe : « La faim est bonne cuisinière. » J'ai subtilisé deux oranges au petit-déjeuner pour les déguster au goûter comme des Haribo sortis de terre. J'espère que en confessant ici ce larcin, il sera pardonné au moment du Jugement dernier.

Nicolas, l'éditeur de ce livre, est assis à la messe sur le même banc que moi. Me voyant dégainer mon stylo et griffonner nerveusement, je sens qu'il prie pour que je n'écrive pas trop de conneries dans son ouvrage de charité collective. Pour l'effrayer, je prends un air démoniaque en recopiant cette phrase de saint Augustin : « Ne t'en va pas au-dehors, rentre en toi-même, dans ton cœur habite la vérité. »

Me voici donc en stage de trois jours chez quarante-deux mecs qui prient depuis mille deux cents ans le même Dieu, dans le même endroit, en chantant les mêmes mots. Peut-être que cela ne sert à rien, mais, comme le reste non plus, autant accomplir un truc beau. On peut croire par fatalisme ou désœuvrement.

Aujourd'hui, les frangins ont chanté ceci (en latin) :

> « Les idoles des nations sont de l'argent
> et de l'or.
> Elles ont une bouche, et ne parlent point ;
> Elles ont des yeux, et ne voient point.
> Elles ont des oreilles, et n'entendent pas ;
> Elles ont des narines, et ne sentent pas.
> Elles ont des mains, et ne touchent pas ;
> Elles ont des pieds, et ne marchent pas :
> Avec leur gorge, elles ne peuvent crier. »

J'ai admiré cette critique du virtuel, de la domination des images, de la déréalisation publicitaire et des écrans numériques. Baudrillard chantait du grégorien sans le savoir ; ces versets décrivent précisément l'aliénation d'Internet avec un millénaire d'avance. Dans l'église du XIIIe siècle, j'ai compris qu'il n'y avait rien à comprendre. Il suffisait de recevoir la lumière jaune qui jaillissait du vitrail sous les ogives. Ma fatigue me rendait vulnérable, mon désespoir montait au ciel. Toute descente précède une ascension.

Mon office favori est « complies », la prière du soir. Même religieusement, je reste un noctambule. Aux complies, l'obscurité envoûtante illuminée de cierges, les ombres vacillantes aux murs, l'encens inspiré emportent le fidèle dans la magie et le conduisent vers un sommeil féerique et nuageux. J'aime aussi les matines aux aurores renaissantes, quand le soleil filtre par les vitraux. Une grande croix rose fluo s'illumine au-dessus des habits blancs comme au dernier concert de Justice à l'Olympia.

Mardi 15 juin 2021

Les prières, assis, debout, agenouillé, le dos penché, constituent des exercices physiques. Une sorte de gymnastique divine : on squatte, on remonte, on fait travailler tous ses muscles, dorsaux, cuisses, sept fois par jour aux différents offices. En cas d'athéisme, sachez que vous ne perdez pas votre temps : à Lagrasse, on entretient son corps autant que son esprit.

Le *room service* est méticuleux dans cette abbaye. J'ai l'impression que les chanoines se relaient pour tenter de deviner tout ce qui me manque et passent leur temps à m'aider. L'un m'apporte un tube de dentifrice, l'autre le missel pour suivre les chants grégoriens, un troisième vient frapper à ma porte quand le déjeuner est servi. Même au Ritz, le personnel est moins prévenant, car il espère un pourboire, alors que les frères désintéressés n'attendent que la canonisation.

Je déambule dans du Beau au service de mon âme. Un monastère est une utopie aussi artistique que spirituelle : « la cité de Dieu » est un phalanstère non laïc. La communauté de l'abbaye Sainte-Marie de Lagrasse dépendait du diocèse de Gap, dont l'évêque fut autrefois Jean-Michel di Falco, le directeur de mon école Bossuet. J'ai écrit avec lui un dialogue, *Je crois, moi non plus*, publié en 2004, l'année où les chanoines ont emménagé ici. Puisque ce mystère me dépasse, feignons de croire que ceci n'est qu'une coïncidence.

Les chanoines alternent la contemplation et l'apostolat. Ils ont aussi un but non immatériel : réparer les lieux. Ils s'improvisent couvreurs, plombiers, électriciens, maçons. Entre les prosternations, ils s'agenouillent pour poser un carrelage, un évier, une prise. Les parties du corps les plus sollicitées à Lagrasse sont les deux genoux ; les chanoines devraient s'équiper de protections antichocs comme les rugbymen.

Ici le pape Léon III fut visité par le Christ entouré d'anges. Les parois de l'abbaye ruisselaient d'eau lustrale. Je guette sur les murs la moindre trace d'humidité. Comme avant ma confirmation, je recherche un signe. Une tache sur la pierre serait comme un SMS de Dieu. Pourquoi ne me guides-Tu point, Seigneur ? Sans Toi je me sens comme un canard décapité dans la basse-cour de la *life*. J'aurais peut-être dû couper cette phrase, mais elle m'amuse beaucoup. Les moines qui psalmodient me rappellent la vogue du groupe Enigma dans les années 1990. Ces chœurs polyphoniques de Bible chantée ont été imaginés par le pape Grégoire le Grand (mort en 604, comme la Peugeot de mon père). Une fois encore, un frère m'apporte gentiment le missel latin pour suivre les paroles des cantiques, mais je me perds dans les pages et je préfère regarder ces hommes psalmodier plutôt que de suivre leurs « *Kyrie eleison* » avec mes doigts crochus. Samedi dernier, je haranguais la foule du Bataclan, foulant aux pieds le parquet sacré aux quatre-vingt-dix tués, et maintenant je prends ma tête dans mes mains en entendant « Dieu seul suffit » (paroles de sainte Thérèse d'Avila). Et voilà, ça y est, c'est l'embarras ultime : l'eau ruisselle sur mes pommettes. J'ai fondu sans m'en apercevoir. Je remercie le chantre aux yeux émeraude et son *boys band* miraculeux : ces disc-jockeys connectés directement avec le paradis m'auront fait ruisseler comme un miracle.

Je ne veux plus partir ! Il va falloir me virer à coups de sandales-chaussettes dans le cul pour que je retourne dans le monde pollué acheter des objets vains dans des galeries marchandes. Je veux vivre au ralenti comme eux, dans la douceur.

Mercredi 16 juin 2021

N'empêche qu'il me faut raconter comment j'ai fugué hier soir. Je suis sorti du cloître pour me rendre au 1900, un restaurant du village, afin de regarder à la télévision le match France-Allemagne de la Coupe d'Europe de football. Victoire des Bleus 1 à 0 avec deux buts refusés pour hors-jeu et un penalty non sifflé (donc, le score véritable aurait pu être 4 à 0). Alors que je commandais mon troisième spritz, le restaurateur me présenta une cliente qui n'aimait pas les « chanoines intégristes ». Elle leur reprochait d'avoir arrosé d'huile de vidange des livres lors d'un colloque sur *La Nuit sexuelle* de Pascal Quignard en 2007. Cet incident semble avoir tendu les relations entre la congrégation religieuse et la librairie attaquée, Le Banquet, qui est installée dans une aile de l'abbaye, entièrement laïque. On se croirait dans *Don Camillo*, avec le curé qui se querelle en permanence avec Peppone, le maire communiste. Les chanoines à qui j'ai posé la question sont outragés qu'on puisse les imaginer coupables d'un geste aussi violemment stupide, mais il est possible que des grenouilles de bénitier, des boy-scouts fanatisés ou autres ouailles puritaines aient voulu faire du zèle. Habitant dans un petit village, je connais les disputes de clocher. Ce genre de malentendu peut durer des siècles. En tant qu'ancien soutien de Robert Hue, je voudrais proposer mes services en tant que plénipotentiaire, médiateur, Casque bleu du pays cathare. Je voudrais réconcilier la littérature libertaire et l'adoration du Christ ressuscité. Après tout, n'oublions pas la chanson de Johnny Hallyday et Philippe Labro : « Jésus Christ est un hippie », dont les paroles pourraient constituer une piste de rassemblement.

> « Poncho mexicain sur le dos
> Autour de son front, un bandeau
> Il est barbu et chevelu
> Il s'est battu à Chicago
> Il aime les filles aux seins nus
> Il est né à San Francisco
> Jésus, Jésus-Christ
> Jésus-Christ est un hippie. »

J'en parle à quelques frères, qui hochent la tête en souriant, tout en demandant intérieurement au Seigneur de me dissoudre ou m'absoudre (je confonds les deux). L'un me cite le Livre des Juges dans la Bible : « C'est plus porno et gore que *Game of Thrones* », affirme-t-il. Je me précipite sur mon exemplaire de la Bible de Jérusalem : effectivement, il y a des bastons à coups de mâchoire d'âne, un enlèvement de femmes, des prostituées qui couchent avec Samson, un type aux pouces coupés, un obèse poignardé dans le ventre jusqu'à ce que ses excréments sortent par la plaie… Le sexe et le trash sont bien présents dans la Bible, alors, s'il vous plaît, les ouailles, ne censurez pas les livres pornographiques ! Surtout ceux de Quignard, qui sont à l'érotisme ce que les films de Catherine Breillat sont à PornHub : un antidote. Dans la bibliothèque de l'abbaye, feuilletant les ouvrages d'art, je tombe sur *La Pudeur* d'Antonio Corradini, la statue la plus sexy jamais sculptée. Cette vierge aux seins de pierre de la chapelle napolitaine de Sansevero (Naples) pourrait réveiller les ardeurs d'un mort. L'érotisme est parfaitement compatible avec la religion ; la chasteté est une nuit sexuelle dont l'aube miraculeuse a lieu chaque matin, quand la pollution nyctalope apporte l'orgasme de Dieu. J'espère que ce message de paix et de tolérance, certes un peu tordu, se diffusera aux générations futures de bigots du département de l'Aude. Et je prie les libraires engagés de pardonner les péchés de saintes-nitouches incontrôlables. Même si le désert de Corbières et ses vieux cailloux sacrés lui ressemblent, Lagrasse ne doit pas devenir un nouvel Israël. Chantons tous en chœur « Heaven », mon cantique préféré des Talking Heads : « *Heaven is a place where nothing ever happens.* »

Ne rien faire d'autre que vivre, penser, rêver et marcher. Merde alors, je suis en train de me bruckbergiser. Tous les jours, le chanoine lecteur du réfectoire a lu sentencieusement le révérend père Bruckberger, dont les analyses de Bernanos sont aussi académiques que lui. Je me suis souvenu d'Emmanuel Carrère dansant pieds nus sur « The End » des Doors dans mon salon, au 42, rue Mazarine, dans les années 1990, quand il sortait avec Sophie, la marraine de ma fille. Il écrivait alors *Le Royaume*, en cachette. Il est temps que je quitte ces chanoines avant de me mettre à gambader nu-pieds tel un faune sur la pelouse en fredonnant « Hosanna ».

L'antienne sans cesse répétée comme un mantra « *in sæcula sæculorum amen* », signifiant « pour les siècles des siècles, ainsi soit-il », m'entraîne dans un calcul mathématique. Un seul « siècle de siècles » serait l'équivalent de 100 x 100, soit dix mille années. L'objectif est loin d'être atteint par la religion chrétienne : pour l'instant, seul un cinquième de cette distance temporelle a été parcouru par le message du Christ. Les chanoines doivent encore prier sept fois par jour pendant huit mille ans au minimum pour tenir cette promesse d'un « *sæcula sæculorum* », soit 7 × 8 000 × 365 = 20 440 000 offices, psaumes, génuflexions, se pencher, se lever, s'asseoir et chanter, se signer, replier le linge sacré qui protège l'autel, et s'en aller à reculons, lentement, sans bruit, jusqu'en l'an 10 000. Et l'on trouve que les moines sont des ermites sans ambition ?

Les agités du dehors, avec leurs agendas surchargés, raisonnent en vies de quatre-vingt-dix ans, ces pauvres hères ; prions pour ces créatures si éphémères, ayant perdu leur latin. Ô Christ, prends pitié des Français, qui errent sans but à l'extérieur de cette enceinte sainte. Qu'ils finissent par retrouver la voie de la sagesse au lieu de scroller des pouffiasses sur Instagram.

Au matin du quatrième jour, je suis reparti dans la société encombrée pour retrouver l'amour et combattre les monstres.

À présent que je suis de nouveau noyé dans le tumulte, au fond de mon maelstrom contemporain, de nouveau étourdi et fatigué, je me souviens que, quelque part en Languedoc, des hommes en robe blanche continuent chaque jour de chanter sous une nef gothique les mêmes hymnes immatériels, pour les siècles des siècles.

Et penser à ces hommes agenouillés m'aide à tenir debout.

Vingt-deux allers-retours à travers l'éternité

Jean-Paul Enthoven

– 1 –

D'abord, le silence. Énigmatique, voluptueux, inquiétant. Une soie spirituelle jetée depuis le ciel et griffée par chaque pas, chaque murmure, chaque bruissement de poutre ou de porte. « Fais silence, précise l'inscription augustinienne que j'aperçois, car si tu parles, le verbe se taira… » Que dois-je entendre ? À quelle part peu fréquentée de moi-même s'adresse cette sagesse paradoxale ? D'autant que ce silence – dont je pressens qu'il est ici l'autre nom de Dieu – insiste sans cesse et déconcerte. Où est le bruit ? Où est la vie ? Où sont mes tonitruants semblables ? Sevré de vacarme, ivre de ce trop puissant élixir, mon tempérament spontanément tapageur commence par se noyer dans cet océan de paix… Urgence d'acclimater mes oreilles et mon esprit jusque-là intoxiqués de tohu-bohu. Urgence de dompter ma conscience urbaine en manque.

De soumettre mon cœur toujours emballé… Il me faudra une heure ou deux, pas moins, pour que s'opère en moi, à mesure, la transfusion de quiétude qui règne à l'abbaye de Lagrasse. Je m'aviserai bientôt que ce silence ne ressemble à aucun autre. Qu'il exhale un parfum de myrrhe, de bois ciré, de rendez-vous avec soi-même. Que des siècles de piété s'y sont dissous. Qu'il est une substance spéciale grâce à laquelle, en ce lieu, se cimentent les âmes, la tradition, les arches du cloître, ses pierres rousses et blondes.

– 2 –

Quelques heures plus tôt, le frère Louis-Marie m'avait accueilli à la gare de Narbonne. Sourire lumineux, mains larges et noueuses, épaules d'athlète. En conduisant, il me parle de sa communauté, du bonheur qu'il y rencontre, me cite saint Bernard : « Mes frères et moi, à l'abbaye, nous sommes tous des tessons de verre très singuliers, voyez-vous, mais à force d'être secoués dans le même sac, nous devenons polis comme des galets et presque identiques… » Plus tard, il m'avouera, un peu gêné, qu'il est en train de lire *Les Démons* de Simon Liberati. Bizarre… Que vient faire ce (très bon) roman plein de soufre et de débauche, ce bréviaire d'une dépravation sophistiquée, sur la table de chevet d'un apprenti saint homme ? Un autre frère m'apprendra dans la soirée qu'il lit lui aussi ce roman dont les créatures ressemblent, selon lui, à « des morts-vivants avec des orbites vides »... Pourquoi lisent-ils, tous, Liberati ? Il faudra que j'enquête... En attendant, Louis-Marie conduit vite, très vite. Néglige les lignes jaunes. Son enthousiasme déborde. Son allégresse en impose. Cet homme a manifestement l'habitude de déplacer des montagnes. La pandémie ? Non, il ne s'en est guère soucié, sinon au nom de la charité et pour secourir des malades. Le vaccin ? « Pas le temps... avec les travaux, les messes, les fidèles... » Il porte un anneau en guise d'épousailles avec sa communauté. Il adore le sport. Se privera pourtant du match France-Hongrie du lendemain. « Trop à faire... » Normal, il était un peu l'intendant général de l'abbaye. « Comme saint Joseph, qui est l'intendant du ciel... » ajoute-t-il en rougissant de sa propre et brève immodestie.

– 3 –

J'arrive d'un autre monde. D'une autre histoire. D'une autre sorte de complicité avec la transcendance. Depuis longtemps, depuis toujours, on m'a enseigné que le Livre et la Loi peuvent tenir lieu du Dieu dont ils ne sont que l'ombre. Bien qu'agnostique, je reste donc, malgré moi, l'héritier de ce système de pensée dont l'étude et le commentaire font toute la liturgie. Fallait-il que l'on pressente en moi quelque trace – ou virtualité – de christianisme pour m'expédier de confiance vers cette abbaye située à l'autre bout de mon roman des origines ? Ou que l'on ait voulu suggérer, par ma présence, que chrétiens et juifs auront peut-être, en ce siècle naissant, à mener le même combat contre les fanatiques radicalisés qui les haïssent ensemble ? Il y a des hommes de bonne volonté dans les trois monothéismes. Autant qu'ils se rencontrent au plus vite – et en profondeur.

– 4 –

Mécréant, ethnologue d'occasion, je tente aussitôt de suivre les sept offices qui rythment la vie quotidienne de l'abbaye. Matines, laudes, tierce, sexte, none, vêpres, complies, se succèdent devant ma curiosité de sceptique. Je goûte sans déplaisir l'ampleur implacable et répétitive du rituel. Des chants infiniment modulés montent, tel un encens, vers les voûtes austères de la chapelle. De leurs gestes et génuflexions millénaires, les frères de Lagrasse redisent sept fois par jour la force de leur foi. Ils portent des tuniques blanches et rugueuses. J'envie la joie et la plénitude qui se lisent sur leurs visages. N'éprouvent-ils jamais lassitude, ennui ou solitude ? Ne regrettent-ils jamais le choix qui a décidé de leurs vies ? Je les observe : il y a là de très jeunes gens, quelques vieillards, des hommes vaillants et robustes. Celui-ci a dû être paysan ou berger. Tel autre menait peut-être une vie intense avant de... Son voisin aurait pu être un jeune premier de théâtre. Ensemble, ils composent une Légion étrangère des âmes. De quelles passions humaines, de quelle identité encombrante, l'inconnu qui s'y enrôle a-t-il dû se dépouiller ? Qu'ont-ils fait, chacun, de ces « ronces de la sensualité » qui tourmentaient Augustin, leur saint patron – grand expert en « ronces » précisément, et qui finira par s'en libérer en décrétant que « la prière est le plus grand rempart de l'âme » ? Un rempart...

– 5 –

Le grégorien résonne soudain. C'est un gémissement primordial et doux. Ni crainte ni tremblement, mais une gravité qui en dit long sur ce qui, en l'homme, est plus grand que l'homme... À la fin de chaque office, les frères quittent la chapelle en procession. Des œillères invisibles enserrent leurs têtes penchées. Sans doute parlent-ils encore au Dieu qu'ils viennent de louer. J'entends la cloche. Elle se nomme, ai-je découvert sur un prospectus local, Marie-Dominique-Joséphine-Adélaïde et fut jadis érigée par les nonnes de Notre-Dame-des-Sept-Douleurs. Elle rend un son aigrelet et âpre. Je pense malgré moi à la légende d'Andreï Roublev et au film de Tarkovski qui lui est consacré, où il est dit que le son d'une cloche exige, afin d'atteindre sa plus haute pureté, que l'on jette une jeune vierge dans son bronze en fusion. Impossible de dompter ce genre de pensées saugrenues et indécentes. Pour l'heure, elles n'en font qu'à leur tête.

– 6 –

Bien que matérialiste et allergique au mystère et à toute forme de *credo quia absurdum*, je porte en moi une intense nostalgie de la foi et de la grâce – qui, à mon grand regret, n'ont jamais songé à me proposer durablement leurs prestations. L'au-delà, le diable, l'éventuelle résurrection des corps, le destin du Dieu fait homme, restent des hypothèses qui me tourmentent comme il se doit, mais elles se tiennent en retrait – en réserve ? –, à la périphérie de mon être profond. Parfois, en mallarméen impénitent, je tiens la mort pour un « peu profond ruisseau calomnié » qui n'exclut pas l'éternité. Et parfois, cette même mort m'apparaît comme la promesse d'un néant qui ne diffère en rien de celui qui a précédé ma naissance. Quand cette dernière conviction l'emporte, ce qui est le cas le plus fréquent, je me console avec quelques doses d'un héroïsme tragique et prompt à nuancer mon découragement devant la finitude de l'existence. C'est dire que Dieu, s'il me rend visite, ne s'attarde guère en moi. J'ai pourtant senti sa présence, un mémorable matin, voici quelques années. Et je me souviendrai toujours que, ce matin-là, tout s'était brutalement éclairé et embelli. Le monde des humains, le destin, la nature, le sens de la vie, y avaient rencontré l'évidence d'une harmonie jusque-là inaccessible. Mon extase s'était, hélas, vite dissipée. Depuis, je la guette en vain.

– 7 –

Mon esprit ne parvient pas à se tenir au diapason de la liturgie. Il bondit, s'éloigne, revient. Un cheval fou. Sans cesse sollicité par des *vritti* – c'est le mot (popularisé par le *Yoga* d'Emmanuel Carrère) qu'on utilise dans les exercices de méditation pour désigner les images qui viennent perturber les fluctuations de la pensée –, il refuse de m'offrir un plain-pied avec ce que j'entends et vois. Dans ma tête, comme avec la cloche d'Andreï Roublev, crépitent des bribes incontrôlables : ici, un souvenir de Rimbaud au Harrar, l'incipit de *La Vie de Jésus* de Renan ou une ancienne conversation avec Pierre Boutang sur Vico et Hölderlin ; puis voilà que je repense à la grande scène érotique de *Eyes Wide Shut* (à cause des prêtres et de leurs inquiétantes tenues blanches ?), à un vers de Catherine Pozzi (« Très haut amour, s'il se peut que je meure... »), à la mort d'Anna Karenine dans la gare de Moscou...

– 8 –

Sur ce vrac mental, le latin répand ses sonorités onctueuses – dont je lis la traduction sur un missel : « Les ténèbres n'ont point d'obscurité pour toi » (*Quia tenebrae non obscurabuntur a te...*), ou « Mes os ne te seront point cachés... » (*Non es oscultatum os meum a te...*). Ce latin rudimentaire mais opaque ajoute au mystère ambiant et m'acclimate à lui. Il est bon, je suppose, et habile, que la plupart des participants à ces cérémonies, à commencer par le public pieux, ne comprennent pas la mélodie de cette langue défunte. Car la religion catholique, comme on me le répète depuis mon arrivée, exige que l'on consente par principe au mystère – dont le latin reste le premier solfège. On n'entre pas dans la grâce par la raison, disent-ils, mais par le suspens de la raison. « Il faut, pour croire, que l'argumentation abdique son arrogance », me précisera le père abbé. Et d'ajouter : « Vous devez croire pour comprendre... Croire avant de comprendre... » Ces mots, ce programme, heurtent mon cerveau incurablement kantien. Comment choisir, pour un croyant, entre la puissance de la foi et la misère de l'intelligence ? Comment choisir, pour un incroyant, entre la splendeur de la raison et les ténèbres de la crédulité ? Ici comme ailleurs le tempérament précède la conviction. Je me suis résigné, par réalisme, à suivre humblement ses changeantes décisions.

– 9 –

D'un pas lent et requis, les frères avancent vers la chapelle, vers le cloître, vers la salle capitulaire. Sérénité. Recueillement. Densité de l'instant. Ils semblent, tous, exactement là où ils aimeraient être. Leurs lèvres sont agitées par d'imperceptibles mouvements de prière. Leurs regards plongent au-dedans d'eux-mêmes. Cette lenteur, ils la respectent tant elle signifie que, pour eux, rien ne presse désormais. Pourquoi douterais-je du bonheur qu'ils affichent sous prétexte que ce bonheur ne serait pas le mien ? Je me souviens, par contraste, des talmudistes de Jérusalem qui couraient toujours vers la salle où la Torah les attendait. J'avais demandé à l'un d'entre eux les raisons de cet empressement, et il m'avait répondu : « L'Éternel a dit : tu te hâteras vers l'étude… » Frères de Lagrasse ou talmudistes de Jérusalem : les uns ont tout leur temps, les autres se précipitent ; ceux-là lèvent leurs yeux vers le ciel, ceux-ci baissent leur regard sur le Livre. Comment ne pas voir, pourtant, que tous racontent, avec des gestes contraires, la même histoire monothéiste ? Le Dieu des juifs semble cependant plus impatient que celui des chrétiens. Pourquoi ?

– 10 –

Les physiciens qui veulent s'approcher au plus près du Big Bang et atteindre ce point de l'origine où le temps n'a pas encore commencé, savent qu'il est impossible d'avancer au-delà d'un infranchissable « mur de Planck ». Il en va de même, semble-t-il, dans le catholicisme : la raison s'avance au plus près du Mystère, puis elle abdique et se dessaisit de ses prétentions. Il faut alors plonger dans la foi pour les uns, suspendre son jugement pour les autres, si l'on veut en savoir, ou en deviner, davantage. Impossible de faire autrement. Comme si la science et la piété devaient s'échouer, ensemble, sur un identique et infracassable noyau de nuit. On me conseille, sur ce point délicat, de lire le discours que le pape Benoît XVI prononça en 2006 à l'université de Ratisbonne. Je n'y manquerai pas.

– 11 –

Pas un mot dans le réfectoire où chacun grignote concombre, tomate, riz, noix, tandis qu'un frère, juché sur un petit pupitre, lit à voix haute une vie de saint « afin que l'esprit se nourrisse en même temps que le corps ». Chacun mastique, boit, avale, sourit, prie, en silence. Cette frugalité, cette austérité, les accompagneront jusqu'à la fin de leur vie. Un sacrifice, à mes yeux, inhumain. Dont ils s'acquittent pourtant dans ce qui s'apparente à une félicité rayonnante. Je les plains autant que je les envie. Se sentent-ils contraints ? Sont-ils certains à chaque instant d'avoir choisi la vie qu'ils désiraient ? Pas sûr. Car tout, à Lagrasse, célèbre la répétition. Les offices, les mots, les gestes, les repas, les promenades. Le rituel reste le plus fiable des tuteurs des âmes. Sans son puissant secours, ces mêmes âmes s'affaisseraient peut-être, tel un lierre que rien n'aurait pris la peine d'étayer.

– 12 –

La répétition – qui d'ordinaire m'effraie et ne m'annonce que la mélancolie ou l'ennui – est ici « la forme enfin trouvée » de l'éternité. Une figure peu nietzschéenne à l'évidence. Mais une adaptation éloquente tout de même de ce qui pourrait passer pour un autre type d'Éternel Retour. Pour la première fois, dans cette abbaye, je constate que cette répétition – à laquelle j'ai à peine le temps de m'habituer – m'apaise, alors que ma morale, en général, ne s'épanouit qu'à ses antipodes. Contre toute attente, et malgré mon hostilité de principe à toute forme de biophobie, j'admire le sacerdoce au nom duquel les frères ont conclu leur pacte avec le Ciel. En prononçant mentalement ce dernier mot (sacerdoce), je me souviens aussitôt, par association d'idées – encore une *vritti* –, du jeu de mots lacanien et post-soixante-huitard qui enjoignait de l'orthographier « ça sert d'os » (de point fixe, de repère, de re-père). Époque défunte, joyeuse et pathétique où une blague de potache l'emportait sur deux mille ans de savante piété.

– 13 –

Saint Augustin est le maître vénéré des frères de Lagrasse. Tous suivent sa règle, le célèbrent, l'aiment et pensent sous sa bienveillante tutelle. Aucune séquence de la folle jeunesse d'Augustin ne leur est étrangère : ni les « ronces », ni « l'épisode des poires » (qui invita le futur Père de l'Église à méditer sur le désir de faire le mal pour le mal), ni l'amour qui le lia à sa mère Monique ou à son fils Adéodat (conçu avant sa conversion). Chacune des *Confessions* précise la loi quotidienne de la communauté. Les frères s'en nourrissent. Y retrempent chaque jour leur ferveur. À l'heure du crépuscule, le père abbé, augustinien de longue date, évoque devant moi les saisons manichéennes de son saint patron. À travers lui, il s'interroge, afin de penser contre lui, sur la part de bien et la part de mal qui cohabitent irréductiblement en chaque homme. « Vous devriez lire Plotin et Porphyre, me conseille-t-il, car ils ont allumé un incroyable incendie dans le cœur d'Augustin. » La loyauté me contraint de lui répondre que je suis plutôt lecteur de Proust, mon saint patron personnel, qui me renseigne comme personne sur l'ombre et la lumière, le pire et le sublime, qui font la nature humaine. Proust ? Il connaît mal. N'exclut pas d'aller y voir de plus près. Puis, de Plotin en Marcel, nous parvenons – par quel détour ? – à ces énigmatiques trois mots latins qu'on peut lire sur le tombeau d'Augustin, à Pavie : *In Via Patria*. Cela signifie-t-il : « Ma patrie est mon chemin » (ou, autrement dit : « J'habite mon chemin »), ce qui ferait de ce mantra une morale dont je m'accommoderais volontiers ? Ou alors, cela se traduirait-il par : « Je suis en chemin vers ma patrie » (vers la demeure de mon père), interprétation qui résumerait une morale et une foi auxquelles je ne pourrais souscrire ? Le père abbé ne veut pas trancher. Il a écrit des livres sur le sujet. « La réponse s'y trouve », me dit-il. Il me laisse ensuite « écouter le silence » de Lagrasse. Sérénité d'avant-nuit. Une lune de juin, « en tenue de jour », frôle la colline toute proche.

– 14 –

Augustin a défini, en substance et en détail, le cahier des charges de la communauté : « Arrêter les inquiets, consoler les pusillanimes, soutenir les faibles, réfuter les contradicteurs, regarder les astucieux, instruire les ignorants, aider les indigents, délivrer les opprimés, encourager les bons, tolérer les méchants, aimer tout le monde... »

Dans leur décor de Languedoc (cistes, oliviers, vignes, pins d'Alep...) si propice à la louange d'un divin archaïque, les frères veillent ainsi à doser contemplation et apostolat. Ils n'oublient pas le monde. S'y rendent souvent. En reviennent. Y retournent. Double vocation : d'un côté, le service des humbles, des malades, des pauvres, des simples. De l'autre, leurs vœux de méditation et de retrait. Ce mouvement d'aller et de retour, Sylvain Tesson (qui m'a précédé à l'abbaye) l'a comparé à un jeu de jokari. Les frères sont ravis de la formule. Ils l'évoquent avec une pointe de fierté – dont ils se confesseront plus tard.

– 15 –

Ici, précisément, on se confesse en plein air, à la vue de tous. Par exigence sanitaire, m'explique-t-on... Le spectacle n'en est pas moins troublant : le pécheur s'agenouille sous les arches du cloître, le prêtre est assis sur un banc de pierre, on peut passer à proximité, entendre le murmure, le sanglot, la plainte. J'imagine, pure fantaisie, une séance de cette sorte chez un psychanalyste. Avec un prêtre freudien qui délivrerait en public son certificat de culpabilité. Ici, son « homologue » chrétien transmet son pardon en pleine lumière. Noblesse, à cet égard, d'un catholicisme où tout peut être pardonné jusqu'à la dernière seconde. Tout. Staline, Gilles de Rais, Pol Pot, Ben Laden et les autres... Cette mansuétude me gêne, puisqu'elle me parle d'une humanité grandiose qui n'existe pas. Et, en même temps, je trouve que son principe est sublime. Je n'ignore pas que Dieu, en dernier appel, peut rectifier le jugement des hommes. Tant mieux.

– 16 –

Il y a une mosquée dans un quartier difficile de Narbonne. Certains chrétiens, surtout des enfants, y sont souvent insultés ou agressés sur le chemin de l'école. Rien de grave pour le moment, mais le climat se tend. Les frères de Lagrasse s'y rendent en grande tenue blanche, non par défi ou arrogance, mais pour dire simplement qui ils sont, et ce en quoi ils croient. Dans leurs cœurs, ils me l'ont dit, le martyre du père Hamel, égorgé par un islamiste dans son église de Saint-Étienne-du-Rouvray, n'en finit pas de répandre inquiétudes et tourments. « Le martyre ne peut pas effrayer un vrai chrétien », répète pourtant le père abbé. Dans sa mémoire catholique, deux cataclysmes – la révolution de 1789 et les spoliations qui s'ensuivirent – ont déjà mis son Église en péril. L'islamisme radical, sous sa forme la plus meurtrière, pourrait être le troisième péril – même si, dans cette région de France, on a toujours su résister aux Sarrasins. Les frères ont vu et aimé le film *Des hommes et des dieux* sur le massacre des moines de Tibhirine. Ils n'ignorent pas que le pire est toujours possible.

– 17 –

En arrivant à l'abbaye de Lagrasse, je n'avais pas une haute opinion de l'espérance. J'y voyais, au contraire, ce que mes bons ou mauvais maîtres (Cioran, Schopenhauer, Chamfort, quelques talmudistes...) m'avaient enseigné, à savoir : l'espérance est une drogue dure, qu'elle se manifeste sous sa forme laïque, religieuse ou politique. J'avais, grâce ou à cause d'eux, appris à me méfier d'elle, de ses méfaits, des eschatologies promettant un salut individuel ou un avenir radieux. Ai-je donc changé en passant quelques jours parmi des hommes merveilleux qui pensent exactement le contraire de ce que je viens d'avancer ? Je ne le crois pas. Mais en partageant un peu leur discipline, en voyant que cette espérance est leur pain, leur paix, leur pierre d'angle, et que sans elle tout s'effriterait autour d'eux et en eux, j'ai pris le parti, non de renoncer à mon préjugé, mais de le nuancer. Les frères ne pourraient pas accomplir leur vocation sans ce que je tiens pauvrement pour un filet d'illusions. Il m'est arrivé, là encore, de les envier.

– 18 –

Insomnie d'une première nuit. Trop de silence. À peine tamisé par un concert de grenouilles en provenance des jardins. Je m'aventure, en pleine nuit, vers le long couloir – bibliothèque qui longe ma cellule. Dans cette zone, les titres des livres et des rayonnages sont fantasmagoriques et prometteurs : « Apparitions mariales », « Liturgie eucharistique », « Saint Joseph », « Eschatologie », « Enfer », « Fatima », « Anges », « Démons », « Mal ». L'Enfer me tente, évidemment… J'y cherche des informations sur l'étymologie de son locataire principal : qui, en effet, a eu le génie d'inscrire ce « dia » dans le patronyme satanique afin de signaler d'emblée que le diable est fait (inventé ?) pour porter la division au cœur de l'humanité ? Finalement, les « Anges », plus propices au sommeil, l'emportent dans ma curiosité. J'y cueille, sur les trônes des séraphins, quelques bribes fabuleuses qui, à maints égards, font de la théologie un sous-ensemble de la poésie. Il me faudrait plusieurs vies pour m'initier à tous les savoirs que des siècles de divagations, de méditations, de visitations, ont stockés sur ces étagères. Pour entrevoir les réponses à mes questions d'homme inexpérimenté en affaires célestes – quelle fut, par exemple, la première langue adamique ? Dans quel état physique ressuscite-t-on ? Jésus avait-il vraiment des frères ? Et, dans ce cas, que reste-t-il de la virginité de sa mère ? Plus tard, j'essaierai de m'endormir en lisant le *Judas* d'Amos Oz – qui vient d'être édité avec une émouvante préface de Delphine Horvilleur. La thèse en est intéressante : Judas, bien entendu, n'a pas trahi Jésus et n'avait guère besoin, puisque très fortuné, des fameux « deniers » qui expliqueraient sa félonie. Convaincu plus qu'un autre de la divinité de Jésus, et impatient de le faire savoir à ceux qui ne l'admettaient pas encore, il l'aurait alors désigné à ses futurs bourreaux afin de hâter l'heure de vérité, c'est-à-dire son triomphe. Judas, ne doutant pas que Dieu sauverait son fils, entend ainsi prouver aux Romains, et au plus vite, son essence divine. Le voyant enfin crucifié et agonisant, il est horrifié par son erreur et se suicide. Judas, au fond, était trop pressé. Il voulait que le Jugement dernier advienne tout de suite. J'aimerais connaître le point de vue des frères de Lagrasse sur cette hypothèse forgée par un grand écrivain juif.

– 19 –

Conversation imprévue avec le père abbé. Nous évoquons encore le diable qui divise, la communauté qui rassemble, les prières qui ravivent le courage et même Judas l'impatient – d'ailleurs, la thèse d'Amos Oz l'intrigue. Il a rencontré le pape Benoît XVI et en conserve un souvenir ému. Le pape lui a dit : « Faites des oasis, le plus possible... » Des oasis, c'est-à-dire des communautés comme celle de Lagrasse. Et il avait ajouté : « Priez pour moi... » Cette humilité, de la part d'un pontife, le père abbé en est encore bouleversé. Oserais-je lui avouer que, pour ma part, j'y vois davantage qu'une posture d'humilité ? Je préfère me taire. Après tout, je n'ai jamais rencontré Benoît XVI. Et qu'aurais-je ressenti en sa présence ?

– 20 –

Frère Jean-Marie a un visage parfait et des yeux d'ange. Il ressemble, trait pour trait, à l'acteur (était-ce le jeune Mathieu Carrière ?) qui avait le rôle principal dans *Les Désarrois de l'élève Törless*, d'après le roman de Robert Musil. Je l'interroge sur sa vocation. Il m'explique : Dieu s'est manifesté à lui alors que, âgé d'à peine vingt ans, il construisait un calvaire – qui fut pour lui l'équivalent d'un « deuxième pilier » claudélien. Il me parle également, avec transport, de Jacques Lusseyran, cet aveugle qui « voyait » et qui fut un héros de la Résistance. Ne connaît pas la biographie romancée que Jérôme Garcin lui a consacrée – et que je lui enverrai dès mon retour à Paris. Il me cite ensuite une scène d'*Indiana Jones* où le héros voit une passerelle de verre que les autres hommes ne voient pas. « Cette passerelle vers le Christ, je l'ai vue au pied de mon calvaire..., me confie-t-il. Elle menait vers le Christ, c'était évident... » Les larmes au bord des yeux, il me raconte sa souffrance d'avoir dû alors prendre congé de ses amis, de sa famille, de tous ceux qui « voulaient habiter le monde ». Organiste de la communauté, la musique l'accompagne à chaque heure. D'ailleurs, il compose – avec talent. Avant mon départ, il m'offrira un disque. Et une lettre que je me crois autorisé à reproduire ici.

« Dans notre silence de velours, au seuil de l'abîme de Dieu, nous prions de toute notre âme. Ces chants sont les meilleurs témoins de notre balancement entre se taire et proclamer le Mystère qui nous surplombe, nous environne, nous habite : Jésus-Christ. J'espère que le "drogué de bruit" que vous êtes y trouvera un chemin de silence et de paix pour la contemplation. Avec mon amitié et ma prière. »

– 21 –

Dernier regard vers ce cloître bordé de buis et de cinéraires marins.

Dernier adieu aux grenouilles et aux oiseaux dont le chant prolonge le silence.

Dans le ciel, un nuage se fend et laisse passer une tranche de bleu intense.

Le temps bat en retraite.
Je reviendrai à l'abbaye de Lagrasse.
J'en suis certain.
Serai-je alors le même ?
Serai-je alors un autre ?

Du visible à l'invisible

Jean-Marie Rouart, de l'Académie française

Franchir la porte de l'abbaye de Lagrasse, c'est pénétrer dans un de ces lieux qui en France nous inspirent toujours un peu de nostalgie. C'est peu dire qu'il y souffle l'esprit. Fleurissant un peu partout, rythmant le paysage, ils se sont peu à peu déconnectés d'une vie sociale, administrative, dont ils étaient le poumon. Tout comme les châteaux, les demeures aristocratiques, la force de l'histoire les a désolidarisés du contexte humain pour n'être, le plus souvent, que des étapes touristiques, répertoriées dans le *Guide Michelin* pour leur attrait architectural, la richesse des évènements dont elles ont été le théâtre ou les témoins. Ce sont de magnifiques coquilles vides dont les grands érudits, comme Ruskin ou Émile Mâle pour les cathédrales, tentent de nous restituer l'âme qui les habitait. Résurrection impossible tout comme l'esprit des temps révolus.

En dépit du génie de Michelet, nous ne pouvons que les admirer avec le froid regard de l'amateur ou de l'esthète, sans parvenir à retrouver leur signification profonde et à nous identifier à ceux qui communiaient étroitement avec ces monuments dont la pierre, étonnamment vivante, respirait.

Même si la foi demeure individuellement, nous avons du mal à concevoir des époques de foi collective, intense, qui rehaussaient ces monuments non seulement de couleurs disparues, mais d'un enthousiasme débordant. Car la religion alors était tout : elle définissait l'état civil, l'identité, la politique, l'amour, la vérité et l'espérance. C'est dire si le citoyen que nous sommes, individualiste, relativiste, déchristianisé, assujetti à Internet, doit faire effort s'il veut entrer en sympathie avec ces ancêtres, condamné à ne percevoir d'eux que des bribes fanées d'existences évaporées.

Pénétrer dans l'abbaye de Lagrasse, dans les Corbières, au sud de Narbonne, c'est bien sûr faire un pèlerinage dans une histoire riche en convulsions historiques puisqu'on est au cœur du pays cathare, à la frontière des invasions maures, et que certains vestiges rappellent que ce fut Charlemagne qui décida de sa création. Le paysage vallonné, le village classé aux toits de tuiles ocre, offrent un écrin à ce lieu saint qui est un véritable compendium architectural des temps chrétiens : le style mérovingien s'entremêle au roman, au gothique, pour s'ouvrir aux perspectives plus aérées du

XVIIIe siècle. L'abbaye a bien sûr connu toutes les vicissitudes de l'histoire, de sa vente comme bien national sous la Révolution, à ses tribulations au moment de la séparation de l'Église et de l'État et de la mise au ban des congrégations, elle a été restaurée dans tous les sens du terme par une jeune équipe de chanoines, il y a trente ans. Conduite par son père abbé, Emmanuel-Marie, elle s'est attelée à une entreprise qui, autant sur le plan monumental que religieux, semblait un défi à notre époque incrédule. Désormais ce sont près de quarante chanoines qui animent et font vivre ce lieu, architecturalement et spirituellement exceptionnel.

La vie d'une abbaye comme celle de Lagrasse, ponctuée dès l'aube par les matines et les laudes, puis la messe, la sexte, les nones, les vêpres, jusqu'à la nuit, où se déroulent les complies, est enserrée dans un filet de dévotions aux mailles serrées. Tout y est organisé pour la prière. Celle-ci n'est plus comme dans la vie religieuse habituelle un moment consacré, elle remplit tout le temps vécu, comme un but sans relâche. Comme si rien ne comptait d'autre que cette complète consécration à l'amour de Dieu. Même pendant les repas, au cours desquels un officiant lit des textes sacrés. Même dans le silence : résonnant encore de la beauté des chants grégoriens, il paraît empreint de prière.

Mais tous ces actes de dévotion religieuse s'insèrent eux-mêmes dans une extraordinaire richesse symbolique qui, ici, n'est nullement dissimulée ou occultée, mais au contraire mise en relief. Est-ce l'effet de la liturgie romaine en latin, qui n'est pas une particularité de cette abbaye ? On se sent environné de signes, de mythes, venus du fond biblique et s'enrichissant tour à tour de mille apports grecs, romains, celtes ou païens. C'est une forêt de symboles dans laquelle nous introduit la messe, auxquels l'habitude ne nous faisait plus prêter attention. Aussi est-ce la vie tout entière que l'on regarde sous cette lumière nouvelle. Elle n'est plus une suite d'instants banals ou tragiques à l'issue fatale, elle devient matière à une réflexion, à une auscultation sur son sens éternel, dont nous sommes les dépositaires inconscients. Ce n'est pas l'homme individuel, périssable, voué à l'impermanence des choses, à des passions illusoires et à la fugacité des instants qui apparaît ici, mais l'homme éternel, puisque sa substance symbolique est immortelle. Ainsi, répétant sans fin les gestes de dévotion, les chanoines communient indifféremment non seulement avec leurs frères vivants qui souffrent, mais aussi avec les morts.

Témoin de cette quête symbolique si étroitement liée au mystère et au sacré, le jardin du cloître, mais aussi un autre jardin dans lequel les chanoines ont tenté de retrouver les essences de la Bible : un figuier, qui en Orient tient la place du pommier, et qui est sans doute le véritable arbre de la connaissance ; des cyprès, symboles de l'espérance ; l'amandier, arbre du renouveau, car le premier à fleurir au printemps ; la vigne, symbole d'enracinement ; un grenadier lié à l'ardeur de la passion amoureuse ; le myrte ; et un épineux, le *spina-christi*, dont les branches tressées furent probablement à l'origine de la couronne d'épines lors du chemin de croix du Christ.

Quand on vit trois jours immergé dans l'abbaye au milieu des chanoines de Lagrasse, on a l'impression de découvrir un autre monde, sans équivalence avec le nôtre. Le silence y remplace le bruit, le chant grégorien, la cacophonie de notre monde désaccordé, l'absolu désintéressement, l'âpreté du monde de l'argent. Une forme de paix règne ici. L'harmonie des lieux a d'étranges correspondances avec l'harmonie intérieure qui éclaire les chanoines. On est frappé par leur douceur, leur gentillesse, leur sourire, comme s'ils avaient purgé en eux les poisons qui animent nos existences survoltées : l'ambition, la soif de paraître, la jalousie, tous ces appétits qui nous rongent, car on ne peut ni les satisfaire ni les apaiser. Le spirituel semble avoir chassé de leur cœur tout ce qui n'est pas indispensable à la vie de l'esprit. Mais très vite le profane, si attiré soit-il par le magnifique exemple qu'il a sous les yeux, la beauté morale qui s'en dégage, si curieux soit-il de l'énigme de ces vies retranchées du monde et au service exclusif de

Dieu, car chacun de ces appels, chacune de ces vocations est en soi un roman, se sent troublé par une énigme. Il a le sentiment de se trouver face à un mur plus élevé, plus infranchissable, que ne l'est la clôture qui sépare les moines de notre monde. Il ne comprend pas. Il ne peut d'ailleurs pas comprendre. Une barrière entre deux types d'humanités reliées par des liens à la fois fraternels et difficilement conciliables. Car ces chanoines s'abstiennent de toutes les nourritures qui alimentent nos passions. Ils remettent en cause tout ce à quoi nous sommes invinciblement attachés : la propriété, la vie charnelle, la procréation, la douceur d'un foyer, les plaisirs de la société. Nous qui cherchons sans fin des distractions, des dépaysements, des activités multiples pour remplir plus ou moins artificiellement nos existences, comment pourrions-nous comprendre cette immobilité et la répétition infinie de cet acte intérieur, la prière ? De tous ces choix qui ne nous paraissent difficiles que parce qu'ils nous sont étrangers, j'avoue que le plus ardu à comprendre, c'est ce chemin aride de l'abstinence. Une sentence de Bossuet me revenait sans cesse : « La concupiscence, ce lien tendre et violent qui relie l'âme au corps. » Quel est cet amour sublime qui donne la force de dominer en soi cette attraction si profondément humaine ? Avouons-le, ce n'est qu'au prix d'un effort qu'on accède au chemin qui mène à la compréhension d'une vocation qui nous semble en tout point contre nature. Mais ne nous y trompons pas, nous resterons des profanes, nous ne pénétrerons jamais dans les arcanes auxquels seuls ont accès les initiés.

Cela a été le thème de ma réflexion pendant ces trois jours. Avec même une certaine appréhension, comme si j'étais devant un gouffre sans fond qu'il m'était interdit de franchir. L'erreur aurait été de croire que le spectacle auquel j'assistais, ses enchantements, sa liturgie, ses chants grégoriens, la beauté des lieux, me révélaient la vérité de la vie monastique. Tout cela n'était que le visible. La vérité résidait au-delà, dans l'invisible. Plutôt que de tâtonner dans ce territoire de l'ineffable, j'ai tenté de l'appréhender par ma propre approche de la vie spirituelle, par le domaine qui m'est le plus familier tout en restant le plus mystérieux : le processus secret, jamais élucidé, grâce auquel, à la suite d'une étrange vocation, on décide de consacrer sa vie à l'art, en l'occurrence à la création littéraire. Que ce soit dans la naissance de cette vocation jusqu'à son exercice, il me semble que deux sentiments prédominent, excessifs, contradictoires, celui de vaincre obstinément le démon du doute et celui d'être porteur d'un feu sacré. Certes l'écrivain, tiraillé par les passions du siècle, travaille dans un métal moins pur. Son orgueil n'a pas été concassé par la macération et la discipline de l'existence monacale. Si en lui s'opère un long travail de purification sur le chemin spirituel, il n'en est pas moins tiraillé par toutes les tentations qu'offre le monde profane. Cet idéal pour lequel il lutte, il doit sans cesse le dépouiller de sa gangue médiocre. Car ce n'est qu'au prix d'un long effort, d'une infinie patience, que l'art abolit les passions humaines, sans lesquelles il n'aurait peut-être jamais surgi dans la lumière. Mais est-ce de ce point de vue si différent du chemin de la foi ? Saint Augustin, Charles de Foucault seraient-ils devenus ce qu'ils sont sans les chemins tortueux qui les ont menés à cette révélation ? L'attrait du divin n'est pas inné. Dans quelque ordre qu'il soit, il est une conquête.

La création artistique m'est toujours apparue comme un canal de dérivation de la vie spirituelle. Un Baudelaire, un Rimbaud, « mystique à l'état sauvage », un Villon « mort de soif au bord de la fontaine », mais aussi Verlaine, Van Gogh, Gauguin, me semblent avoir adressé les plus belles prières qui soient. Prières prononcées par des pécheurs qui se repentent d'avoir dû porter cette défroque de médiocrité que les hommes sont condamnés à subir et dont seuls quelques élus se dépouillent pour accéder à la lumière. Or, si la meilleure interprétation de la naissance du religieux est un désir d'élévation, un désir inné de rendre hommage à un esprit supérieur, la parenté entre croyance et art paraît incontestable. Bien sûr, cela apparaît plus visible chez un Pascal que chez un Montaigne, pourtant beaucoup plus étroitement liés que ne le laisseraient penser leur manière de vivre, leur style. Le spirituel apparaît d'un or plus pur chez Pascal que chez Montaigne : c'est qu'il est plus incarné chez l'auteur des *Essais* et diffus dans un alliage humain quotidien et sensuel.

« Tout n'est que signes, masques et symboles : et peut-être qu'un jour nous saurons de quoi », a écrit Paul-Jean Toulet. Cette interrogation au cœur de la vie religieuse est aussi celle qui anime et irrigue la vie artistique. C'est pourquoi à l'abbaye de Lagrasse je ne me suis pas senti dépaysé. Si différent que soit mon chemin de celui de ces hommes voués à Dieu, je les comprenais. Dans un ordre mystérieux, ils étaient des frères.

La résurrection

Franz-Olivier Giesbert

Sa mission était surhumaine, mais le pape a-t-il bien été à la hauteur ? Jorge Mario Bergoglio a le sourire des administrateurs judiciaires chargés de sauver l'entreprise en péril qui leur a été confiée. Il y en a deux sortes : ceux qui se démènent et ceux qui laissent pisser le mérinos. Je ne jurerais pas que le souverain pontife appartienne à la première catégorie.

L'Église catholique a certes de beaux restes en Afrique et en Amérique latine, où, après avoir été ultra-majoritaire au siècle dernier, elle tente aujourd'hui de résister, non sans difficulté, aux coups de boutoir des évangéliques. Mais en Occident, et particulièrement sur notre cher et vieux continent, c'est à se demander, parfois, si elle ne fait pas partie des espèces en voie de disparition.

Ses prédécesseurs étaient bien conscients du danger. D'où les coups d'éclat et de génie de Jean-Paul II, le combattant paulinien. D'où les avancées théologiques de Benoît XVI, l'intellectuel augustinien. Notamment sur la théorie de l'évolution, qu'ils ont adoubée, ils n'ont cessé d'avancer, de défricher, de secouer le pot de fleurs, pour reprendre l'expression du général de Gaulle.

Comme s'il s'accommodait du déclin du christianisme, le pape François ne se départ jamais d'une superbe indifférence, l'autre nom de la sagesse, quand ce n'est pas celui de l'indolence ou du cynisme. Avec son christianisme prudent, voire chattemite, il ressemble à ces politiciens qui marchent sur des œufs et dont l'obsession, contrairement aux hommes d'État, est d'avoir de bons articles dans les journaux.

Pardonnez ces déclarations liminaires sur le pape François et l'état de l'Église. Je comprends qu'elles puissent choquer. Pourquoi les énoncer d'entrée de jeu, alors que je suis censé vous parler ici des chanoines de Notre-Dame de Lagrasse ? Parce que les deux sont liés : l'aventure des augustins de l'Aude montre que rien n'est jamais perdu, que le christianisme peut encore redresser la tête et réveiller nos consciences fatiguées. Telle est la morale de cet apologue que vous voudrez bien m'excuser de ne pas vous conter en vers. N'est pas La Fontaine qui veut.

À défaut, je pourrais vous faire un pastiche de l'article que ne manquera pas d'écrire, un jour, quand l'histoire de Lagrasse sera remontée jusqu'à Paris, le journaliste du *Monde* ou de tout autre média bien-pensant ne reconnaissant aucun droit aux catholiques, même pas celui d'exister : tremblez, bonnes gens, les traditionalistes sont de retour, ils ont revêtu les habits des augustins. Leurs couteaux ne sont pas entre les dents, mais sous leur robe blanche, pour égorger les mécréants sous les arcades de leur cloître.

Aux yeux de ces nouveaux inquisiteurs, folliculaires de supérette, tout est politique, même la foi dès lors qu'elle est chrétienne : il y a toujours un militant qui sommeille sous le croyant, un facho sous le catho – la preuve, ça rime. Pour corser la chose, seront peut-être évoquées – c'est un réflexe de Pavlov chez cette engeance – les ombres de l'Opus Dei, de l'extrême droite. Les farceurs !

Qu'importe si le génial Augustin était un kabylo-berbère de culture punique (ou carthaginoise) et de tempérament universaliste, qui prônait « une société céleste », recrutant « des citoyens dans toutes les nations » et rassemblant « sa société d'étrangers de toutes langues sans s'inquiéter de ce qu'il y a de divers dans les mœurs, les lois et les institutions ». Gageons que ces falsificateurs patentés trouveront encore le moyen de prétendre le contraire.

Il faudra pardonner leurs offenses. Cette stupéfiante résurrection réalisée par des augustins dans une ancienne abbaye bénédictine, au cœur des Corbières, en Occitanie, est quelque chose que tout le monde ne peut pas comprendre. Elle a même une cause dont beaucoup de nos contemporains détestent le nom : le mystère dont l'Évangile est la révélation. Le mystère qui est, avec la véhémence, l'un des moteurs de l'Église, quelque peu grippé, ces temps-ci.

Julien Green avait vingt-quatre ans quand il publia, sous le pseudonyme de Théophile Delaporte, son *Pamphlet contre les catholiques de France* dédié aux six cardinaux français. Un livre d'une cinquantaine de pages, qui n'est jamais loin de ma table de chevet et qui, comme le disait Jacques Maritain, l'un de ses premiers propagandistes, dénonce « la maladie de la tiédeur ».

L'Église souffre aujourd'hui de la même affection que Julien Green avait pointée il y a près d'un siècle, en 1924, dans son livre prophétique. Les choses se sont simplement dégradées depuis. La France comptait encore quarante et un mille prêtres en 1965. Ils ne sont plus que quelques milliers. Alors que les vocations se raréfient et que les lieux de culte se vident à peu près partout en Europe, le christianisme risque de rejoindre d'ici un siècle, s'il ne se reprend pas, le grand cimetière des religions quasi disparues.

Les religions aussi sont mortelles. Dans l'histoire, elles ont jusqu'à présent toujours connu, comme nous autres, pauvres humains, le même cycle de la vie, avec, à la fin, l'agonie puis le trépas. Entre autres imprécations, Julien Green reprochait avec véhémence au clergé d'avoir « peur de son auditoire ». Pour éviter que ce dernier ait à faire « le moindre effort pour le comprendre, raillait-il, il lui parle de manière commune ». Et d'ajouter : « Il parvient à donner une impression d'ennui de tous les mystères qu'il expose, des plus émouvants, des plus profonds. C'est une trahison sans égale [...]. Le monde bâille et n'écoute pas. »

Voilà un reproche qu'on ne pourra faire aux chanoines de Notre-Dame de Lagrasse, dont les messes traditionnelles sont de plus en plus courues. La liturgie y est pour beaucoup, mais aussi la musique, sous la houlette de frère Jean-Marie, le charisme incarné, Mozart de l'orgue et du chant. Ici, au commencement est le mystère. Si vous allez sur le site de l'abbaye, vous tomberez tout de suite sur ce mot. Les chanoines en « vivent » et ils « l'incarnent », est-il précisé. Ils visent toujours haut. Dans son livre *Désir et unité* consacré à saint Augustin, dont il veut montrer l'actualité, Emmanuel-Marie Le Fébure du Bus, le père abbé de l'abbaye, décrit ainsi sa mission : « Je porte le Christ en ma vie, il habite mon cœur et je peux l'offrir à mes frères. »

Rassurez-vous, je ne perds pas mon fil. Nous touchons là l'essence même de cet apologue qui est aussi une allégorie. L'histoire de Lagrasse, c'est celle d'une résurrection, élément fondateur de la foi chrétienne (« Si le Christ n'est pas ressuscité, dit saint Paul, notre foi est vide »). « La résurrection, assure le père Louis-Marie, c'est un accouchement, une maïeutique. Elle est en nous. Jusqu'à ce qu'un jour on s'aperçoive qu'on a ressuscité. » Jusqu'à ce qu'un jour, de la même manière, l'abbaye de Lagrasse finisse, après une longue nuit, par ressusciter, « témoignage, comme dit encore le père Louis-Marie, que l'église n'était pas morte ».

L'histoire commence au début du deuxième millénaire, à plus de quatre cents kilomètres de Lagrasse, dans les Hautes-Alpes, à Gap, une ville administrative, aussi méditerranéenne (par l'ensoleillement) que montagnarde (par l'enneigement). Créée dans les années 1970, la communauté des chanoines de saint Augustin est logée place Ladoucette à la maison diocésaine, un bâtiment du XIXe siècle aux couloirs étroits et aux murs tapissés de papier peint. Passe encore que le lieu ne soit pas joli joli, mais il devient de plus en plus petit pour cet ordre qui ne cesse de grandir.

Quand ils ne célèbrent pas la liturgie, les chanoines de Gap rendent des services et font des remplacements dans les paroisses du département, comme le leur a demandé saint Augustin. Ils ne pourront pas tenir encore longtemps, à trente dans le petit espace qui leur est dévolu. C'est pourquoi ils envisagent sérieusement d'acheter un terrain et de construire une abbaye en agglo pour continuer leur mission.

Mais pourquoi ne pas reprendre un monastère abandonné et lui redonner vie ? Ne serait-ce pas plus galvanisant ? Les augustins ciblent d'abord le monastère de Gaussan, à l'allure de forteresse, près de Narbonne, mais la vente ne peut se faire. Qu'à cela ne tienne, l'évêque de Carcassonne met les moines de Gap sur une nouvelle piste : l'abbaye de Lagrasse serait à céder.

Quand les moines la visitent, c'est un coup de foudre : fascinante est la beauté du lieu. La majesté du bâtiment en ruine, vestige monumental de mille deux cents ans de messes, de lectures, de prières. Ici, tout est grandiose, mais tout est à refaire. Royaume des chats, des scorpions, des rouges-queues et des chauves-souris, c'est un chef-d'œuvre en péril, incarnation d'un passé prestigieux qui ne demande qu'à ressusciter.

« Nous voulions faire une oasis de la culture chrétienne, de la liturgie, de la beauté, dit le père abbé Emmanuel-Marie. On parle plus facilement à Dieu quand on est au milieu de la beauté.

— Pourquoi ?

— Parce que Dieu est beauté. »

Ici, la beauté est partout, dans l'agencement des pierres, la paix du cloître, l'autel illuminé, les chants des moines, comme dans le village voisin, l'un des plus magnifiques de France, le tout au cœur d'un paysage de rêve, au-dessus de l'Orbieu, une rivière chantante et sinueuse qui, après les grandes pluies, peut connaître de débordantes sautes d'humeur.

Cette beauté est aussi un héritage qu'il s'agira, pour les nouveaux propriétaires, de faire revivre. Sortie de terre au début de notre ère, l'abbaye fut reconstruite au VIIIe siècle par une poignée de moines dont le chef était un certain Nimfridius. Signée en 779, un an après la bataille de Roncevaux, une charte confirme que Notre-Dame de Lagrasse a été placée sous la protection de Charlemagne, excusez du peu. Il est vrai qu'à cette époque l'empereur cherchait des points d'appui pour résister aux incursions des Arabes, qui, venus de l'autre côté des Pyrénées, avaient conquis la Septimanie, l'ancienne Gaule narbonnaise, avant de la perdre en 732, à la suite de la bataille de Poitiers.

Figurant parmi les premières abbayes de l'Empire carolingien consacrées à la Vierge Marie, Notre-Dame de Lagrasse est en ce temps-là, comme Gaussan, une maison de bénédictins, ordre monastique contemplatif. Le crâne généralement rasé, ces moines portent souvent une coule noire – mais elle peut aussi être blanche. Ils parlent très peu, le premier mot de la règle de saint Benoît, leur fondateur, étant : « Écoute. » Écoute Dieu, bien sûr, pas les papotages et les bruits de volière de ce bas monde.

Sous l'égide des bénédictins, l'abbaye connaîtra mille ans de prospérité, avec des hauts et des bas, avant de se déliter lentement et d'être reprise en 1662 par les mauristes, une autre congrégation de bénédictins. Fondée peu auparavant en hommage à saint Maur, un disciple de saint Benoît, elle est restée célèbre pour son érudition et sa production d'ouvrages savants. Cent trente ans plus tard, c'est la Révolution française et les quatorze derniers moines sont chassés de Lagrasse, qui entre dans les ténèbres de l'Histoire.

En pleine Terreur, en 1792, un des mauristes aurait consolé ainsi une femme qui se lamentait : « Si ce sont les hommes qui nous chassent, nous reviendrons. Mais si c'est Dieu qui nous répudie, nous ne reviendrons pas ! » Toutes les statues sont détruites, le clocher est décapité et sa charpente débitée en bois de chauffage. Pillée et séparée en deux lots, l'abbaye accueille bientôt une forge avant d'être réhabilitée en caserne sous l'Empire, puis livrée à elle-même. Jusqu'à ce que les sœurs de Notre-Dame-des-Sept-Douleurs en reprennent une partie, en 1896, pour en faire un hospice. Elles vendront en 1975. Quatre ans plus tard, la Théophanie, communauté catholique de rite byzantin, prendra la suite avant de disparaître.

À la fin du siècle dernier, l'abbaye tombe entre les mains d'un millionnaire allemand fantasque, Hanns Pregizer, qui vit avec un chat, un fusil et un bulldozer. Son projet : transformer le lieu en hôtel, centre de yoga, médecines douces et Dieu sait quoi encore. En attendant, il casse tout : avec sa grosse pelleteuse, il démolit frénétiquement, à l'intérieur, toutes les cloisons et aménagements mis en place par les propriétaires précédents.

À force de vouloir redonner à l'ensemble sa pureté du Moyen Âge et du XVIIIe siècle, il en a fait un amas de décombres où tout est sens dessus dessous. Dépassé, il décide en 2004 de jeter l'éponge.

« Ils ne savaient pas que c'était impossible, alors ils l'ont fait », a dit un jour l'écrivain américain Mark Twain, formule souvent paraphrasée depuis, notamment par Winston Churchill et Marcel Pagnol. Comment les chanoines se sont-ils lancés dans la folle entreprise de Lagrasse ? Écoutons-les.

Le père abbé Emmanuel-Marie : « Le vendeur était un très bon négociateur. Nous, les curés, il faut avouer qu'on n'est pas très doués. Les tractations furent donc longues et pénibles. On a commencé à discuter le 19 mars, on a signé le 2 juillet. »

Le père Michel : « On avait fait vœu de pauvreté, mais, parfois, il peut rester des petites sommes sur les comptes des uns et des autres. On a fait tous les fonds de tiroir, mais, à la fin, ça ne faisait pas grand-chose. On a acheté l'abbaye avec rien, en hypothéquant le bien. »

Le père abbé Emmanuel-Marie : « Cette histoire nous a soudés, finalement. »

Le père Michel : « Chez nous, toutes les grandes décisions donnent lieu à un vote. Pour l'achat de Lagrasse, nous avons dit oui à l'unanimité et puis, après, on s'est regardés en se demandant si on n'était pas tous timbrés. »

Le père abbé Emmanuel-Marie : « Si on s'en est sortis, c'est grâce à l'entraide, notamment grâce à un réseau de mécènes et de donateurs – vingt mille amis – qui s'est créé spontanément autour de nous. On a bénéficié aussi du soutien d'architectes, de banquiers, d'entrepreneurs en bâtiment qui, comme les Maçons parisiens, nous ont donné des coups de main et empêchés de faire des bêtises. On les payait seulement quand on avait de l'argent. On ne remerciera jamais assez tous ces bienfaiteurs. »

Après l'achat, une première tête de pont est envoyée à Lagrasse avec les pères Michel, Louis-Marie, Théophane et Augustin. Il y a au moins deux pannes d'électricité par jour. « Toutes les vitres étaient cassées, se souvient le père Michel, et on faisait la vaisselle dans la baignoire, à côté des toilettes, qui étaient souvent bouchées. Quant au toit, il était troué de partout. Dès qu'il y avait des orages, on courait dans tous les sens pour écoper, avec des bassines. On en avait acheté au moins une centaine. Les premiers temps, on s'est dit qu'on avait fait une connerie, qu'avec nos petits moyens on en aurait pour un siècle de travaux, qu'on n'y arriverait jamais. J'avais été nommé responsable des travaux sans rien connaître. Patrick Vellas, un architecte, m'a appris à tenir une réunion de chantier ou à négocier un devis. Et puis on s'est lancés, formés par les artisans du cru, l'un devenant électricien, l'autre plombier, le troisième plâtrier... »

C'est comme si les augustins s'étaient laissé porter par un grand mouvement de solidarité. « Les prestataires sont rapidement devenus nos amis, dit le père Hilaire. Les habitants du village aussi. Même si ce fut compliqué au début, ils ont vite compris ce qu'on apportait – la fraternité, la spiritualité. Sans parler du reste. Depuis notre arrivée, plusieurs restaurants se sont ouverts, ainsi que des gîtes, des chambres d'hôtes. À la belle saison, ils sont aussi pleins que nos messes du dimanche ! »

Sur cette terre ontologiquement à gauche, l'attitude pavlovienne des vieux politiciens locaux contribua aussi à doper les augustins. « Le conseil départemental de l'Aude nous a accueillis avec des fusils, raconte le père abbé. On a essayé de nous refaire le coup de Peppone contre don Camillo. Tout en fustigeant notre incompétence, on a même essayé de nous exproprier. » Dieu merci, c'est le cas de le dire, Georges Frêche, le président socialiste du conseil régional, a défendu les moines bec et ongles avec son panache habituel (« Moi, je suis un catholique romain, a-t-il dit aux contempteurs de l'abbaye. Vous, vous êtes des francs-mac ! »). Dieu merci, les mentalités ont évolué, et désormais certains politiques du conseil départemental, qui possède un tiers de l'abbaye, parce qu'ils sont pragmatiques et sans œillères, acceptent de travailler avec les chanoines.

Et c'est ainsi que l'abbaye ressuscita.

« Notre résurrection n'est pas tout entière dans le futur, elle est aussi en nous, elle commence, elle a déjà commencé. » C'est ce qu'écrivit un jour le catholique Paul Claudel au pécheur André Gide. La résurrection n'est pas seulement dans les livres saints. Elle est de tous les temps, jusque dans notre quotidien.

« Le jour où l'office a repris dans l'église de l'abbaye, redevenue vivante, j'ai senti la résurrection, dit le père Louis-Marie. Mais cette résurrection se reproduit sans cesse, quand on se lève pour aller à la messe, quand les gens en sortent heureux, quand le moribond demande la confession, quand je me réveille en pleine nuit et que je murmure les premiers mots qui me viennent à l'esprit : “Je vous salue Marie.” »

Benoît XVI aimait citer la formule de saint Augustin : « La foi des chrétiens est la résurrection du Christ. » Il suffit de croire, voilà tout, il n'y a rien à comprendre, tout le reste est littérature. « La compréhension est la récompense de la foi, disait encore saint Augustin. Ne cherche donc pas à comprendre pour croire, mais crois afin de comprendre, parce que si vous ne croyez pas, vous ne comprendrez pas. »

Après avoir passé trois jours et trois nuits à Notre-Dame de Lagrasse, où j'ai vécu, prié, mangé ou lavé la vaisselle avec les chanoines, je ne pouvais m'empêcher, au moment de partir, de faire le parallèle, si scabreux fût-il, entre eux et leur saint, dont les écrits sont d'actualité comme jamais. Depuis son évêché d'Hippone, actuelle Annaba, dans le nord-est de l'Algérie, Augustin a vécu avec sérénité la chute de l'Empire romain en proie aux invasions barbares, symbolisée par le premier sac de Rome, œuvre des Wisigoths en 410, avant ceux des Ostrogoths et des Vandales.

Alors que tout s'écroulait autour de lui, saint Augustin, rétif à la déploration, observait, dans un de ses sermons : « Les temps sont mauvais, les temps sont difficiles : c'est ce que disent les hommes. Vivons bien, et les temps seront bons : c'est nous qui sommes le temps ; tels sommes-nous, tels sont les temps. » Il est mort en 430, alors que les Vandales, partis à la conquête de l'Afrique, assiégeaient Hippone.

Même si, aujourd'hui, on peut avoir le sentiment que les lumières s'éteignent une à une, tandis que l'on croit entendre des glas égrener leurs tristes notes au loin, nous vivons une époque moins rude et hostile qu'au temps de saint Augustin, quand la civilisation romaine s'effondrait. Ressuscité dans l'abbaye, elle-même ressuscitée, des augustins de Lagrasse, le Père de l'Église y donne à nouveau de la voix et, dans le vent d'autan qui souffle sur l'Occitanie, résonnent ses intimations qui font toujours tant de bien : « Laisse pousser en toi les racines de l'amour. » Ou encore : « La mesure de l'amour, c'est d'aimer sans mesure. »

Viendra tout à coup le trait divin qui fera son effet

Sébastien Lapaque

Le matin du dimanche est le plus beau de la semaine, à l'abbaye Sainte-Marie de Lagrasse. Aux premières heures du jour, les oiseaux qui célèbrent le soleil levant comme un mystère glorieux témoignent d'une connaissance intime de sa splendeur. Mésanges bleues, rouges-queues à front blanc, fauvettes babillardes, martinets noirs, coucous gris, choucas des tours : la symphonie de leurs chants autour du cloître de pierres roses est puissante et belle comme une prière de Tertullien : « Tous les anges prient également, toutes les créatures prient, les animaux domestiques comme les bêtes sauvages prient, ils plient le genou, en sortant de leurs étables ou de leurs tanières, ils lèvent les regards et une tête attentive vers le ciel, et à leur manière y envoient leurs soupirs. Les oiseaux eux-mêmes, le matin, prennent leur envol et montent vers le ciel, ils étendent leurs ailes en forme de croix, comme on tend les bras, et disent quelque chose qui semble une prière. »

Si le dimanche matin est aussi émouvant à l'abbaye Sainte-Marie, c'est parce que c'est le jour de la résurrection du Seigneur, un « jour de fête primordial qu'il faut proposer et inculquer à la piété des fidèles », ainsi que le recommande *Sacrosanctum concilium*, la constitution sur la liturgie du concile Vatican II.

Chaque semaine, les chanoines célèbrent une messe conventuelle à laquelle assiste une imposante troupe de fidèles reçus en amis. Dans le bréviaire romain, la journée, commencée par trois psaumes à matines et quatre à laudes, se poursuit avec le psaume 118. *Beati immaculati in via qui ambulant in lege Domini* : « Heureux les hommes intègres dans leurs voies qui marchent suivant la loi du Seigneur » ; *Beati qui scrutantur testimonia ejus : in toto corde exquirunt eum* : « Heureux ceux qui gardent ses exigences, ils le cherchent de tout cœur. »

La joie, la voie, la loi, l'étude, la recherche, le cœur : tout est dit sur la vie canoniale dans ces deux premiers versets du psaume sacerdotal par excellence. Quelques jours passés dans l'Aude et dans le grand calme de Dieu, en compagnie d'une trentaine de chanoines de l'abbaye de Sainte-Marie de Lagrasse, permettent de savoir, avec certitude, que ces six mots enveloppent toute leur vocation. Le psaume 118 est non seulement le plus long du bréviaire, mais aussi le plus fascinant. Composé de vingt-deux strophes de huit versets, ce psaume acrostiche alphabétique, comme les psaumes 9, 24, 33, 36, 110, 111 et 144, honore tour à tour, et dans l'ordre, les vingt-deux lettres de l'alphabet hébreu. Les huit premiers versets commencent par *aleph*, les huit autres par *beth*, les huit suivants par *ghimel*, et ainsi de suite jusqu'à *tau*, non pas tant la lettre de la fin que le signe d'un recommencement, la lettre en forme de croix qui sauve ceux qui la portent sur le front lorsque Dieu commande le châtiment de Jérusalem dans le livre d'Ézéchiel : « Tous ceux qui sont marqués au front, ne les touchez pas » (9, 6).

À travers la lettre *tau*, la dernière de l'alphabet hébraïque correspondant au *tau* grec et à notre *t*, le psaume 118 célèbre la Torah et signale ceux qui n'oublient pas ses commandements d'une apostille sacrée. Car la croix qui sauve est juive avant d'être chrétienne, ainsi que le remarquait le cardinal Josef Ratzinger, le futur pape Benoît XVI, dans *L'Esprit de la liturgie* (2000), en relisant avec attention le chapitre 9 d'Ézéchiel. « Dans la terrible catastrophe qui menace, ceux qui ne sont pas du côté du péché du monde, ceux qui souffrent au nom de Dieu, doivent être marqués du *tau*, la dernière lettre de l'alphabet hébraïque. Le *tau* sacré, qui s'écrit comme une croix, était répandu dans certains milieux du judaïsme. Il représentait à la fois une profession de foi envers le Dieu d'Israël et un signe d'espérance dont l'homme se marquait pour se placer sous la protection particulière de Dieu. » Désormais, le voile est enlevé, comme dit saint Paul (2 Co 3, 16) : le sens de ce signe mystérieux, qui croise chez les juifs et chez les chrétiens la ligne verticale de la transcendance et celle, horizontale, de la fraternité, n'est plus caché.

Par la grâce de la lettre *tau*, véritable et efficace signe du salut célébré à la fin du psaume 118, le dimanche, à l'abbaye Sainte-Marie de Lagrasse, le temps est donc deux fois saint. Dans le bréviaire romain publié en 1914 sous l'autorité du pape Pie X, en qui Guillaume Apollinaire saluait « l'Européen le plus moderne », la récitation du psaume 118 est divisée en onze fois deux huitains répartis à prime, tierce, sexte et none, depuis un premier mot – « heureux » – jusqu'à une promesse ultime : « Je n'oublie pas tes volontés. »

Les noms des petites heures canoniales renvoient à la façon romaine de compter douze heures de lumière, du lever du soleil à son couchant. Prime, c'est la première heure après l'aube ; tierce, la troisième ; sexte, la sixième ; et none, la neuvième. Le psaume 118 remplit le dimanche de la garde du matin à celle de l'après-midi. Auparavant, selon un usage très ancien qui remontait aux églises de Rome au milieu du ve siècle, presque cent ans avant que Benoît de Nursie et ses compagnons n'aillent chasser les démons des forêts du Mont-Cassin, les cent soixante-seize versets de cette prière étaient récités chaque jour à l'occasion des quatre offices brefs : les versets 1 à 32 à prime, 33 à 80 à tierce, 81 à 128 à sexte et 129 à 176 à none. Il suffit de s'en souvenir pour prier et parier avec Pascal.

À l'abbaye de Port-Royal-des-Champs, où ils s'étaient associés à un monastère féminin cistercien à partir de 1638, éprouvant à quel point « il est bon, il est doux pour des frères de vivre ensemble et d'être unis » (Ps 132,1), Pascal et les messieurs de Port-Royal étaient en effet très attachés à la célébration chorale des petites heures et aux retrouvailles avec le psaume 118. « Heureux ceux qui cherchent Dieu de tout leur cœur » : l'écho de cette bénédiction qui revient quatre fois dans le psaume se fait souvent entendre dans les *Pensées*. « Ceux qui cherchent Dieu de tout leur cœur, qui n'ont de déplaisir que d'être privés de sa vue, qui n'ont de désir que pour le posséder et d'ennemis que ceux qui les en détournent, qui s'affligent de se voir environnés et dominés de tels ennemis, qu'ils se consolent, je leur annonce une heureuse nouvelle ; il y a un Libérateur pour eux. »

Chercher le Dieu caché, le chercher de tout son cœur, le chercher sincèrement, le chercher le jour, dès l'aube, le chercher au milieu de la nuit, dans l'épreuve, dans la joie et dans les larmes, sans cesse aimanté par son souvenir : tout le projet émancipateur de Pascal, le programme qu'il propose à l'homme moderne pour substituer la foi à l'angoisse tient dans les versets admirables du psaume 118, pierres vivantes d'un chemin de liberté qu'il parcourait quotidiennement en pensée. « Il avait un amour sensible pour tout l'Office divin, mais surtout pour toutes les Petites Heures, parce qu'elles sont composées du psaume 118, dans lequel il trouvait tant de choses admirables qu'il sentait de la délectation à le réciter, rapporte Gilberte Périer, sa sœur, dans sa *Vie de M. Pascal.* Et quand il s'entretenait avec ses amis de la beauté de ce psaume, il se transportait en sorte qu'il paraissait hors de lui-même : et cette méditation l'avait rendu si sensible à toutes les choses par lesquelles on tâche d'honorer Dieu qu'il n'en négligeait pas une. »

Silence, adoration, *lectio divina*, liturgie des heures en communauté, travaux et traductions, instruction des enfants : dans la vallée de Chevreuse, à une quinzaine de kilomètres au sud-ouest de Versailles, Pascal et les Solitaires menaient une vie non pas monastique, mais canoniale – l'abbé de Saint-Cyran, leur maître spirituel, le « plus savant homme de son siècle » au dire de Richelieu, n'avait pas été par hasard chanoine de la cathédrale de Bayonne. Ayant quitté la juridiction de l'ordre de Cîteaux en 1627 pour se placer sous l'autorité de l'archevêque de Paris, Port-Royal utilisait d'ailleurs le Bréviaire parisien et disait l'Office romain selon les usages de l'office cathédral. Des usages guère différents de ceux du chœur de l'abbatiale de Lagrasse, où la priorité donnée à la célébration communautaire et publique des heures canoniales répond à l'effort de « restauration » réclamé dans le premier article de *Sacrosanctum concilium*. Un effort choral qui permet de découvrir ou de redécouvrir le chant d'église en général et le répertoire grégorien comme une demeure du langage, dont chaque antiphonaire dessine un étage, chaque page une pièce particulière, chaque neume un vasistas ouvert sur les étoiles.

Inspiré par la spiritualité augustinienne, Emmanuel-Marie Le Fébure du Bus, père abbé de l'abbaye Sainte-Marie, sait à quel point l'auteur de *La Cité de Dieu* était attaché au chant d'église, à la psalmodie antiphonée et aux hymnes bien prononcées – en particulier les merveilleux poèmes latins du matin et du soir composés de quatre vers de huit syllabes que la tradition attribue à saint Ambroise de Milan. Au Barroux, le frère Odon, qui s'occupe des vignes de l'abbaye Sainte-Madeleine, a naguère attiré mon attention sur l'hymne *Splendor paternæ gloriæ*, récitée le lundi matin à laudes.

Christusque nobis sit cibus,
potusque noster sit fides,
laeti bibamus sobriam
ebrietatem Spiritus.

Que le Christ soit notre nourriture
La foi notre breuvage
Que la sobre ivresse de l'Esprit
Soit la joie de ce jour.

Qui séjourne à l'abbaye Sainte-Marie prête d'abord attention à la promesse matutinale des laudes, à la beauté de la messe, à la prière pleine de confiance des vêpres et au salut réconcilié des complies. À force de familiarité, il s'attache également à la lecture, dans le bréviaire, des offices brefs qui permettent d'entrer dans le secret de la prière perpétuelle. « Sept fois chaque jour, je te loue pour tes justes décisions », chante le psaume 118. Sept fois le jour, soit laudes, vêpres et complies, auxquelles s'ajoutent les quatre petites heures canoniales. Aussi empressée qu'ardente, laudes, la première louange du jour, est précédée par l'office de matines. Le programme du psaume 118 encore une fois.

« Je devance l'aurore et j'implore : j'espère en ta parole.

Mes yeux devancent la fin de la nuit pour méditer sur ta promesse.

Dans ton amour, Seigneur, écoute ma voix : selon tes décisions fais-moi vivre ! »

Chez les chanoines de Lagrasse, matines est placée à l'heure du coq, cet animal sacré dont le chant, en faisant verser des larmes à Pierre, a jadis lavé sa faute, ainsi que le rappelle l'hymne ambrosienne *Æterne rerum conditor.*

Praeco diei iam sonat,
noctis profundae pervigil,
nocturna lux viantibus
a nocte noctem segregans.

hac nauta vires colligit
pontique mitescunt freta
hoc ipsa petra ecclesiae
canente culpam diluit

Déjà, pour le jour, le coq chante,
veilleur au profond de la nuit,
lueur nocturne aux voyageurs
séparant la nuit de la nuit.

Par lui le marin reprend force
et la houle des flots s'apaise ;
La Pierre même de l'Église
à son chant a lavé sa faute.

Les chanoines n'ont pas, comme les chartreux et les bénédictins, la vocation de prier quand les autres hommes dorment, veillant pour le bien d'un monde qui vit mal, selon la recommandation du psaume 118 : « Au milieu de la nuit, je me lève et te rends grâce pour tes justes décisions. » Ouverte par l'invitatoire *Domine, labia mea aperies*, « Seigneur, ouvre mes lèvres » (Ps 50, 17), matines est une prière d'avant le jour, qui invite l'âme à « rejeter les œuvres des ténèbres et à revêtir les armes de lumière », ainsi que le demande l'apôtre Paul. Le premier tercet de ce psaume est une salutation au Christ, *Lux mundi*, Lumière du monde. À Sainte-Marie, matines est un office précurseur situé à la jointure des couples contraires du jour et de la nuit, du sommeil et de la veille. Un office précurseur : l'idée aurait enchanté Bossuet. Dans *Élévations sur les mystères* (XIIe semaine, XIe élévation), le précepteur du Dauphin souligne que la vie chrétienne a besoin de séquences où surgit la grâce pour corriger l'ossature disloquée de nos vies et la marche boiteuse de nos actions.

« Toute bonne pensée qui nous sauve, a toujours un précurseur. Ce n'est point une maladie, une perte, une affliction qui nous sauve par elle-même. C'est un précurseur de quelque chose de mieux. Le monde me méprisera, ou ne m'honorera pas autant que mon orgueil le désire. Je le méprise à mon tour ; je m'en dégoûte. Ce dégoût est le précurseur de l'attrait céleste qui m'unit à Dieu. Cette profonde mélancolie où je suis jeté, je ne sais comment, dans les détresses de cette vie, est un précurseur qui me prépare à la lumière. Viendra tout à coup le trait divin, qui, préparé de cette manière, fera son effet. »

Dans l'étroite abbatiale de Sainte-Marie de Lagrasse, le précurseur de la grande joie du jour, c'est matines. Elle élargit le cœur et prépare l'intelligence à comprendre que les heures, autant que l'eucharistie, sont une liturgie, un langage permettant aux hommes de s'adresser à Dieu et à Dieu de s'adresser aux hommes. C'est un temps donné au Seigneur, mais également un lieu de retrouvailles, une source d'où découlent toute consolation et toute joie. La prière n'est ni un sport ni un passe-temps. C'est une nécessité. Elle est indispensable, comme la grâce est indispensable. Le chrétien doit sans cesse demander au Père de quoi vivre et survivre – jour après jour, du pain et de sa parole pour le lendemain – en étant certain que Celui-ci ne lui donnera pas des pierres. « Et moi, je vous dis : demandez, et l'on vous donnera ; cherchez, et vous trouverez ; frappez, et l'on vous ouvrira » (7, 7), avertit Jésus, le Verbe de Dieu, dans l'Évangile de Matthieu. Dieu est patient. Et si ce n'est pas l'homme qui frappe pour qu'on lui ouvre, l'Esprit s'en charge. On le lit dans l'Apocalypse : « Voici, je me tiens à la porte et je frappe. Si quelqu'un entend ma voix et ouvre la porte, j'entrerai chez lui et je dînerai avec lui et lui avec moi » (3, 20). *Viendra tout à coup le trait divin qui fera son effet !* Bossuet, qui faisait le catéchisme aux enfants de Meaux, ce qui émerveillait Chateaubriand dans *Vie de Rancé*, ne fondait pas par hasard toutes choses sur les paroles de l'Écriture sainte, cette grâce offerte par le dire de Dieu : le langage et la politique, la poésie et la prière.

À six heures du matin, fort de cette confiance renouvelée dans la force invincible de la prière, l'on descend sans un mot dans l'abbatiale avec les chanoines, vêtus de leur soutane et de leur scapulaire blancs, la tête coiffée de leur capuchon.

« Au jour de la détresse, je cherche le Seigneur ; la nuit, je tends les mains sans relâche, mon âme refuse le réconfort » (Ps 76, 3). Il est bon de consacrer au Seigneur les premiers mouvements de son âme, de ne rien entreprendre sans avoir d'abord laissé couler vers Lui l'eau la plus pure de son esprit. À l'abbaye Sainte-Marie, le grand silence, qui a commencé la veille après complies, est une invitation à cette offrande. Il se poursuit jusqu'à l'angélus du matin, récité après les laudes. Mais la rumination des premiers psaumes du matin s'entend déjà dans le secret du cœur des pèlerins de l'aube habillés de blanc. « Je me tourne vers toi, Seigneur, au matin, tu écoutes ma voix ; au matin, je me prépare pour toi et je reste en éveil » (Ps 5, 4). Jour après jour, les chanoines réguliers de la Mère de Dieu s'attachent à être fidèles à une prescription de la règle de saint Augustin, « Lorsque vous priez Dieu par des psaumes et des cantiques de louange, que vive dans votre cœur ce qui est formulé par les lèvres », qui fait elle-même écho à une exhortation de saint Paul : « Dites entre vous des psaumes, des hymnes et des chants inspirés, chantez le Seigneur et célébrez-le de tout votre cœur » (Ep 5, 19).

À l'école des ordres réguliers, le citoyen-consommateur des bruyantes démocraties-marchés a la surprise de redécouvrir que l'homme qui prie n'a pas simplement rendez-vous avec le Seigneur pour l'implorer, le supplier, le louer ou lui rendre grâce, mais aussi – et d'abord – rendez-vous avec lui-même, à l'intérieur de lui-même, où il est attendu. La rumination des psaumes matin et soir offre cependant à l'homme bien plus qu'une conscience de soi renouvelée. Le flux du Verbe de Dieu met sur la voie de sa Présence. Qui croira ce paradoxe ? Une fréquentation « aveugle » de Dieu par le moyen des psaumes permet à l'homme d'acquérir un regard neuf qui l'installe dans la proximité de l'Ami. « Le Seigneur connaît la voie de ses justes », dit le psaume 1 que récitent les chanoines de Lagrasse le dimanche à matines. Un verset décisif, merveilleusement commenté par le philosophe et exégète juif Martin Buber dans un essai d'interprétation intitulé *Le Juste et l'Injuste*. « Comme si la voie des sans-Dieu n'était pas également mise à la face de Dieu ! Nous ne pouvons faire quelque lumière sur ce point que si nous nous remémorons que le verbe hébreu "connaître" [*yada*] dans sa signification sensible originaire, à la différence des langues occidentales, n'appartient pas à la sphère de la considération, mais à celle du *contact*. L'événement décisif pour le processus cognitif, ce n'est pas, dans l'hébreu biblique, la considération d'un objet, mais le fait d'entrer en contact avec lui. Cette différence fondamentale se déploie dans le domaine du rapport psychique à d'autres êtres où le fait de *réciprocité* change : ici, ce n'est pas la perception mutuelle qui est au cœur du processus, mais le contact des êtres, la "fréquentation". »

Dits tout haut, mais surtout récités à voix mentale, dans le silence intérieur, les psaumes permettent de faire l'expérience d'une Parole capable de reconnaître la Présence. La parole du psalmiste est double. Elle est à la fois un chemin de l'homme vers Dieu, quand celui-ci implore ou remercie, et un chemin de Dieu vers l'homme. La foi elle-même procède d'un mouvement réciproque. Elle ne consiste pas dans le fait de reconnaître pour vrai, comme le croit naïvement l'homme moderne – qui « croit » plus de choses qu'il ne l'avoue et souvent des choses impossibles à croire –, mais dans la faveur et la fidélité symétriques de l'homme pour Dieu et de Dieu pour l'homme. « Tu sauras donc que c'est le Seigneur ton Dieu qui est Dieu, le Dieu vrai qui garde son Alliance et sa fidélité pour mille générations à ceux qui l'aiment et gardent ses commandements », avertit le Deutéronome (7, 9). « Et moi, je suis avec vous tous les jours jusqu'à la fin du monde », promet le Christ dans le dernier verset de l'Évangile de Matthieu (28, 20). *Contact !*

Par là, ces poèmes juifs ont la vertu de nous faire entrer en familiarité avec la conception qu'avaient les Hébreux de « l'attente de Dieu » quand ils chantaient soir et matin le *shema Israël* dans le Temple de Jérusalem : « Écoute, Israël ! L'Éternel est notre Dieu, L'Éternel est Un ! Tu aimeras l'Éternel, ton Dieu, de tout ton cœur, de toute ton âme, de toute ta force ! Les paroles que je te livre aujourd'hui, qu'elles soient dans ton cœur. » Le mot *cœur*, qui revient deux fois dans cette prière, apparaît avant le mot *âme*. On l'entend : quand les autres nations cherchaient à apaiser leurs idoles d'or et d'argent (Ps 115, 4) avec des offrandes ou en accomplissant des rites, Israël demandait à Dieu de changer son cœur de pierre en cœur de chair, conscient, depuis la promesse d'Abraham et la révélation du Buisson ardent, que « le sacrifice qui plaît à Dieu, c'est un esprit brisé [...], un cœur brisé et broyé » (Ps 50, 19). Et par la voix d'Ézéchiel, l'implacable Adonaï, « tendre et miséricordieux, lent à la colère, plein d'amour et de vérité » (Ex 34, 6), entend cette demande : « Je vous donnerai un cœur nouveau, je mettrai en vous un esprit nouveau » (36, 26). Cette supplication et la réponse du Dieu d'Abraham, d'Isaac et de Jacob, qui ne se tait pas quand l'homme l'appelle, traversent les psaumes, de même que la confiance en un Dieu qui est à la fois le Tout-Autre, dont le nom ne peut pas être prononcé, mais aussi le Tout-Proche, infiniment miséricordieux, toujours en attente du contact avec l'homme pour le remettre sur la route de la vie éternelle. Dans les psaumes, « l'attente de Dieu » dont parlait Simone Weil a ainsi une double énergie de sens : elle dit à la fois l'impatience de l'homme attendant Dieu, au point d'oser dire « Il n'y a pas de Dieu ! » (Ps 13, 14) et la patience de Dieu attendant l'homme. Dans *Note sur M. Bergson et la philosophie bergsonienne*, un livre dont ma vingtième année fut obsédée, Péguy a admirablement évoqué ce rendez-vous et son enjeu. « Quand on se manque, on se manque à deux. La faute de l'homme fait manquer Dieu même. Quand la grâce ne trouve pas la liberté venue au-devant d'elle, la liberté aussi ne trouve pas la grâce. Le manquement est forcément double. Quand l'homme manque Dieu, Dieu manque l'homme. »

C'est la raison pour laquelle Moïse, dans un discours aux Hébreux (Dt 4, 7), rappelle que la proximité, le contact et l'amitié avec Dieu doivent être des objets de réjouissance pour Israël : « Quelle est en effet la grande nation dont les dieux soient aussi proches que l'est de nous le Seigneur notre Dieu, chaque fois que nous l'invoquons ? »

Si le Dieu d'Abraham, d'Isaac et de Jacob est si proche de ceux qui lui font confiance, osant lui dire : « Ma forteresse et mon roc, c'est toi : pour l'honneur de ton nom, tu me guides et me conduis » (Ps 30, 7-8) ; ou encore : « Qui espère le Seigneur possèdera la terre » (Ps 36, 18), c'est qu'il ne se révèle pas tant à leurs yeux et à leurs oreilles, comme les nations païennes l'attendent des dieux faux et menteurs, qu'à leur cœur. Et d'abord à leur cœur, nous apprend le *shema Israël* en établissant un ordre et une priorité : de tout ton cœur, de toute ton âme, de toute ta force.

Dans les psaumes, Dieu a le souci du cœur de l'homme. « Ne fermez pas votre cœur comme au désert, comme au jour de tentation et de défi », demande le psaume 94 (8) avec lequel débutent les matines tous les jours. « Ce peuple a le cœur égaré, il n'a pas connu mes chemins », dit le Seigneur dans le même psaume, un peu plus loin (10). « Mais mon peuple n'a pas écouté ma voix, Israël n'a pas voulu de moi, je l'ai livré à son cœur endurci : qu'il aille et suive ses vues ! » renchérit le Dieu de Jacob dans le psaume 80 (12). Dans la Bible, le cœur est le centre de l'homme, à la fois physiologique et métaphorique, l'organe que l'homme a de plus profond, un lieu de discernement intime, où naissent les émotions, les pensées et les sentiments, la confiance et les découragements, les brusques décisions de fidélité et d'infidélité.

Cette place royale est décisive dans le psaume 118. « D'un cœur droit, je pourrai te rendre grâce, instruit de tes justes décisions », « De tout mon cœur, je te cherche ; garde-moi de fuir tes volontés », promet l'orant dans les premiers quatrains du psaume, récités à l'office de prime le dimanche matin. Car le grand psaume de la Loi est également le grand psaume du cœur. Le mot y apparaît à quinze reprises et jamais par hasard. « C'est ainsi que la ligne essentielle de partage ne court pas entre des hommes qui pèchent et des hommes qui s'abstiennent de le faire, mais précisément entre ceux dont le cœur est pur et ceux dont le cœur est impur, fait encore observer Martin Buber. Le pécheur lui aussi, dont le cœur se purifie, éprouvera la bonté de Dieu puisqu'elle se révèle à lui. Dans la mesure où Israël purifiera son cœur, il éprouvera que Dieu est bon à son égard. »

Dans les Évangiles et les épîtres de saint Paul, le cœur est un organe plus important encore, le lieu par excellence de l'intériorité et du jugement personnel. « Car là où est ton trésor, là aussi sera ton cœur » (Mt 6, 21). Au fil d'épiphanies successives depuis la révélation du mont Moriah – « Ne porte pas la main sur ce jeune homme, ne lui fais aucun mal ! [...] Ton fils, ton fils unique ! » (Gn 22, 12) –, Dieu a non seulement changé le cœur de pierre de ceux qui restaient dans sa voie en cœur de chair – capable de contrition –, mais il y a inscrit sa loi. L'Esprit a désormais sa demeure dans le cœur des enfants de Dieu. Saint Paul l'explique dans une page superbe. Depuis le matin de Pâques et le jour de la Pentecôte, ceux qui ont revêtu le Christ par le baptême n'ont pas besoin d'autre lettre de créance qu'eux-mêmes : « Notre lettre de recommandation, c'est vous, elle est écrite dans nos cœurs, et tout le monde peut en avoir connaissance et la lire. De toute évidence, vous êtes cette lettre du Christ, produite par notre ministère, écrite non pas avec de l'encre, mais avec l'Esprit du Dieu vivant, non pas, comme la

Loi, sur des tables de pierre, mais sur des tables de chair, sur vos cœurs » (2 Co 3, 2-3). Sans s'exposer à l'accusation de blasphème, l'homme sauvé par l'onction du Saint-Esprit est autorisé à dire : « La Torah n'est pas dans ses rouleaux, elle est partout où je suis. »

Mais le Christ n'ayant pas aboli ce qu'il a accompli, l'histoire de chaque homme, c'est l'Histoire sainte sans cesse recommencée. Jour après jour, il appartient à chacun de nous de sortir de notre Égypte intérieure, de traverser le désert, de recevoir la loi qui libère et d'arriver en Terre promise sous la conduite du Très-Haut, de perdre Jérusalem, d'être exilé à Babylone et de pleurer en se « souvenant de Sion » (Ps 136), de connaître les villes renversées, les grandeurs et misères des nations qui s'élèvent et qui tombent, avant de découvrir la grâce qui sauve. Comme l'explique saint Bernard de Clairvaux dans son traité *De Gratia*, par les puissances de cette grâce qui sauve, c'est notre libre arbitre qui est sauvé, notre capacité de recommencer inlassablement le chemin de l'homme vers Dieu depuis Adam – et la bienheureuse faute qui nous a valu un parfait Rédempteur – jusqu'au matin de Pâques, devant le tombeau ouvert, quand Madeleine a entendu le Christ lui dire : « *Hineni*. Je suis là. » Voici la raison pour laquelle tant de cantiques et de lectures tirés de la Bible hébraïque jalonnent les offices des chanoines de Lagrasse avec les cent cinquante psaumes attribués à David. « Le Seigneur connaît la voie de ses justes », dit le premier psaume du bréviaire, déjà cité. Écoutez bien. Ce qu'Il connaît le mieux, ce n'est pas tant le cœur de l'homme – parfois insondable – que sa voie, son chemin de liberté, la route ouverte sous ses pas pour le conduire vers la vie éternelle. Cette perspective de la marche, de la course et de la progression est essentielle. Elle donne aux psaumes quelque chose de merveilleusement dynamique. Dans le psaume 118, le mot *voie*, au singulier ou au pluriel, revient très souvent, comme le mot *chemin*. « Instruisez-moi de ma voie de vos ordonnances » ; « J'ai réfléchi à mes voies, et j'ai tourné mes pas vers vos préceptes » ; « Vous êtes proche, Seigneur, et toutes vos voies sont la vérité même. »

Dans la cellule où je suis installé à l'abbaye de Lagrasse, le père Dominique, prieur, a eu la délicatesse de déposer sur ma table avant mon arrivée les volumes XI et XII des *Œuvres complètes* de saint Augustin dans lesquels je retrouve ses *Discours sur les psaumes*. C'est une lecture choisie en attendant que le jour se lève. Je me souviens du psaume 95 (11-13), récité le mardi à laudes : « Joie au ciel ! Exulte la terre ! [...] Les arbres des forêts dansent de joie devant la face du Seigneur, car il vient. »

Exposée au sud, la fenêtre de ma cellule est ouverte sur le jardin. La campagne est si belle par ici. C'est ma dernière matinée à Lagrasse. Me lever avec les chanoines pour aller chanter dans l'abbatiale m'est devenu presque aussi familier, et beaucoup plus joyeux, que de programmer mon réveil pour ne pas manquer un train. Il n'y a qu'une seule chose qui me chagrine, avec le bréviaire romain tel qu'il a été révisé sous le pontificat de Pie X, c'est que les chanoines ne reprennent pas les psaumes 66 et 50 chaque matin et ne commencent pas la journée en priant : *Redde mihi lætitiam salutaris tui*, « Rends-moi la joie d'être sauvé ». Je me demande si « l'Européen le plus moderne » n'y est pas allé un peu fort dans sa réforme de 1914. La distribution des psaumes dans le nouvel office établi en exécution des décisions du concile Vatican II, dont l'édition latine a paru en 1973, année du premier choc pétrolier, m'apparaît plus difficile à comprendre. À l'école de Huysmans, Claudel et Bernanos, tous les trois fils de dom Besse, je préfère m'en remettre à un bon vieux psautier monastique de Solesmes.

Par la fenêtre, j'observe les nuances de rose et de jaune dans le bleu du ciel qui s'éclaire. La cloche sonne six heures. Il me semble entendre le « diuh, diuh » mélancolique d'un bouvreuil pivoine. Il s'agit peut-être d'un rouge-gorge. Chacun conserve la musique qui lui convient dans son ordinateur. Dans le mien, j'ai des albums de chants d'oiseaux qui m'aident à ne pas me tromper : Afrique du Nord, Amazonie, Europe occidentale.

À l'écoute du chant des oiseaux, je songe au psaume 18, *Cæli enarrant gloriam Dei :* « Les cieux proclament la gloire de Dieu, le firmament raconte l'ouvrage de ses mains, le jour au jour en livre le récit et la nuit à la nuit en donne connaissance. Pas de parole dans ce récit, pas de voix qui s'entende ; mais sur toute la terre en paraît le message et la nouvelle, aux limites du monde. » Les bénédictins de l'abbaye Saint-Wandrille de Fontenelle, en Normandie, le reprennent chaque vendredi, à la prière de none, après avoir récité l'hymne *Rerum, Deus tenax vigor,* si joliment assortie aux visions fabuleuses de ce psaume : « Dieu, force et soutien de l'univers, immuable en toi-même, tu détermines les heures du jour en phases successives. »

Après avoir connu la gloire de Dieu, il convient de connaître ses œuvres, d'admirer le flot de la mer, la beauté du ciel et l'éclat des étoiles, explique saint Thomas d'Aquin dans son commentaire du psaume 18. Leur ornement éclatant et ordonné est une redondance de cette gloire dans sa subtilité.

Pendant l'office de matines, ma pensée s'éparpille et brise ma prière comme un vase d'argile. Plus tard, je retrouve le *Commentaire sur les psaumes* de saint Thomas dans l'immense bibliothèque de l'abbaye Sainte-Marie, répartie sur plusieurs étages. Œuvre inachevée, qui ne concerne que les cinquante premiers psaumes, le *Super Psalmos* a occupé les dernières années de son existence brutalement interrompue – comme Balzac, ce forçat de la vie de l'esprit qu'on croyait inépuisable est tombé à mi-siècle, couché par un immense labeur. On se représente souvent Thomas d'Aquin, comme sur le célèbre tableau de Fra Angelico, vêtu de la tunique, du scapulaire et du capuce blancs des fils de Dominique, les épaules couvertes d'un manteau noir lorsqu'il était en dehors de son couvent. Dans l'ordre qu'il a choisi peu avant sa vingtième année, au grand désespoir de sa famille, l'auteur de la *Somme de théologie* a vécu comme un religieux et non pas comme un moine – à l'instar des chanoines de Lagrasse. Mais il ne faut pas oublier que de 1230 à 1239, de cinq à quatorze ans, il était oblat à l'abbaye bénédictine du Mont-Cassin. Il y a reçu une formation religieuse qu'on aurait tort de croire rudimentaire. C'est alors qu'est né son goût pour le bréviaire, que se sont développées ses connaissances scripturaires et que s'est enracinée sa connaissance des psaumes.

Thomas, le docteur au sourire si doux, est un merveilleux commentateur des psaumes, qu'il a continué, sa vie durant, à réciter avec un cœur simple, n'hésitant pas à accorder un sens profond à leur sens littéral. Dans la *Somme*, l'esprit d'enfance enveloppe son interprétation du psaume 146 (9) : « Il donne leur pâture aux troupeaux, aux petits du corbeau qui la réclament. » Autant que la prière aux oiseaux, à laquelle a cru François d'Assise un demi-siècle avant lui, Thomas d'Aquin croit à la prière des oiseaux : « On dit que les petits corbeaux invoquent Dieu à cause du désir naturel, en chaque être, d'atteindre à sa façon la bonté divine » (*IIaIIae*, q. 83, a. 10). Par là, il rejoint la puissante intuition d'un certain Père africain : les oiseaux eux-mêmes disent quelque chose qui semble une prière.

Comme Paul Claudel a aimé le faire à l'âge des aéroplanes et des carnages industriels, Thomas d'Aquin n'a eu de cesse, dans la grande clarté du Moyen Âge, de *répandre* les psaumes, qu'ils soient joyeux, douloureux ou glorieux, comme les mystères du rosaire, la prière dont les fils et les filles de saint Dominique s'attachent à diffuser l'usage depuis sept siècles. Hélas, tous les psaumes ne traduisent pas le sentiment de jubilation et l'allégresse des psaumes 18 et 95. La *lectio continua* du psautier fait entendre des chants nuptiaux, des chants royaux et des leçons de sagesse, mais aussi des lamentations, des chants d'exil et des cris de détresse. Certains matins, le rendez-vous que l'individu a avec lui-même est dangereux. Le latin de saint Jérôme, pour lequel j'éprouve cependant une affection infinie, m'a longtemps fait négliger la puissance dramatique de l'invitatoire empruntée au psaume 69, que les chanoines récitent sept fois le jour, à Lagrasse, à l'instar des moines dans toutes les abbayes du monde : « *Deus in adiutorium meum intende, Domine ad adiuvandum me festina.* »

Dans la langue du docteur au lion, c'est élégant ; en français, c'est un cri de détresse : « Mon Dieu, viens me délivrer ; Seigneur, viens vite à mon secours. » Cette prière est un cri, la supplication d'une voix « qui prononce et n'est pas prononcée », ainsi que l'explique Pierre Boutang de la *vox cordis* dans son *Art poétique*. Et l'on entend toutes sortes de cris, au fil de la grande prière biblique, notamment celui de l'attente et celui du doute : « Pourquoi dors-tu, Seigneur ? » (Ps 43, 24). Du cœur qui s'ouvre s'écoule parfois une bile épaisse et noire. Il y a des matins pour chanter alléluia au Seigneur et d'autres pour Lui dire : « Délivre-nous du mal. » Car la Bible est un texte réaliste, qui nous donne d'abord à voir l'homme tel qu'il est.

« Mes plaies sont puanteur et pourriture : c'est là le prix de ma folie.

Accablé, prostré, à bout de forces, tout le jour j'avance dans le noir.

La fièvre m'envahit jusqu'aux moelles, plus rien n'est sain dans ma chair.

Brisé, écrasé, à bout de forces, mon cœur gronde et rugit » (Ps 37, 6-9).

À entendre les gémissements et le malheur dans le psaume 37, on découvre que la prière n'est pas toujours celle que l'on croit. « *Rugiebam a gemitu cordis mei* », dit le latin de la Vulgate de saint Jérôme, que certains traducteurs rendent, plus majestueusement et plus douloureusement encore, par : « Je rugissais dans les frémissements de mon cœur. »

Dans ses merveilleux *Discours sur les psaumes*, un monument trop peu visité, saint Augustin explique pourquoi le psalmiste recourt à cette image léonine. Il évoque un gémissement « parce que les hommes entendant les gémissements d'un autre homme, n'entendent souvent que les gémissements de la chair, et non le rugissement du cœur. Tel, que je ne connais point, a ravi à tel autre son bien ; celui-ci gémit, mais non dans son cœur ; celui-là gémit, mais parce qu'il a perdu un fils, cet autre une épouse ; tel, parce que la grêle a ravagé sa vigne ; tel, parce que son vin s'est aigri ; tel, parce qu'on lui a volé un cheval : tel, parce qu'il a subi quelque perte ; tel, parce qu'il craint un ennemi ; tous ceux-là gémissent, mais dans le rugissement de la chair. Quant au serviteur de Dieu, qui rugit en se souvenant du sabbat, lequel est règne de Dieu, et que ne posséderont ni le sang ni la chair, il peut dire : "Je rugissais dans les frémissements de mon cœur." »

À propos du verset 10 – « Seigneur, tout mon désir est devant toi, et rien de ma plainte ne t'échappe » –, la suite du commentaire du psaume 37 est sublime. Augustin poursuit son homélie sous forme d'un dialogue dramatique faisant alterner sa propre parole, celle de l'Apôtre et celle du Christ, improvisant une véritable « Apocalypse du désir ». L'évêque d'Hippone loue l'homme capable de dire au Seigneur : « Tout mon désir est devant toi. » « Car ton désir, c'est ta prière ; et si ton désir est continuel, ta prière est continuelle. Aussi n'est-ce pas en vain que l'Apôtre a dit : "Priez sans relâche." Aurons-nous donc toujours les genoux en terre, le corps prosterné, les mains élevées, pour qu'il nous dise : "Priez sans cesse" ? Si nous appelons cela prier, je ne crois pas que nous puissions le faire sans interruption. Mais il est dans l'âme une autre prière incessante, qui est le désir. [...] Si donc tu ne veux pas interrompre ta prière, n'interromps pas ton désir. Un désir incessant est une voix continuelle. Te taire, ce serait ne plus aimer. »

Il est dans l'âme une autre prière... Celle d'une voix qui prononcerait et ne serait pas prononcée ; celle qui oserait commencer le *Pater* en demandant : « Notre Père, que Ton nom soit imprononcé. » Nul verbe dont le son puisse s'entendre : une prière sans discours, une parole sans syllabes qui contiendrait le secret de l'oraison véritable, mêlant le style clair de l'âme, une infinie simplicité du cœur, un abandon total et une confiance renouvelée dans « le serment juré à notre père Abraham de nous rendre sans crainte » (Lc 1, 73), que remémore chaque matin le cantique de Zacharie récité à la fin de la prière de laudes. Trois jours et trois nuits, dans le flux du Verbe de Dieu, c'est cette prière sans discours que je suis venu chercher à l'abbaye Sainte-Marie. « La parole est toute proche dans ta bouche est dans ton cœur » (Dt 30, 14), nous révèle la loi que Dieu a donnée aux Juifs. Si proche qu'un jour viendra où il ne sera plus nécessaire de parler pour prier. Quelques versets des psaumes gardés en mémoire permettront de connaître ce désir devenu prière, dans la proximité de la bouche et du cœur, de la parole et de la foi.

La vocation

Thibault de Montaigu

« Si quelqu'un vient à moi, et ne hait pas son père, et sa mère, et sa femme, et ses enfants, et ses frères, et ses sœurs, et même aussi sa propre vie, il ne peut être mon disciple. »

Et pourtant ils sont venus à lui, tous ces hommes de blanc vêtus, qui dînent en silence dans le vaste réfectoire voûté, tandis qu'un des leurs, derrière un pupitre, lit *recto tono* quelques pages d'un livre pieux. Oui, ils sont venus à lui, et ils ont laissé quelque part un père et une mère, des frères et des sœurs, des amours d'un jour et des amis de toujours. Ils ont abandonné une maison, des études, une carrière, tous ces rêves et ces promesses de lendemains radieux qui miroitent sans cesse sur la ligne d'horizon de notre avenir. À commencer par le plus beau d'entre eux peut-être : celui de devenir père. De fonder une famille. De tenir dans ses bras la chair de sa chair.

Oui, ils ont fait le deuil de leur propre vie pour devenir son disciple…

Haïr, exige Jésus. Y a-t-il parole plus cruelle, plus scandaleuse de tous les Évangiles ? Je sais ce que répondent la plupart des clercs et des religieux : ce n'est pas une question de haine, mais de détachement. Pour se donner à Dieu, il faut avoir le cœur libre. Pour aimer chaque être de la création – même le plus vil, même le plus misérable –, il faut savoir n'en préférer aucun. Je me rappelle encore cet homme en phase terminale qui avait confié à un frère franciscain venu le veiller : « Si tu avais une amoureuse, si tu avais une famille, tu aurais autre chose à faire que d'être ici auprès de moi, mais tu as choisi Dieu, et je sais qu'en ce moment je suis la seule personne du monde qui compte à tes yeux… »

À présent, leurs yeux contemplent l'éternité tandis qu'ils prennent leur repas côte à côte, à des tables alignées le long des murs sans vis-à-vis. Songent-ils parfois à celui qu'ils étaient avant ? Se souviennent-ils des baisers, des chagrins, des fêtes en famille de leur enfance ? Mais quelle famille ? La leur est ici désormais. Ils dorment sous le même toit, partagent repas et corvées, obéissent à une seule règle. Celle de saint Augustin, rédigée vers 397 par l'auteur des *Confessions* et Père de l'Église : « Avant tout, vivez unanimes à la maison, ayez une seule âme et un seul cœur tournés vers Dieu. N'est-ce pas la raison même de votre rassemblement ? Et puis, qu'on n'entende pas parler parmi vous de biens matériels, mais qu'au contraire tout vous soit commun. »

Se déposséder de tout. Jusqu'à son prénom de baptême. Car celui qu'ils portent derrière le titre de frère leur a été donné lors de leur prise d'habit. Frère Henri, frère Louis-Marie, frère Thomas s'appelaient différemment dans une autre vie. Tournent-ils encore la tête lorsqu'ils entendent leur prénom d'antan, au son duquel ils avaient l'habitude d'accourir gamins ? Et leurs proches, comment s'adressent-ils à eux lorsqu'ils viennent les visiter à l'abbaye et s'installent dans les fauteuils du parloir pour bavarder ?

Alors l'évidence me terrasse : ici, dans cette pièce où nous partageons ce repas muet, se tiennent les derniers des héros. Les seuls braves d'une civilisation mourante, empoisonnée par l'ego et l'hédonisme marchand. Chevalier de Dieu. Ainsi surnommait-on le merveilleux saint François d'Assise. Ainsi devrait-on les appeler. Qui de nos jours est encore capable de s'oublier soi-même pour embrasser un destin qui le dépasse ? Qui aurait le courage de mourir comme être charnel pour renaître en tant qu'être universel ? En comparaison du combat spirituel que les chanoines ont décidé de mener, tous les pugilats d'idées et concours d'indignations modernes paraissent bien bas. Tous ces bretteurs, ces politiciens, ces rebellocrates, puissent-ils venir ici. Puissent-ils observer ces preux qui ont tout quitté. Puissent-ils comprendre ce moment inouï où les passions terrestres s'évanouissent pour laisser place à un amour unique. Celui que les Grecs appelaient *agapè* et qui a pour nom, à Lagrasse, charité.

Ils sont deux à l'abbaye qui s'apprêtent à accomplir ce saut vers l'au-delà. Deux novices qui au terme d'un an en clôture se trouveront face à cette alternative vertigineuse : prononcer leurs vœux ou quitter Lagrasse. S'unir à Dieu ou reprendre leur place dans le monde, vaille que vaille.

La plupart de ceux qui ont revêtu la soutane blanche, le rochet et la mosette des offices, sont venus pour la première fois à l'abbaye lors d'une retraite spirituelle sur la recommandation d'un proche ou d'un prêtre de paroisse. S'ensuivent quelques autres séjours pour approfondir sa vie chrétienne avant d'entrer au postulat : une demi-douzaine de mois où les futurs chanoines, toujours vêtus en civil, partagent les offices liturgiques et les divers travaux de l'abbaye, appelés obédiences : jardinage, linge, cuisine, réparations… Vient alors la cérémonie de vêture. Le moment où l'on bascule dans l'obéissance et le dénuement les plus absolus. Point de carte de crédit, point de téléphone portable, même pas une adresse mail, seules les lettres aux proches sont autorisées. Manière de rompre avec les diversions du siècle pour plonger en soi-même et mieux discerner sa vocation. À quoi

Dieu m'appelle ? Serai-je capable de me fondre dans une communauté, avec ses contraintes et les frustrations qui en résultent ? Et si jamais je me trompais ? Et si jamais ces épousailles avec le Christ n'étaient qu'un exutoire, une fuite, la fameuse *fuga mundi* ?

C'est sur un banc de pierre, à l'ombre d'un platane, que le frère Hilaire, en charge des novices, me détaille ce long chemin que tous ont emprunté avant de prononcer leurs vœux définitifs. Son prédécesseur à ce poste a quitté Lagrasse, victime d'un *burn-out*, pour devenir prêtre des armées. Preuve que nul n'est à l'abri d'une défaillance ou d'un accident de parcours. Humilité, voilà le maître mot selon frère Hilaire. Les frères ne sont point des saints, mais des êtres exposés comme tout un chacun aux humaines faiblesses.

Avec son air poupin et ses yeux bleus si doux, on dirait encore un enfant. Et sans doute faut-il savoir le rester pour conserver cette pureté d'intention et se soumettre tout entier à la volonté du Seigneur. Pour vivre dans ce présent éternel, rythmé par les tintements de cloches et les ellipses du soleil.

Celui-ci brûle dans le ciel de mai, au-dessus de la vallée. Des pinsons et des rouges-queues pépient dans les arbres. Devant nous le clocher du XVIe siècle avec ses quatre gargouilles d'angle représentant la cupidité, l'orgueil, la concupiscence et la désunion. Les quatre tentations auxquelles ont renoncé les chanoines en entrant ici : voilà qu'ils les contemplent chaque jour comme pour se mesurer à elles.

La pauvreté désormais est leur quotidien. La fraternité, leur mode de société. Mais la chasteté… Frère Hilaire évoque naturellement le sujet. Il sait que j'ai commis il y a quelques années un essai sur le sexe en solitaire, mais la chose ne le dérange nullement. Il est normal que les jeunes novices se trouvent aux prises avec cette question. Dans le passé, on s'y attardait à peine. Il faut prier le chapelet : voilà la seule réponse qu'apportait, il y a un siècle, un maître des novices dans un ouvrage qu'il a exhumé. Aujourd'hui on en discute ouvertement. De même pour les histoires de cœur qui demeurent douloureuses et dont on cherche encore à guérir. Frère Hilaire ne cherche à forcer aucun. Au contraire : il leur commande prudence et lecture. Patience et recueillement. Au bout d'un an, en moyenne, un novice sur deux quitte l'abbaye. Ce fut le cas, il y a peu, d'un postulant : le calme qui règne la nuit sur les lieux, de complies à la messe du lendemain, l'oppressait. Sans doute lui revenait-il cette phrase des *Pensées* de Pascal : « Le silence éternel de ces espaces infinis m'effraie » ? À ce silence, l'auteur ne voyait qu'un seul remède : la musique et la poésie. Musique et poésie que l'on retrouve ici dans les antiennes et les psaumes. Le grégorien et la prière. Ce dialogue ininterrompu du ciel et de la terre.

N'entend-on point le répons du chœur des anges que le chantre solitaire doit se résoudre à partir…

Frère Marie-Joseph, j'en suis sûr, ne connaîtra point cette mésaventure. C'est au sortir de la salle d'études que je l'aperçois pour la première fois. Un solide gaillard, la vingtaine, les yeux rieurs. Le jeune novice vient d'achever un cours de latin, dispensé sur une cassette audio, et porte un ghetto-blaster sous le bras. Il est, paraît-il, un redoutable joueur d'échecs. C'est sur un télésiège, lors d'un camp de ski, qu'un frère de l'abbaye, qui accompagnait ce groupe de jeunes Parisiens, lui a posé de but en blanc la question de sa vocation. Issu d'une famille catholique, il refusait d'aborder le sujet. Mais, en posant la semelle de ses skis sur la ouate de la neige, il savait déjà son destin tout tracé. C'est Dieu qui le guidait. Après un essai au séminaire, frère Marie-Joseph est entré en octobre de l'année passée comme postulant à Lagrasse. Trois mois plus tard, il prenait l'habit. « C'est comme un saut en parachute sans parachute », raconte-t-il. Mais à aucun moment le doute ne l'assaille. Le Seigneur désormais l'a pris dans ses bras. Et quand, peu avant l'aube, il entend la cloche sonner pour l'office des matines, la joie explose dans son cœur.

La nuit venue, seul dans ma chambre, je songe à frère Marie-Joseph. À frère Montfort, qui a quitté son Québec natal et ses études d'ingénieur en chimie pour rejoindre les chanoines. À frère Alain, qui vient tout juste de prononcer ses vœux temporaires après avoir travaillé à Paris dans l'aéronautique. À tous ces jeunes hommes qui ont connu les filles qui dansent et les bières qui tintent, les moteurs qui hurlent et les stades qui chantent, et qui se trouvent confrontés au grand silence. Celui-là même qui effrayait tant la nuit l'ancien postulant évoqué par frère Hilaire.

Je les imagine dans leurs cellules, à quelques mètres de la mienne, dans l'aile qui leur est réservée. Le petit lit, la table en bois, le prie-Dieu surmonté d'une icône byzantine. Point de douches ni de toilettes. Seul, à l'entrée, le bénitier en porcelaine avec l'inscription « *Ecce Fiat Magnificat* ». « Me voici. Que Ta volonté soit faite. Mon âme exalte le Seigneur… » Par la fenêtre, on aperçoit le cloître mauriste avec ses arcades en grès flammé et son sol en terre cuite, ses buis taillés et son bassin de poissons. Voici l'unique théâtre de leur existence. Le vivant tombeau auquel ils se destinent.

Chaque jour, les mêmes horaires. Chaque jour, la même mécanique. Les offices, les repas, les études. Leur quotidien est réglé comme du papier à musique. Parfois une récréation, parfois une visite. Guère plus. Les novices ne participent même pas, comme les autres frères, aux missions d'apostolat. Accompagner les mourants, aider les réfugiés, enseigner le catéchisme. Le monde extérieur, ils ne le contemplent plus qu'à travers les tranches des livres dont sont pavoisés les immenses couloirs de l'abbaye. La patrologie, l'histoire de l'Église, ouvrages de morale, sommes théologiques, mais aussi les grands philosophes et écrivains des siècles passés. Ici, Bernanos coudoie Chesterton. Là, Simone Weil voisine avec Tolstoï. Dépassant des tomes, des fantômes blancs indiquent les pages en lecture. Vaste bibliothèque de Babel où les chanoines, tels les moines copistes d'antan, cheminent nuit et jour sans relâche.

Mais une fois ces ouvrages refermés, une fois les lumières éteintes, ne tremblent-ils pas devant la nuit éternelle où ils s'apprêtent à s'enfoncer ? Dans l'ancien temps, les familles accompagnaient les futurs religieux jusqu'au seuil des monastères avant d'en voir la lourde grille se refermer à jamais derrière eux. Aujourd'hui, celle-ci leur demeure ouverte, mais si les novices tendent bien l'oreille au cœur de l'obscurité, n'entendent-ils pas déjà ses gonds grincer ? Ne devinent-ils pas les battants qui lentement se referment ? Beaucoup, paraît-il, attendent un signe de Dieu pour se décider. Erreur commune. Les seuls signaux qui existent ici sont ceux envoyés par le cœur. Ce métronome de l'au-delà. Encore faut-il savoir en déchiffrer les battements, les sursauts, les dilatations. Et pour ce faire, ils peuvent compter sur le plus grand des guides spirituels qui soit. Celui sur qui les chanoines de Lagrasse ont choisi de régler leurs pas : saint Augustin.

On peut lire les *Confessions* ou *La Cité de Dieu*, ses commentaires sur les psaumes ou les épîtres de saint Jean, on peut lire ses innombrables homélies prononcées en la chaire de la cathédrale d'Hippone ou le texte de sa règle, dont un extrait, chaque jour, est discuté par la communauté au moment du chapitre : toujours on trouvera la réponse à ses questions. Mais la plus belle peut-être est celle qu'il donne à travers l'exemple de sa propre vie.

Augustin est un païen, un sensuel, un ambitieux. Et pourtant Dieu va le conduire à Lui à travers un long et tortueux chemin qui débute à Thagaste, dans l'actuelle Algérie. Élève brillant mais indocile, il n'aime guère l'école. Commet de menus larcins par simple plaisir de la transgression – comme il le racontera dans le célèbre épisode du vol des poires. Ses études le conduisent dans la grande ville de Carthage, où « bouillonne à grand fracas la chaudière des amours honteuses ». Il y prend une concubine dont il aura un fils et abandonne le projet paternel de devenir avocat ou fonctionnaire pour s'engager comme professeur. Il se passionne alors pour la philosophie grâce à la découverte d'un ouvrage de Cicéron, l'*Hortensius*, et rejoint la secte des manichéens, pour qui toute matière, par nature, porte le germe du mal, et toute âme, celle du bien. Après quoi, il part faire carrière à Rome et à Milan, devient rhéteur officiel de l'Empire, fréquente poètes et platoniciens, répudie sa concubine avant de se mettre en ménage avec une nouvelle maîtresse. Se plongeant dans les Écritures sur les conseils de sa mère et de l'évêque Ambroise, il est bouleversé par la figure du Christ. Mais se refuse encore, par orgueil, à se convertir. Ce sont là sans doute les pages les plus déchirantes des *Confessions* : « Je n'arrivais pas, et je n'atteignais pas, et je ne tenais rien ; hésitant à mourir à la mort, à vivre à la vie, je me dominais plutôt par le mal, ce compagnon d'enfance. »

Qui, torturé par l'énigme de Dieu, ne se reconnaît pas dans ces mots ? Augustin illustre avec génie les atermoiements spirituels auxquels tout chercheur d'absolu est confronté. Et le moment enfin où les ténèbres se dissipent pour laisser place à l'aveuglante clarté. C'est la fameuse épiphanie du jardin à Milan, où écoutant par hasard une voix venant d'une maison voisine qui répète : « Prends, lis », il se saisit d'une épître de saint Paul dont les mots aussitôt le foudroient. Quelques jours plus tard, dans la nuit de Pâques 387, il est baptisé des mains d'Ambroise, puis part en Numidie fonder un monastère, entouré d'une poignée de proches. « Qu'elle devint suave soudain pour moi, la privation des suaves bagatelles ! Les voir partir de moi avait été ma crainte, maintenant les faire partir était une joie. »

Voilà donc le remède à la maladie du doute : la joie dans le renoncement. La volupté dans le dénuement. L'amour dans le grand silence. Augustin est un pionnier du Ciel qui a ouvert la voie aux générations et générations de chanoines lui ayant succédé. Il est ce grand frère dont ils méditent les paroles quand la pente se fait trop raide ou le chemin trop brouillardeux. Dans le huis clos de leurs cœurs, les jeunes novices de Lagrasse écoutent encore cette voix surgie du fin fond des siècles. Ces paroles sublimes qui disent les sinuosités de nos destins et les apothéoses qui leur sont promises. Si tant est que l'on sache se vaincre et s'oublier. S'abandonner à cette pauvreté qui rend si riche. À cette humilité glorieuse. À cette immensité qui commence au tréfonds de soi-même.

Littérature que tout cela ? Je ne le crois pas. Je ne le crois plus depuis que je séjourne ici en compagnie des frères. Tous sont des Augustin à leur manière. À commencer par celui qui a charge de la communauté, le père abbé. « Tu finiras sous les ponts », le mettait en garde sa mère à l'époque où, adolescent, le frère Emmanuel-Marie se livrait à des rapines et se montrait odieux envers les autres. Questionnements philosophiques, voyages lointains, carrière prestigieuse chez Saint-Gobain :

la route jusqu'à Lagrasse a été longue et sinueuse. Voilà pourquoi le père abbé répète qu'un converti a besoin de temps. De discernement. De maturation. Tous les chemins ne mènent pas à Damas. Et même une fois touché par la grâce comme saint Paul, même une fois sûr de sa destinée, il faut continuer d'accepter avec longanimité les sacrifices que Dieu exige de nous. C'est ce qu'a fait Augustin en renonçant à la vie contemplative pour assumer, contre son gré, la charge d'évêque à Hippone. Et c'est ce que fait frère Emmanuel-Marie en gérant au quotidien l'abbaye, à la tête de laquelle ses frères l'ont élu, quand il aurait pu demeurer un simple chanoine se consacrant à la prière et à l'amour du prochain.

Saint Augustin leur enseigne la patience et l'humilité. Le partage et la pauvreté. Mais, mieux encore, il enseigne l'espérance. Il est le fils prodigue des Évangiles qui était perdu et qui a été retrouvé. Qui était mort et qui a ressuscité. Voilà pourquoi le pédagogue de Dieu, ainsi que l'appelait Lucien Jerphagnon, a tant inspiré le frère Jean-Marie, au point de le conduire, il y a plus de dix ans de cela, aux grilles de Lagrasse.

Ce trentenaire aux yeux bleus et au visage séraphique a vécu lui aussi une jeunesse âpre et tumultueuse. Rimbaud l'avait initié aux libations et au dérèglement des sens. Descartes lui avait instillé le doute permanent. Sartre l'avait achevé en lui faisant connaître l'expérience de la nausée.

À quoi bon continuer à vivre si rien n'a de sens ? On fait le mur, on fait la bringue. Demain tout sera oublié puisque nous serons morts et enterrés. Et puis, alors que l'on se croit condamné, survient le miracle du salut. Cela se passe dans un camp d'été près de Nantes où l'avait amené sa sœur. Il s'y épuise des journées entières à construire un calvaire sous des pins parasols. L'ouvrage achevé, il y retourne un après-midi et défie Dieu : « Si tu existes, fais-moi un signe. Sinon, je casse ce calvaire, car toute ta vie est un mensonge. » Alors il a senti une présence, quelqu'un à ses côtés. Il a compris tout de suite de qui il s'agissait. C'était cette même personne dont il avait fait connaissance à ses sept ans, au moment où chaque enfant s'éveille à la conscience : j'ai reçu ma vie, je ne peux cesser d'exister, tout cela je le dois à Lui. Sublime évidence que le temps obscurcit. Voilà qu'elle resplendissait à nouveau. Voilà qu'Il se penchait au-dessus de lui. Alors il s'est mis à pleurer et à pleurer jusqu'à ce que les pins disparaissent dans la nuit. Et quand j'écoute frère Jean-Marie me raconter ce jour où sa vie a basculé, j'ai l'impression qu'il est encore là-bas, devant ce calvaire, les yeux brouillés de larmes.

Ce fut son jardin de Milan. Avant le départ pour le monastère.

Il faut emprunter le pont roman, puis traverser le vieux village, remonter la promenade et prendre la direction de Ribaute. Gravir la route à flanc de colline, puis s'engager sur un chemin pierreux qui longe une parcelle de vigne perdue au milieu du maquis. Au bout apparaît une sente obstruée par un épais taillis, sous le ciel de lit des pins d'Alep. Filaires et coronilles, genêts épineux et buissons de romarin bordent le précipice où vont se jeter des escadrons de chênes des garrigues. Tout en bas, la vallée écrasée de soleil et le damier de tuiles rouges de Lagrasse.

Le sentier débouche enfin sur un promontoire rocheux au cœur duquel s'ouvre un boyau. La fraîcheur tombe d'un seul coup. Les parois, vierges de soleil, se resserrent. Il faut bientôt avancer à croupetons. D'immenses toiles d'araignée dessinent des voiles de mariée aux murs. La pénombre s'épaissit. Après un coude surgit une anfractuosité de la taille d'une chambre. Rien de bien particulier : un sol en terre battue, l'éternel silence minéral. C'est ici que logeaient les premiers ermites qui allaient fonder l'abbaye de Lagrasse, il y a douze siècles de cela. Une petite poignée d'hommes qui vivaient dans ce pays sauvage des Corbières comme les Pères du désert dans les grottes de la Thébaïde égyptienne. Anachorètes ayant fui le monde pour épouser l'idéal du Christ.

Ce sont dans des refuges comme celui-ci qu'est né le monachisme. Ce sont dans des refuges comme celui-ci que des hommes ivres de Dieu se sont mis à prier pour leur salut et celui des générations à venir. Une longue chaîne ininterrompue de prières qui a traversé les siècles et les siècles et enfanté les vocations d'aujourd'hui. Comme les prières des chanoines dans l'abbatiale en contrebas enfanteront les vocations de demain. La communion des saints : peut-être la plus belle doctrine du christianisme. Nul novice ne s'avance seul vers Dieu. Ils sont des milliers et des milliers qui l'accompagnent dans l'église où il s'allonge, face contre terre, au moment de se consacrer au Christ. Parmi eux il y a les pères et les mères, les frères et les sœurs, les amours d'un jour et les amis de toujours. Il y a tous ceux qui prient pour eux et pour lesquels ils prient en retour. L'éternité les attend. L'éternité commence ici et maintenant.

L'enfance retrouvée

Louis-Henri de La Rochefoucauld

Après mon septième échec au permis de conduire, plutôt que de prier, ma femme m'avait incité à aller voir un hypnotiseur. Un marabout africain ne m'aurait pas paru moins incompétent. J'étais hélas mal placé pour snober quiconque. Honteux et dans mon tort, j'avais pris rendez-vous chez un type qui recevait les névrosés près du métro Réaumur-Sébastopol. Il m'avait demandé de fermer les yeux et de me décontracter des épaules jusqu'aux doigts de pied : « Respirez lentement. Décompressez, faites le vide, oubliez tout… Quand vous serez parfaitement détendu, imaginez que vous descendez un escalier. » J'avais résisté un moment, trouvant ça absurde. Mais qui étais-je pour jouer les orgueilleux ? Encore une fois, j'étais fautif. Je devais me faire pardonner. Une autre raison moins noble me poussait à la docilité : au prix où je payais, ça valait le coup de lâcher prise et de voir ce que ça donnerait.

Suivant en pensée les indications anesthésiantes et capiteuses du charmeur de serpents, j'avais descendu son escalier. Engourdi, comme sous l'effet de l'éther, je me tenais devant une porte. Je l'avais ouverte et m'étais retrouvé parachuté dans la salle de jeux de la maison de campagne de mes grands-parents maternels. Première surprise. Qu'est-ce que je foutais là ? La salle de jeux donnait sur la pièce de la télévision. Un jour, enfant, j'avais bloqué le magnétoscope. On l'avait cru cassé pour de bon. Mon grand-père, que j'adorais et qui ne s'énervait jamais, m'avait hurlé dessus en ces termes grossiers : « Quand on est con, c'est pour la vie ! » Ce n'était pas du Verlaine, bien qu'il s'agît d'un octosyllabe. Jetée tel un mauvais sort, martelée avec l'évidence éternelle d'une maxime, l'expression m'avait chamboulé. Ressurgie de ma mémoire, elle n'avait rien perdu de sa violence. En une seconde, j'avais rétréci – voilà que je me retrouvais enfant, écrasé par le chagrin. D'autres images plus heureuses m'étaient revenues. Nous sillonnions les vignes champenoises par grand beau temps, j'étais assis sur la banquette arrière de la voiture de mon grand-père ; il conduisait d'une main, libre et nonchalant. Chose qui ne m'arrive jamais, je m'étais mis à pleurer. Une longue minute de larmes ininterrompues. En rouvrant les yeux, j'étais épuisé. L'hypnotiseur, pas mécontent de lui, m'avait livré son verdict : « La conviction que vous n'êtes pas débrouillard s'était gravée au plus profond de vous. L'effroi et la culpabilité vous tétanisaient chaque fois que vous vous asseyiez au volant. Mais c'est de l'histoire ancienne : vous venez de vous réconcilier avec votre grand-père. Vous n'êtes pas nul, sachez-le. Vous aviez juste besoin d'un déclic. » Ce coach existentiel m'assurait que notre séance avait suffi à me guérir de mes peurs. Allons, il n'y avait pas de fatalité : je pouvais maintenant décrocher mon permis haut la main et, qui sait, concourir un jour au Paris-Dakar. Le doute m'avait rattrapé dès la rue, à raison. Cet escroc ne m'avait pas sauvé. Je suis toujours incapable de conduire. Et en face de mon immeuble, une boutique de décoration s'appelle ironiquement « Pour la vie » – je ne suis pas près d'en finir avec mes inaptitudes, mon inquiétude et mon idiotie.

Je n'aurai pas l'incorrection de comparer la foi chrétienne au charlatanisme bon teint de l'hypnose. Dans le train qui me menait à l'abbaye de Lagrasse, j'étais néanmoins dans le même état d'esprit que sur le fauteuil du gourou : décidé à m'abandonner. Je n'ai pas eu cette fois à descendre un escalier, ni à me laisser glisser tête la première sur quelque toboggan imaginaire. À la gare de Narbonne, le frère Côme m'attendait debout à côté de sa voiture. Avoir à la fois la vocation et le permis : certains hommes reçoivent toutes les grâces. Surtout, avec sa coupe militaire, ses petites lunettes rondes, son visage émacié et sa taille bien prise dans une éclatante soutane blanche, le frère Côme m'a instantanément fait penser à l'oncle Jean, le frère aîné de ma grand-mère maternelle. Elle parlait comme d'un saint de ce saint-cyrien. Dès l'adolescence, ses études au rude monastère bénédictin d'En-Calcat lui avaient mis du plomb dans la tête. Oncle Jean n'avait pas vingt ans quand il avait rejoint la Résistance. Tombé dans une souricière, il n'avait pas parlé, malgré le supplice de la baignoire – il voulait bien avouer ses péchés à son confesseur, pas balancer ses amis à la Gestapo. On l'avait envoyé à Buchenwald. Ses camarades de camp l'appelaient Gandhi à cause de sa sérénité et de son sourire. Il s'était évadé, avait à peine eu le temps de se remplumer avant de s'engager dans la Légion étrangère et de partir pour l'Indochine. Il y était mort pour la France en 1948, à vingt-trois ans. Il y avait plusieurs photos de lui chez ma grand-mère. Sur l'une d'elles, on le voyait de profil. Le même profil que celui que me montrait le frère Côme, assis à ma gauche dans la voiture, filant à travers les Corbières.

J'ai beaucoup pensé à ma grand-mère à Lagrasse, où je me suis rendu compte, à trente-six ans, de tout ce que je lui dois. N'étant pas doué pour les études, je ne suis diplômé que d'une licence de philo arrachée à grand-peine. Je ne suis pas un intellectuel. La théologie est pour moi une science plus obscure encore que les mathématiques. De la *Somme théologique* de saint Thomas d'Aquin, je ne connais qu'une phrase, sans doute la plus simple : « La foi est agissante par la charité. » Voilà qui aurait pu servir de devise à ma grand-mère. Ce n'était pas une bigote, ou pire, une punaise de sacristie. Élevée dans le même moule que son frère Jean, elle mettait la religion dans sa vie quotidienne plutôt que dans des paroles en l'air. Elle était minuscule, plus légère qu'un ange ; on aurait pu en faire un pin's à s'accrocher à la poitrine. Elle s'appelait Thérèse – une autre petite Thérèse. À l'état civil, elle portait le beau nom de Sesmaisons. La petite Thérèse de Sesmaisons… Que fallait-il voir derrière ce patronyme ? Des maisons de vacances ? Des maisons de repos ? Ou bien le tout dernier toit (donc le tout premier), la maison du Père ? Un ancêtre s'était illustré à la septième croisade. Pour récompenser sa bravoure, Saint Louis lui avait offert de larges terres. L'acte précisait qu'elles étaient infestées de loups, et que charge revenait à Sesmaisons de s'en débarrasser. Réussir à s'établir dans la vie malgré les loups qui rôdent alentour : rien n'a changé depuis le XIIIe siècle. Ma grand-mère, elle, était un agneau. Elle avait conservé jusqu'au bout une silhouette et une bonne humeur de gamine. Elle était la femme la moins dépressive du monde. Le devoir de gaieté primait toutes les blessures du destin. Elle ne jugeait personne et ne se plaignait jamais, ne comptait pas ses heures quand il s'agissait de servir les autres. Vers la fin de sa vie, elle avait mis en location un appartement qu'elle possédait dans son village de la campagne rémoise. Elle ne s'était pas rendu compte de qui avait signé le bail. Le voisinage jasait : le locataire était une sorte de maquereau de bas étage, et sa compagne une strip-teaseuse qui se produisait dans des lieux peu recommandables. Abusant de la gentillesse de ma grand-mère, la danseuse lui demandait parfois de l'emmener à Reims pour qu'elle y fasse ses courses. Et voici comment madame la comtesse s'était reconvertie à plus de soixante-dix ans en chauffeur de taxi pour une effeuilleuse. Cela au fond la faisait rire. Qu'on ne pense pas qu'elle encourageait la luxure. Peu après mon mariage, j'étais venu la visiter avec mon épouse. Ma grand-mère commençait à perdre la tête. Elle ne gardait aucun souvenir de la messe et de la réception, auxquelles elle avait pourtant assisté. Habituée à voir l'innocence partout, elle pensait que nous n'étions encore que fiancés. Nous devions donc faire chambre à part.

« Une fois sortis de l'enfance, il faut longtemps souffrir pour y rentrer, comme tout au long de la nuit on retrouve une autre aurore. » Bernanos a glissé cette phrase dans ses *Dialogues des carmélites*. Rappelons-en brièvement l'argument : Blanche, une jeune fille de l'aristocratie, entre au Carmel au printemps 1789. Quelques années passent. Sous la

Terreur, les religieuses sont arrêtées et conduites à l'échafaud. Après s'être enfuie, Blanche revient partager le martyre de ses sœurs.

Les hasards du calendrier font que c'est un 14 juillet que je suis arrivé à Lagrasse. J'ai déposé mes affaires dans ma cellule, puis le frère Côme m'a présenté au père Emmanuel, le père abbé, homme très affable derrière son élégante réserve. Il m'a appris que l'abbaye millénaire avait mangé son pain noir sous la Révolution. En 1792, elle avait été pillée et saccagée, et les moines bénédictins expulsés et bannis. Ils auraient alors dit : « Si c'est Dieu qui nous chasse, nous ne reviendrons pas ; mais si c'est l'homme, alors nous reviendrons. » La fécondité tardive récompense la patience : en 2004, les chanoines se sont installés dans ces murs maudits par les révolutionnaires. Année après année, leur communauté s'agrandit et ils restaurent les lieux, qui semblent renaître. À titre personnel, il m'amuse de me dire que c'est aussi en 1792 que deux évêques La Rochefoucauld (par ailleurs frères) furent assassinés au cours des massacres de Septembre. Pendant plus de deux cents ans, il n'y a pas eu de vocation dans ma famille. Deux cousins sont actuellement en train de terminer le séminaire. Les braises n'étaient pas tout à fait éteintes, il suffisait de souffler dessus. Alors que je faisais part de ce parallèle au père abbé, il m'a resservi un verre d'eau avec le détachement souriant de celui qui sait, me rappelant que le temps de Dieu n'est pas celui des hommes, et que rien n'est jamais perdu quand on s'inscrit dans les siècles des siècles. Les chanoines de Lagrasse suivent la règle écrite par saint Augustin. À sa mort en 430, l'auteur des *Confessions* aurait pu croire que les carottes étaient cuites – les Vandales assiégeaient sa ville d'Hippone, l'Empire romain s'écroulait, toute une civilisation semblait s'effacer à jamais. Rien de grave : en 2021, la pensée augustinienne reste neuve, et inspire encore de nombreux hommes. Il faut savoir enjamber les époques éphémères.

Ce qui est vrai pour la grande Histoire l'est aussi dans nos humbles vies : il y a les crises d'adolescence et les aléas de l'âge adulte, le désespoir et autres passions tristes, les tentations auxquelles on se soumet volontiers et les trous noirs dans lesquels on se laisse aspirer. Ils n'empêchent pas de rentrer tôt ou tard dans l'enfance, y retrouver une autre aurore.

Je n'ai jamais compris ceux qui voient les prêtres et les moines comme d'improbables gâteux menant des vies impossibles. Quand j'avais vingt ans, elles me faisaient envie. Certains amis plus pieux que moi tournaient ce goût en dérision, me rétorquant que c'était de la pose, un pur esthétisme, un dandysme inconvenant. Je ne suis pas un journaliste de mode séduit par des cornettes fantaisistes ou des robes de bure bien coupées.

Ce qui me plaît tant chez les religieux et les religieuses, c'est leur esprit d'enfance. Commentant le psaume 112, saint Augustin notait : « Comme il n'y a que les enfants pour louer le Seigneur, puisque les superbes ne savent point le louer, ayez une vieillesse enfantine et une enfance déjà mûre. » Une vieillesse enfantine et une enfance déjà mûre… Quand j'étais en sixième, mon professeur de français m'avait reproché d'avoir, avant même l'entrée dans l'adolescence, « une tristesse de vieillard ». Un beau compliment involontaire. Maintenant que j'ai la chance de perdre mes cheveux et d'être de plus en plus tonsuré, je peux dire que c'est la main de Dieu qui s'était posée sur mon crâne. Plus sérieusement, j'ai toujours aimé affecter une profonde fatigue. Pourquoi ? Cette sénilité de façade est sans doute une manière pudique de rester fidèle à mes années de formation auprès de la petite Thérèse. D'autres sont obsédés par l'idée de rester jeunes – en apparence. Ils vont se faire changer le sang en Suisse, reçoivent des injections de botox, s'infligent des liftings à répétition. Personne n'est dupe de ces rictus lisses qui masquent mal une profonde décrépitude intérieure. Heureux les burinés et les dégarnis, heureux les vieilles peaux et les cheveux pauvres. À tous ceux qui voudraient vraiment rester jeunes, même naturellement chauves et ridés, je conseille vivement une retraite à l'abbaye de Lagrasse : je ne connais pas de meilleure cure de jouvence.

Il ne faut pas être grand clerc pour trouver à cette abbaye des airs de pensionnat d'autrefois. La soutane tient lieu d'uniforme. Au réfectoire, on nous sert des pâtes ou des œufs à la coque avec des mouillettes. Après le dîner a lieu la récréation, ce moment de détente où les chanoines, espiègles, ne crachent pas sur les calembours et les blagues potaches. Des trois vœux de la vie consacrée, les enfants expérimentent au moins les deux premiers. Ils grandissent dans la pauvreté et la chasteté. On aimerait qu'ils se plient un peu plus à l'obéissance. Lors d'un déjeuner, pris en silence, le chanoine chargé de la lecture a pris une biographie de saint François d'Assise. Saint François ne s'adressait pas aux philosophes et aux savants. Ainsi résumait-il sa pensée à des gens modestes croisés dans la campagne ombrienne des années 1200 : « L'esprit du Seigneur est un : c'est un esprit d'enfance, de miséricorde et de joie. » On en revient toujours au même point.

Écrivant ce texte, j'ai du mal à me défaire d'un sentiment d'imposture. Bien que je me sois marié devant Dieu et que mes deux enfants soient baptisés, je ne vais pas à la messe tous les dimanches, loin de là. Je ne suis personne pour parler de la foi, et ne voudrais pas prendre l'accent geignard des faux dévots. Je me méfie du lyrisme boursouflé des convertis de la vingt-cinquième heure. Et j'ai du mal à me reconnaître dans les catholiques actuels.

Ils font de plus en plus de politique, se replient sur des discours identitaires, se passionnent pour la morale et les manifestations. Ce n'est pas ce que je recherche dans la religion, quand il m'arrive de me retourner vers elle. J'aimerais rallumer la petite bougie du passé. Au cours des différents offices auxquels j'ai assisté à Lagrasse, j'ai retraversé des souvenirs plutôt que je ne me suis inventé des combats. Par certains côtés (ses dimensions, sa tribune), l'abbatiale m'a rappelé l'église de Pargny-lès-Reims où nous allions pendant les vacances, à toutes les saisons, du mois d'août à la Toussaint, sans oublier Pâques. La famille avait payé la réfection des vitraux. Notre caveau était collé à l'église. Il a depuis accueilli ma grand-mère, qui y a rejoint deux de ses petits-enfants, emportés tous les deux avant leur premier anniversaire. Pendant une messe, le vitrail central de l'abbaye de Lagrasse filtrait le soleil de l'été, et dans cette douce lumière, à genoux sur mon prie-Dieu et bercé par le chant grégorien, j'ai revu de vieilles images.

À Noël, nous priions en famille autour de la crèche que ma grand-mère installait dans l'entrée de la maison. Drôle de vie que celle des santons qui reviennent inlassablement en décembre avant de retourner hiberner onze mois au fond d'une boîte en carton. En aube blanche, j'avais fait ma première communion l'année de mes six ans. Nous étions rangés du plus petit au plus grand, ce qui me rendait fier : ayant alors une bonne taille pour mon âge, j'étais dans les derniers du cortège. Une fille de ma classe, Alice T., ne se sentait pas bien ce jour-là. Elle avait vomi sa première hostie. Je m'étais demandé si elle irait en enfer. De 1990 à 2003, de la grande section de maternelle à la terminale, j'avais fait toute ma scolarité dans l'enseignement catholique, à Franklin. Deux jésuites s'occupaient du primaire. Le père Debains n'était pas un perdreau de l'année – c'est déjà lui qui, en 1957, avait fait passer à mon père son entretien d'entrée dans la même école. Il avait aussi eu comme élève un frère de mon grand-père, mort à vingt-cinq ans dans un accident de voiture, comme quoi l'hérédité doit jouer dans le rejet que m'inspire cet engin. Le père Debains avait de l'énergie à revendre : sa santé entretenue à l'eau claire aurait rendu jaloux jusqu'aux coureurs les plus dopés du Tour de France. « Chanter est le propre de celui qui aime », a dit saint Augustin dans l'un de ses sermons. Voir le père Debains mener les chants l'aurait conforté dans son avis. Ses mains crispées (sans doute l'arthrose) n'empêchaient pas ses bras d'emporter les foules. Il mettait sa peau sur la table, ou plutôt sur l'autel, avec cette joie juvénile qui irradiait la chapelle ou la cour de récréation, lors des messes en plein air. Le côté plaisant de l'affaire est que le père Debains était flanqué du père Gille, un petit homme triste, neurasthénique et taiseux. Il y avait entre eux quelque chose d'un duo comique : plus le père Debains était euphorique, plus le père Gille disparaissait dans son col romain. On pouvait donc croire en Dieu et déprimer : voilà un mystère angoissant pour l'enfant que j'étais. Heureusement il y avait aussi des miracles. En 1996, Jean-Paul II était venu à Reims. Avec mon frère et mes parents, nous nous étions levés en pleine nuit, avions attrapé au Trocadéro un car affrété par Franklin, et avions assisté à la messe papale au milieu de deux cent mille fidèles. Étant né en 1985, je n'avais encore connu qu'un seul pape. Jean-Paul II était immémorial, il devait remonter aussi loin que l'Église de Rome. Il avait l'aura d'une légende, comme la reine d'Angleterre, mais avec en plus cette dimension sacrée. Et puis la papamobile : mieux qu'une Rolls, enfin une voiture digne d'être pilotée. Je n'en croyais pas mes yeux de voir Jean-Paul II en vrai. Ce jour-là, il avait béni l'assistance, moi compris. J'étais béni par le pape en personne ! Rien ne pouvait m'arriver. Jean-Paul II, le père Debains et ma grand-mère maternelle : c'était ma trinité personnelle, mon premier rapport à la foi, chaleureux et cohérent. Repenser à eux à Lagrasse m'a fait un bien fou. En songeant au faussaire du quartier Réaumur-Sébastopol, mon cerveau s'est scindé en deux : une nouvelle querelle des Anciens et des Modernes opposait cette fois l'office religieux à l'hypnose. Dans les deux cas, j'avais eu des retours d'enfance imprévus. Ils n'étaient pas du même ordre. L'hypnose avait jeté le trouble dans mon esprit là où la vibration de la foi éclairait mon cœur. Il est temps de renvoyer dans ses cordes l'hérésie de l'hypnose, et avec elle tous les manipulateurs de la pensée positive et les faux prophètes du développement personnel, ainsi que les chamans bobos, les magnétiseurs biodégradables et les guérisseurs sans gluten. « Il nous faut nous garder des astucieux », nous enseignait saint Augustin, qui, après avoir côtoyé la secte manichéenne, était revenu au christianisme de sa mère. Il n'est jamais trop tard pour renouer avec la religion de l'enfance, et les leçons de bonne conduite qu'elle nous a données pour la suite de nos vies.

À Lagrasse, j'aurais dû enregistrer les conversations émouvantes et passionnantes (amusantes, aussi) que j'ai eues avec les pères Michel, Hilaire et Ambroise. Le père Louis-Marie m'a particulièrement marqué, avec son impeccable calvitie et sa carrure de pilier de rugby. À la prochaine édition du Tournoi des Six Nations, il faudrait l'aligner seul contre le XV de la Rose. Aucun Anglais ne sortira entier de la pelouse. C'est un bulldozer spirituel. Au bout de vingt minutes d'entretien avec lui, j'avais les larmes aux yeux. Il ne m'avait pourtant pas marché dessus avec des crampons. L'entendre parler de ses racines bretonnes, de la glorieuse histoire de France et de la foi de nos aïeux pousserait n'importe quel athée vers le baptême.

À mon arrivée à l'abbaye, on m'avait attribué un ange gardien en la personne du père Maximilien. Il est le frère cadet du père abbé. Un détail m'a fasciné : en entrant dans la communauté, les chanoines prennent un nom de religion. Ils se vouvoient entre eux. Pendant plus de vingt ans, le père Maximilien et son frère se sont tutoyés et appelés par leur nom de baptême. Un jour, ils ont changé d'identité l'un pour l'autre, et dans le plus grand naturel. Plus qu'un jeu de rôles, il s'agit de manières. On sait que la vocation ne gomme pas entièrement les caractères, qu'il y a dans les communautés religieuses des affinités électives et des inimitiés, voire des rancœurs. En observant les chanoines pendant trois jours, en les voyant s'effacer devant leur prochain, je songeais à nos égoïsmes pressés. Une telle bienveillance change des bousculades dans le métro. Leur concorde fraternelle, application concrète de la charité, fluidifie les relations humaines. Dans ce climat d'estime mutuelle, le père Maximilien m'a parlé avec ferveur du frère Vincent, le seul chanoine qui soit mort à Lagrasse depuis leur installation ici en 2004. Le frère Vincent avait eu de mauvais symptômes à vingt-sept ans : on lui avait diagnostiqué une sclérose en plaques. Ayant rejoint la communauté, il avait affronté cette épreuve sans rien perdre de sa joie de vivre. Parlant encore un peu avant d'être tout à fait paralysé, il remerciait le Bon Dieu de lui avoir donné cette maladie. L'un des médecins qui le suivaient affirmait que, en quarante ans d'expérience, il n'avait jamais autant ri avec un patient, qui plus est avec un patient aussi handicapé. Le père Maximilien m'a montré la chambre médicalisée du frère Vincent, son ancien fauteuil roulant. On sent encore sa présence. Le père Maximilien lui-même a frôlé la mort il y a quelques années. On lui avait enlevé une tumeur au cerveau de la taille d'un pamplemousse. Après sa rémission, il ne savait plus dire la messe. La liturgie ? Du chinois. Il était à nouveau un débutant qui devait tout réapprendre. Nous ferions bien de ne jamais oublier que nous pouvons être rappelés à tout moment à notre état originel de dépendance et de précarité.

Lors de notre première discussion, le père Emmanuel m'avait dit que, pour saint Augustin, l'Église doit être maternelle. Il la concevait comme une maison de famille. Il est étrange que nous ne voyions pas ce que nous voyons, que nous ayons tant de mal à retrouver l'adresse qui est la nôtre. Saint Augustin nous a laissé une boussole : « Reviens à ton cœur et de là à Dieu, car le chemin n'est pas long de ton cœur à Dieu. » C'est en nous, en notre enfance retrouvée, que se cache le raccourci vers le Royaume.

Nietzsche méprisait saint Augustin, qu'il trouvait ordinaire, pour ne pas dire plouc. Plus compétent sur l'augustinisme, Jean-Paul II voyait en l'évêque d'Hippone « le père commun de notre civilisation chrétienne » – et le père de notre civilisation profane, pourrait-on ajouter, si l'on estime que toute la littérature autobiographique trouve sa source dans les *Confessions*. À propos d'écrivains, le père Hilaire s'étonnait un jour devant moi : de ceux qui m'avaient précédé à Lagrasse, aucun ne l'avait interrogé sur Jésus. Qui parle encore de Jésus ? On mobilise de plus en plus le christianisme comme un porte-avions patrimonial dans la bataille civilisationnelle et culturelle. Au risque de faire une lapalissade, le christianisme vient du Christ – et on l'en évacue comme quelque fâcheux. C'est un comble. Saint Augustin n'avait pas cette ingratitude quand il disait, à propos de cette quête de la maison du Père : « Le Christ est la porte. Elle fut ouverte, cette porte, lorsque son côté fut percé par la lance. Rappelle-toi ce qui en a coulé et regarde comment tu pourras entrer. Lorsque, suspendu et mourant sur la Croix, le Seigneur eut le côté ouvert avec une lance, il en jaillit de l'eau et du sang : l'une te purifie, l'autre te sert de rançon. »

Un épisode de la vie de saint Augustin me le rend infiniment humain et sympathique. En 427, trois ans avant sa mort, il a écrit les *Révisions* : il a relu son œuvre et y a apporté remarques et corrections. Aucun romancier n'a cette sagesse, alors que nous devrions pour la plupart jeter au feu toutes nos médiocres bibliographies. Notre prétention risque fort de prolonger notre errance, alors que, en plus de nos deux jambes (la foi et la charité), saint Augustin assurait que l'humilité est le meilleur bâton de marche : « Nous cherchons à imiter celui qui demeure, nous suivons celui qui ne change pas et, marchant avec lui, nous tendons vers lui. Car il est devenu notre vie dans le temps par son humilité, lui qui par sa divinité est notre éternelle demeure. »

Je n'ai jamais fait de thalassothérapie. Le spa, le bain d'algues et le jet tonifiant me sont des expériences inconnues. Il ne faut pas se tromper de lutte : l'exemple du frère Vincent, christique sur la croix de sa sclérose en plaques, nous rappelle que les pires souffrances du corps n'entravent pas le tonus mystique. Mieux vaut faire ses prières que des pompes, réciter son chapelet qu'aller à la salle. Une bonne fois pour toutes, ne soyons pas des superbes ou des astucieux. Plutôt que d'entretenir nos lignes et nos bronzages, misons sur ce qui revivifie l'âme. À laudes, un matin, un chant évoquait le refuge que le Seigneur nous a donné de génération en génération. Au cours de notre pèlerinage vers la Cité de Dieu, des stations nous attendent. Il s'agit d'une chaîne de gîtes plus vivables que les Relais & Châteaux, d'endroits où tout le monde a son rond de serviette. Les journées portes ouvertes ne s'y arrêtent jamais. Nous parlons des paroisses, des monastères et des couvents, des cathédrales gothiques et des clochers de campagne. De tous ces lieux où l'on peut s'arrêter une heure ou quelques jours pour retrouver Dieu, et se retrouver soi-même par la même occasion : ses maisons.

La guerre du feu

Boualem Sansal

Je suis athée et je le regrette. Je ne le suis pas parce que je refuse Dieu, je le suis parce que je ne peux pas l'atteindre, parce que je n'ai pas les moyens de l'accueillir dans mon esprit et dans ma chair et vivre pleinement, librement, merveilleusement cette rencontre. Je ne veux pas non plus lui imposer le spectacle du mauvais croyant que je serais, ambigu et velléitaire. Il n'y a pas de milieu, on est dans ou en dehors de la foi. On peut cependant être à mi-chemin si la volonté y est, mais cette énergie je ne l'ai pas trouvée. Je suis athée par désespoir, par impuissance, par fatalisme, dirais-je, si je devais puiser dans le vieux fond islamique de mon pays.

J'ai toujours pensé, et j'y crois plus que jamais en ces temps d'individualisme et de matérialisme triomphants, que vivre en Dieu est une œuvre collective, non pas romantique et désintéressée, mais au contraire intéressée et pleinement engagée dans la réalisation de ce que les mystiques et les alchimistes d'antan appelaient le Grand Œuvre. Si on s'arme de la foi, c'est pour monter au combat aussi vite que possible, le devoir n'attend pas. Oui, je cherche l'or de la croyance, l'or qui donne accès à Dieu… si Dieu le veut. La démarche individuelle est stérile, à cette échelle croire ou ne pas croire est équivalent. Soi avec soi ne donne que soi, halluciné par soi et pour soi. L'homme a besoin de la communauté et de la courbure qu'elle imprime par sa masse, ses actes et ses pensées dans l'espace-temps pour interagir avec elle, pour s'éveiller à l'autre, à lui-même en retour, à l'esprit du monde, à la conscience collective, au miracle de la parole et de la communion, au mystère bouleversant de la naissance et de la mort, à l'émerveillement de la foi… si Dieu le veut. La foi n'a de sens que dans le nombre, dans la réaction en chaîne à l'intérieur d'une communauté vivante, comme l'électron n'a de réalité que dans l'atome qui lui donne existence et identité, et l'atome lui-même n'a de réalité que dans l'interaction avec d'autres atomes. Et c'est dans ces mouvements quantiques aux orbitales étranges que naissent des champs de force qui agglomèrent les atomes selon des schémas improbables pour former des chaînes de molécules, puis la matière dans son étrangeté absolue et, au bout, la vie, quintessence miraculeuse qui, à l'instar du nouveau-né, cherche aussitôt instinctivement le sein de la mère. Au triptyque d'en haut, « l'individu, la communauté, Dieu », correspond le triptyque d'en bas, « l'électron, l'atome, le champ de force ». Il est dit dans la mystérieuse Table d'émeraude attribuée au légendaire Hermès Trismégiste : « Il est vrai, sans mensonge, certain et très véritable : ce qui est en bas est comme ce qui est en haut et ce qui est en haut est comme ce qui est en bas, pour faire les miracles d'une seule chose… Le soleil en est le père, la lune est sa mère, le vent l'a porté dans son ventre et la terre est sa nourrice. »

J'ai toujours pensé, et j'y crois plus que jamais, que vivre en Dieu est la chose la plus compliquée du monde et la plus dangereuse aussi : c'est vivre au bord de précipices vertigineux, et subir chaque instant les supplices réunis de Tantale, de Prométhée et de Sisyphe ; c'est la perdition assurée pour le croyant, qui n'est qu'un homme de chair et de sang, contraint par d'impérieuses contingences liguées afin de le détourner de la voie et de la foi. Il faut s'appuyer sur une religion pour s'orienter et résister à la puissante attraction du vide et de la folie. Elle offre au novice l'expérience des pères et des sages qu'elle a accumulée au cours des siècles. Heureux les premiers qui ont suivi celui qui a dit : « Je suis le chemin, la vérité et la vie. »

Le monde dans lequel se meut l'homme, réduit aujourd'hui à sa plus simple individualité, est un monde vide ; la vie y manque d'air, de lumière et de chaleur. Que dire du sacré et de la spiritualité, ces mots désuets ? On ne les entend plus que dans les séries télévisées hollywoodiennes, qui ont fait du Moyen Âge européen en chemise de bure et cotte de mailles la nouvelle passion des fidèles du petit écran. Il y avait des chrétiens en France quand elle était une communauté ancrée dans la foi, quand elle était, selon Michelet, « une conquête de l'Église ». Il en reste encore, mais ils disparaissent les uns après les autres à mesure que ce pays de cocagne s'abandonne aux plaisirs du consumérisme et du divertissement. « France, fille aînée de l'Église, es-tu fidèle aux promesses de ton baptême ? [...] France, fille de l'Église et éducatrice des peuples, es-tu fidèle, pour le bien de l'homme, à l'alliance avec la sagesse éternelle* ? » On se pose bien des questions à son sujet : où l'Église était-elle tout ce temps ? Qu'a-t-elle fait, que n'a-t-elle pas fait ? Lui fera-t-on procès pour non-assistance à âmes en perdition ? A-t-elle été dépassée par l'ampleur de la faillite, est-elle censurée (par qui, pourquoi) ? A-t-elle, à son tour, perdu son âme ? Mais le berger a-t-il le droit de faillir ? Se peut-il que l'Église ait, comme dans l'histoire de la chèvre de monsieur Seguin, cédé aux caprices de ses ouailles ? Jésus a dit : « Tu es

* Homélie de Jean-Paul II prononcée pour le jubilé des 1 500 ans du baptême de Clovis à Reims.

Pierre et sur cette pierre je bâtirai mon Église, et les portes de l'enfer ne prévaudront point contre elle. »

Quel est ce grain de sable qui a brisé cette merveilleuse machine vieille de deux mille ans ?

Les athées désespérés comme moi sont au fond de grands croyants, à tout le moins des chercheurs tenaces de sacré et de vérité. Ils habitent longuement et avec passion les religions et les philosophies qu'ils interrogent au cours de leur vie. Mais d'échecs en déceptions, ils retombent dans l'athéisme comme solution d'attente ou comme acquis définitif lorsque le désespoir atteint chez eux la limite de rupture. Tout bien considéré, il est plus reposant d'être athée que de ne croire à rien du tout. Je suis passé par ce chemin et me voilà en rade, attendant une idée, une illumination, un secours, une médiation. Le temps passe, j'ai peur de mourir orphelin. Mais Dieu aime les orphelins.

Dans un remarquable et très touchant mail que Michel Onfray m'avait envoyé pour me faire part de ses impressions et de ses réflexions après sa retraite dans l'abbaye de Lagrasse, j'ai compris qu'il n'était hédoniste, comme il aime à le dire, que parce que la foi lui a manqué quand, dans son chemin de vie, il a eu besoin d'elle pour comprendre le monde au-delà de ce que nos sens et nos sciences nous donnent à appréhender. Un chercheur passionné de vérité et de sacré comme lui ne s'arrête pas à une philosophie, fût-elle la plus séduisante, sinon pour une courte halte, il sait que la vraie quête, la quête de l'absolu, n'a pas de fin. Il sait aussi que l'homme ne peut échapper à Dieu, l'univers est dans sa main.

Pour convaincantes qu'elles soient, les philosophies n'apportent pas grand-chose. Des codes de conduite, peut-être ? Ce sont des palliatifs dont on mesure vite l'inanité. Elles ne sont en vérité que des sujets de débats entre gens intelligents et vifs, maîtrisant l'art de la repartie, et une façon pour eux de s'étiqueter les uns par rapport aux autres et de s'éloigner d'autant du peuple, cette énergie vivante qui sourd de la terre. Ah, comme les ismes de notre époque, existentialisme et marxisme-léninisme en premier, nous avaient coûté de salive et d'empoignades ! C'était une époque où on s'agitait beaucoup ; on parlait de révolution et de la revanche des gueux, on déconstruisait à tout-va, sans trop savoir si on cherchait à croire à quelque chose ou à plaire à quelqu'un. Où, au juste, cette ivresse pouvait-elle mener, au-delà du seuil de notre porte ?

Les religions retiennent plus longtemps les chercheurs de vérité et de sacré. L'allégorie, la parabole, le symbole, dont elles usent abondamment, ne se laissent pas comprendre du premier coup. Il faut attendre. Se dépouiller de ses vieilles idées.

Longtemps désespérer avant qu'ils ne se mettent d'eux-mêmes à nous parler avec des mots d'homme ou que nous ayons nous-mêmes, entre-temps, appris la langue des oiseaux. J'ai la chance d'être né dans un pays qui a connu une longue histoire : judéo-berbère au temps des rois numides (du IIIe siècle avant notre ère au Ier siècle de notre ère), européenne et chrétienne au temps de l'imperium romain et byzantin (du Ier siècle avant notre ère au VIIe), arabo-musulmane depuis la conquête arabe (VIIe au XXIe siècles), apatride en sa maison sous la colonisation française (XIXe-XXe siècle), un pays qui a intimement vécu les trois religions monothéistes et sacrifié à chacune avec passion. Je les ai longuement questionnées. Comme je le raconte dans un de mes romans, mon enfance de gavroche sévissant à Belcourt (quartier ultra-populaire au cœur d'Alger, challenger d'un autre quartier aussi radicalement populaire, Bab-el-Oued), dans les années 1955-1962, a été un va-et-vient amusant entre les trois temples, la synagogue, l'église et la mosquée. Pour être exhaustif, il faut ajouter le stade municipal, car, dans ce quartier de pauvres déracinés et de chômeurs au long cours, le football était une vraie religion, païenne certes, mais puissamment œcuménique. Le stade était leur temple commun, le fanion du club leur signe rassembleur (« *In hoc signo vinces* » était la devise des forts en thème et en commentaires footballistiques), et les joueurs leurs icônes vivantes, combien hautes en couleur. Camus, qui était de notre quartier, appartenait à cette religion envahissante à laquelle il a beaucoup sacrifié, au poste de gardien de but et sauveur de l'honneur, jusqu'à son départ à Paris. Là, il découvrira que, dans cette ville de lumière et de beauté parfumée, il n'y avait de religion que pour les sybarites. La richesse et le succès censés consacrer la liberté et le bonheur apparaissent vite pour ce qu'ils sont, des prétentions totalitaires qui se résolvent dans l'absurde. Il l'a vite compris, raison pour laquelle, sans doute, il s'est révolté et réfugié à Lourmarin, au plus profond du Luberon.

Les frontières entre les trois religions n'étaient pas si étanches ni si étroitement surveillées, comme elles le sont de nos jours, les enfants passaient en bandes entremêlées d'un culte à l'autre, d'une fête à l'autre, et goûtaient à toutes les cuisines de tous leurs doigts sans que les adultes et les parents y trouvassent à redire. Il n'y avait là aucun irénisme volontaire, mais simplement la permissivité assumée des pauvres qui vivent à l'étroit dans des quartiers sinueux mal éclairés. Pas de quant-à-soi, c'était, ambiance Africa, l'esprit Peppone et Don Camillo dans leur quotidien commun. On ne se bagarrait pas, on riait les uns des autres avec un art très fin de la malice et de la mauvaise foi. Ici, Dieu participait pleinement à la vie communautaire. Avec ses trois casquettes, il entrait comme il voulait dans toutes les maisons. On l'écoutait peu dans le chahut familial, mais ce n'était pas grave puisque aussi bien, on parlait à sa place en le prenant à témoin. S'il avait un plan secret pour nous, nous ne le connaissions pas et ne cherchions pas tant à savoir. L'essentiel pour nos mères, et elles l'en remerciaient avec émotion, était que chaque jour la vie et le soleil étaient au rendez-vous et que les enfants tenaient bon le droit chemin.

C'est quand même drôle que des gamins d'hier livrés à la rue savaient tout des trois religions du Livre quand les adultes 2.0 de nos jours ignorent tout de ces choses, jusqu'à la religion de leurs grands-parents. C'est dans l'ignorance, la promiscuité et l'amusement que nous avons fait nos premières armes dans nos religions indigènes, le judaïsme, le christianisme, l'islam. N'était la question politique du colonialisme et de l'indépendance, qui saturait l'air, ces trois communautés n'avaient vraiment aucune raison de s'en vouloir et de se séparer. Elles avaient le même dieu, que pourraient-elles désirer de plus ? Je ne sais quoi, il y avait chez leurs ouailles, tout au fond de leurs pensées, un chant mystérieux qui les mettait au diapason. Les gens avaient bien cherché, mais, faute de trouver, ils ont élaboré des théories magiques. Le lien serait le même sang méditerranéen qui coulait dans leurs veines et cela, au fond, nous le comprenions plutôt bien, la Méditerranée était notre mère à tous, nous nous y baignions toute l'année, nous avons appris à nous confondre avec elle avant même de savoir marcher sur la terre ferme. « Je comprends ici ce qu'on appelle gloire : le droit d'aimer sans mesure », et c'est Camus, le grand amoureux de la Méditerranée, qui le dit. *Noces à Tipaza* est la plus belle déclaration d'amour qu'un homme ait pu faire à sa mer.

À les fréquenter au quotidien, on ne tarde guère à découvrir que le judaïsme et l'islam sont des frères jumeaux, des demi-frères nés d'Ismaïl et d'Isaac, ce qui a fait dire à Voltaire que « l'islam était un réchauffé du judaïsme ». Ils partagent tout : les patriarches, les prophètes, les récits, les légendes, les lois, la cuisine, la vêture, la parure, le patois berbéro-arabe, les patronymes, mais se jalousent par principe sur tout le reste. On ne sait d'ailleurs pas sur quoi au juste… La suprématie peut-être, l'un invoque le droit d'aînesse, étant né deux petits millénaires avant l'autre, et le second, la jeunesse, considérant que l'avenir lui appartenait en juste héritage. Ces chamailleries les rapprochaient plus qu'ils ne le souhaitaient ; quand on connaît l'un, on connaît l'autre et l'on n'est guère plus avancé, on peut encore longtemps continuer à les confondre. Je les ai toujours perçus comme quelque chose d'inachevé, une belle légende qui aurait tourné court. Où est le vrai Dieu dans leur affaire ? Qu'est-il devenu sous leur juridiction ? Où est la Révolution ? Où est l'Esprit saint ? Et l'Immaculée Conception, mère de Dieu ? Où est l'Amour ? Où est la Miséricorde, et la Résurrection ? S'ils les ont trouvés, on dirait qu'ils les ont égarés en chemin. Peut-on ne vivre que de récitations et de jurisprudence ? Dans ces chapelles, je me suis vite senti à l'étroit, comme forcé, surveillé jusqu'à l'épuisement par tous les juges et tous les djinns de la terre. « Pour penser, j'ai besoin de Dieu et de l'âme », écrivait la philosophe et psychanalyste Cynthia Fleury. À bien l'entendre, on comprend que dans son esprit, l'âme est l'autre nom de la liberté. Penser serait donc un acte de liberté, un fortifiant de l'âme. Que faire quand on n'a ni l'un ni l'autre, ni la liberté ni une âme à soi qu'on peut emmener paître où on veut ? C'est terrifiant de penser qu'on puisse ne jamais penser, mais seulement avoir à réciter des pensées codifiées. Nonobstant, ces religions ont créé des communautés motivées, savantes et guerrières, qui ont su bâtir de belles civilisations qui ont beaucoup apporté à l'humanité. Parce que né dans la dissidence, le christianisme a miraculeusement réussi à échapper aux juges autoproclamés et aux hommes, à leur tyrannie, à leur aveuglement, à leur tendance à tout ramener à leur ventre. Son humilité intrinsèque était son bouclier, son amour inconditionnel des pauvres sa carapace. Mais un mal le guettait, c'est son Église qui, peu à peu, s'est éloignée du peuple, de la famille, de l'individu, pour devenir une institution socio-culturelle parmi d'autres au service du pouvoir. Je crois depuis toujours et aujourd'hui plus qu'hier que la religion n'a pas pour mission de policer les sociétés, encore moins d'assurer le service après-vente des politiques gouvernementales, mais d'apaiser le cœur des hommes terrorisés par la vie et angoissés par la mort, et de les aider par la prière et le rituel à trouver le chemin du bonheur. À la politique ses problèmes, à la religion les siens et à Dieu le Jugement dernier. La mondialisation et son relativisme ravageur ont accéléré la dérive. Vatican II a répandu le wokisme et la *cancel culture* dans le monde occidental, et par contrecoup la culture de la victimisation et de la vengeance dans le monde oriental a fait le reste : les hommes indemnes sont partis chercher ailleurs les lumières, mais depuis la fin de l'histoire celles-ci se fabriquent en usine et sont marchandisées par des agences de certification dynamiques.

À tout désacraliser, à tout déconstruire, on a créé les conditions d'une faillite sans retour. Comment refaire ce qui est en miettes ? Ces gens ont-ils lu Djalal ad-Din Rûmi ? La partie n'est pas le tout, que diable ! « La Vérité est un grand miroir tombé des mains de Dieu et qui s'est brisé en mille morceaux. Chacun en ramasse un fragment et dit détenir toute la vérité. »

La mondialisation a en revanche formidablement profité aux adeptes de Mammon et aux adeptes de l'islamisme, courant rétrograde de l'islam qui prône la misère et la folie pour tous, savamment cornaqué par les pouvoirs féodaux qui régentent les pays musulmans avec l'approbation, sinon le soutien tactique, des démocraties occidentales.

L'avenir n'appartient qu'à lui-même, certes, mais il n'est nul besoin d'être un grand devin pour voir qu'il n'ira pas loin. Le feu sacré qui anime le monde est en train de s'éteindre sous nos yeux. Or, sans feu, point de vie, point de monde, point d'avenir. Nietzsche l'avait vu il y a plus d'un siècle et demi et l'a exprimé à sa manière abrupte : « Dieu est mort », et d'ajouter : « Et c'est nous qui l'avons tué. »

À ce stade, deux voies s'offrent aux désespérés que nous sommes : mourir à notre tour en emportant dans la tombe ce qui nous reste d'humanité ou nous laisser transformer plus avant en zombies heureux de leur sort. Mais le chemin de la vérité et de la vie existe, il est toujours là, avec ou sans les hommes, je veux y croire, il est possible de rallumer le feu sacré. Quelque part sur cette terre dévastée, des brandons encore chauds couvent sous la cendre, par nos soins ils pourraient s'enflammer de nouveau et venir porter notre humanité à incandescence, telle que nous la reçûmes de Dieu. Nous avons au moins ce devoir, pauvres horribles petits pécheurs que nous sommes, souffler sur les braises et prier que le feu prenne et embrasse tout.

Dans son roman *La Guerre du feu*, J.-H. Rosny aîné raconte une merveilleuse histoire, que nous devrions lire ou relire, et méditer en groupe. Il était une fois, à l'aube de l'humanité, une tribu qui avait par on ne sait quel miracle fait le premier pas sur le long chemin qui va de l'animalité à l'humanité. Elle connaissait l'usage du feu, savait le conserver, mais pas le produire. Elle profitait de ses bienfaits, mais vivait dans la hantise de le voir un jour s'éteindre et de se voir renvoyer dans les ténèbres. Après l'attaque du village par une horde sauvage, l'athanor dans lequel elle entretenait le feu, dans une grotte gardée jour et nuit, a été détruit et les braises dispersées et écrasées dans la confusion. Son mode de vie, la civilisation, dirait-on aujourd'hui, était menacé à brève échéance. Les sauvages repoussés et le calme revenu, le conseil des sages ordonna aussitôt à ses trois meilleurs guerriers de courir le monde pour trouver du feu et le rapporter au plus vite. Après mille péripéties dans le monde vibrant de mystères et de violence du Paléolithique, ils reviennent avec du feu et, mieux que cela, avec l'art de le produire à volonté en frottant deux bouts de bois sec l'un contre l'autre.

L'Église ne peut-elle faire de même, trouver en son sein une phalange héroïque qui irait par le monde combattre les forces du mal et trouver le moyen de rallumer le feu sacré ? Chaque fois au cours de l'Histoire que le mal a gagné, des hommes en son sein se sont dressés et ont su relever le défi et redonner l'espoir aux hommes.

Où sont ses preux, Augustin, Grégoire, Ambroise, Jérôme… ? Si elle ne le fait pas, qui en ce bas monde en perdition saurait le faire ? Les sectes, les islamistes, les adorateurs de Mammon, les gens livrés à eux-mêmes ? Continuera-t-elle à laisser faire ? L'urgence est signalée. De ce lointain Extrême-Orient nous vient une nouvelle et très puissante religion qui tuera Dieu pour de bon et balayera les espoirs que nous avons placés en Lui depuis des siècles. Ses bataillons sont plus nombreux que les étoiles dans le ciel, ils arrivent sur nous par la plus séduisante des voies : la route de la soie.

*

Parce que les chanoines de Notre-Dame de Lagrasse suivent la règle de saint Augustin, je voudrais ici leur parler d'un drame vécu par ma famille, en liaison directe, ou indirecte je ne sais, avec l'évêque d'Hippone. Le drame a commencé au cours de l'année 1965 et n'a jamais cessé. L'Algérie était indépendante depuis trois années et il semblait que l'ivresse de la liberté allait durer indéfiniment. On la fêtait encore comme au premier jour. On s'efforçait de rattraper les cent trente-deux années de colonisation française qui ont privé les Algériens de tout ce qui fait un peuple heureux, du pain et des jeux, *panem et circenses*. Alger devint le phare de ce tiers-monde enfin libéré, on l'appelait la Mecque des révolutionnaires. Tout ce que la planète comptait de baroudeurs, en tenue de brousse, ou portant la vareuse Mao, costume-cravate, l'uniforme militaire, ou guenilles hippies, se trouvait à Alger. On y rencontrait Mandela, Che Guevara, le général Giap, Mario Soares, les Black Panthers, Carlos, les soldats de l'IRA, les leaders africains, arabes, palestiniens et que sais-je encore. Les artistes s'y succédaient à feu roulant, donnant concert sur concert, on pouvait le même jour rencontrer dans les rues animées d'Alger Jane Fonda, Joan Baez, Bob Dylan, Brassens, Brel, Ferrat, Ferré, Fairouz, Myriam Makeba, Lamari. On se demandait comment Alger, qui n'était pas si grande à cette époque pouvait contenir tant de monde, venant des cinq continents. Mais l'Algérie était riche et fervente de cœur, et, comme on le sait, n'est vraiment riche que celui qui sait gaspiller sans regarder. Comme l'Église jadis, l'Algérie accordait l'asile à qui le demandait, à la condition qu'il soit anticolonialiste, anti-impérialiste et antisioniste, et qu'il ait un discours bien rodé.

Avec mes frères et nos amis du quartier, nous avons apporté notre part à l'ivresse nationale, on ne voyait pas le temps passer, toujours à courir d'un meeting et d'un spectacle à l'autre.

Le jour de l'indépendance, une collègue pied-noir avait dit à ma mère : « Djidja, ma bonne amie, nous allons prendre le bateau pour la France, car nous avons peur d'être égorgés par le FLN, je te laisse notre appartement, occupe-le pour empêcher qu'il soit volé par les gens du FLN. Si la situation s'améliore, nous reviendrons, sinon l'appartement est à toi. » Elle ne revint jamais. C'est ainsi que nous avons quitté notre petite chambre de Belcourt attenante à la synagogue du quartier pour ce vaste appartement de trois pièces au centre-ville, avec balcon, salle de bain, cuisine, eau à l'évier et gaz de ville au robinet, entièrement meublé. Dans le salon, il y avait une bibliothèque contenant une belle collection de bibelots et une petite dizaine de livres. Parmi eux, les *Confessions* d'un certain Augustin d'Hippone. Ce livre que nous avons fini par lire allait bouleverser notre petite vie. De proche en proche, nous sûmes que cet homme était un Algérien, né en Algérie comme nous, qu'il vivait au temps des Romains et qu'il avait été un grand révolutionnaire. Adopté.

Ce livre fut la cause, directe ou indirecte, je ne sais, de la perte de notre frère. Il avait quinze ans. Il ne connaissait rien d'autre au monde qu'Augustin. Il voulait absolument devenir chrétien comme lui. Ma mère, qui n'était pas contre, lui faisait la même flegmatique réponse, il avait toute la vie devant lui pour y penser. Il avait trop de passion en lui pour attendre, il alla clandestinement se jeter dans les bras des Témoins de Jéhovah qui avaient fait de l'Algérie un nouveau terrain de conquête. Ils frappaient à toutes les portes et moissonnaient à pleines brassées. En un rien de temps, ils le détournèrent d'Augustin et le convertirent au dogme de l'Américain Charles Russel.

Nous remarquâmes des changements en lui, mais sans plus, l'adolescence n'est pas un âge facile à comprendre.

Inquiété par leur succès, et le nombre croissant des plaintes de parents qui voyaient leurs enfants se perdre dans le néant, le gouvernement sortit la matraque et ordonna aux Témoins de Jéhovah de quitter le pays sous huitaine, passé ce délai ils seraient déclarés contre-révolutionnaires et traités comme tels. Ils quittèrent aussitôt le pays et leurs victimes aussi, dont notre frère. Il ne reviendra jamais plus en Algérie et restera Témoin de Jéhovah jusqu'à sa mort, dans les années 2010. Nous ne l'avons plus revu. Nous apprenions de loin en loin, toujours par ouï-dire, qu'il avait fait du porte-à-porte en France et en Afrique, puis, ayant pris du galon, il avait rejoint la direction aux États-Unis. Pour lui, nous étions des mécréants, membres de Babylone la Grande, nous parler était un péché mortel. C'est triste. Et dire que son projet initial était de ressembler à Augustin d'Hippone et de partir en juste guerre contre les schismatiques manichéens, donatistes et autres pélagistes.

Le gouvernement ferma la porte aux Témoins de Jéhovah, mais l'ouvrit toute grande aux Frères musulmans, qui arrivaient en masse d'Égypte, chassés par Nasser. Son idée était qu'un peu d'islam et de discipline ne nous ferait pas de mal, qu'au mieux il nous rendrait sourds aux chants des sirènes occidentales. Une autre guerre en perspective, qui commencera chez nous dans les années 1990, puis peu à peu gagnera le monde. Mais ceci est une autre histoire.

*

J'ai accueilli avec une immense joie l'invitation qui m'a été faite de venir séjourner trois jours dans l'abbaye de Lagrasse et témoigner par écrit de cette expérience. Hélas, les circonstances ne m'ont pas permis d'y répondre, la Covid-19 s'est emparée de nos agendas et a tout renvoyé à des jours meilleurs.

J'attends ce jour comme un fiancé attend de rencontrer sa promise. J'aurais beaucoup de choses à méditer dans la cellule qui m'attend dans l'abbaye. Je penserai aussi à mon jeune frère qui avait si bien commencé son chemin avec Augustin pour le finir chez les Témoins de Jéhovah, comme d'autres ont commencé avec la lutte pour la libération du pays pour finir en bourreaux de son peuple.

Frère Boualem Sansal
athée en recherche de Dieu.

« Eli, Eli, lema sabachtani »

Simon Liberati

Il est là, crucifié à mon chevet, un grand christ byzantin comme je n'en ai pas eu depuis longtemps en ma compagnie. Dormir dans une abbaye impose de partager sa cellule avec ce compagnon. Au demeurant, il n'est pas gênant, il ne dit rien... « Le silence de Dieu », selon saint Augustin. Les chanoines m'ont suggéré d'écrire sur lui, car aucun de mes camarades n'en a parlé. L'un d'eux, qui est aussi mon ami, a prétexté qu'il ne pouvait pas écrire sur Jésus, car il l'aimait bien mais il n'y croyait pas. Moi, c'est plutôt le contraire. Je ne l'aime pas beaucoup, ce Juif aux cheveux longs, mais j'y crois. J'y reviens en général quand je suis au bout du rouleau. Il m'est arrivé de le supplier à genoux dans une chambre d'hôtel voilà quelques années.

J'ai passé mon enfance dans les abbayes, chez les bénédictines de Sainte-Scholastique. Enfant, j'avais la foi du charbonnier, j'en ai gardé quelques lambeaux. Des écorchures, je me méfie instantanément de toute personne qui dit du mal de l'Église catholique. J'espère aussi la résurrection des corps (surtout dans mon pays de champs de bataille cernés de cimetières militaires) et je crains un peu l'enfer, surtout quand je pense aux dernières heures de Néron, de Faust ou de Judas.

En dehors du brigand torturé de Matthias Grünewald, que j'ai découvert vers l'âge de vingt ans en lisant Huysmans, la figure du Christ que j'ai préférée de tout temps depuis l'enfance (à l'époque du charbonnier) est le spectre magnifique photographié aux rayons X sur le saint suaire. Il était posé sur la bibliothèque de ma chambre. Mon Jésus préféré est plutôt celui de la fin. Du jardin des Oliviers à l'agonie.

Dans l'évangile de saint Matthieu (15, 46), j'ai retrouvé la très belle phrase, reproduite dans la Vulgate en version originale, du syro-chaldéen si ma mémoire est bonne : « *Eli, Eli, lema sabachtani* », ce qui se traduit en latin par « *Deus meus, Deus meus, ut quid dereliquisti me* », et en français par « Mon Dieu, mon Dieu, pourquoi m'as-tu abandonné ». Dans mon souvenir, le Crucifié disait : « Mon Père, mon Père », et non pas « mon Dieu ». Cet évangile, je l'ai entendu enfant (à l'époque du charbonnier) la nuit du Vendredi Saint, au milieu des encens et des flammes de bougies. C'est de cette époque que me vient le goût de la nuit, et de la peur. Ma plus grande peur était alors de perdre mon père, ou qu'il disparaisse et ne réponde plus à mes appels. Un chanoine, le père Jean-Marie, vient de m'apprendre qu'il s'agit d'une citation, une reprise du psaume 21. Après, c'est le moment de l'éponge au vinaigre.

Une des choses qui m'ont tenu à distance de l'Église à l'âge bête de la jeunesse (âge qui s'est prolongé bien après cinquante ans) est l'hébreu. Je n'aimais que le latin, Rome, les catacombes et le cirque, les martyrs, les lions, sainte Blandine. J'aimais le Moyen Âge, les croisades, l'Inquisition, les mystiques espagnols, Bossuet, la Contre-Révolution, Joseph de Maistre, sainte Thérèse de Lisieux… L'hébreu me bloquait, j'avais un rejet de l'Ancien Testament. Je préférais le culte marial, La Salette, à tous les Yahvé, Jéhovah et Elohim du monde. Abraham, Moïse ou Salomon m'étaient des mots antipathiques. Peut-être parce que je m'appelle Simon et que je n'aimais pas beaucoup mon prénom, pas plus que celui de Pierre, dont le reniement me rappelait ma propre lâcheté.

Aujourd'hui j'ai changé, depuis peu. Depuis qu'une jeune Hébreuse a chanté pour moi *a capella* les prières de sa religion. De sorte que Jésus s'est un peu rapproché de moi. Du moment que des phrases prononcées depuis des millénaires le sont encore par une jeune fille, elles sont belles à mes oreilles.

La phrase désespérée qui me plaisait tant, parce qu'elle évoquait ma propre terreur de perdre mon père (à l'époque du charbonnier), mais aussi, au fil de ma vie plus simplement, le désespoir mondain auquel j'ai été souvent confronté, ce désespoir ordinaire, bien porté, que j'ai rencontré chez tous mes compagnons de débauche, je veux maintenant la répéter dans le texte en syro-chaldéen : « *Eli, Eli, lema sabachtani* », langue qu'employa le crucifié au lieu de l'hébreu du psaume « *Lamma Hazabthani* ».

Ce verset 46 du chapitre XXVII de saint Matthieu a fait couler de l'encre. Je possède une Bible du XIXe siècle éditée sous la direction du chanoine Drach, un converti qui combat Renan et le rationalisme. Elle n'est pas dans le goût moderne, mais bien annotée sur vingt-trois volumes.

« Désespéré ». Je découvre avec horreur dans les notes de la Bible Drach que tel était le commentaire de Julien l'Apostat et des rationalistes du XIXe siècle. Non, Jésus n'est pas désespéré. Comment allier le désespoir au mystère de l'Incarnation ? Bossuet a une interprétation différente : « Notre Seigneur se sent tellement délaissé de Dieu qu'il semble qu'il n'ose plus l'appeler son père, comme auparavant : il ne le nomme que son Dieu… Ce n'est plus celui qui disait : "Mon Père, je sais que vous m'écoutez toujours" (Jn, 21, 42). C'est un Dieu offensé qui refuse de l'entendre, et il demeure destitué de toute assistance. » Le mot « Eli » exprime plus d'éloignement et de sévérité que le mot « Elohim ». Le commentateur de ma Bible continue, appelant à son secours, après l'évêque de Meaux, un Père de l'Église, saint Grégoire de Naziance. Les paroles du Christ n'expriment ni l'impatience, ni le désespoir, mais elles révèlent en Notre-Seigneur un état qui est la conséquence de nos péchés assumés par lui, la déréliction, non le désespoir. Jésus-Christ est donc abandonné de la sorte parce qu'il représente l'humanité coupable, et de nouveau, selon Bossuet : « Pour entendre comment Jésus-Christ, qui est la sainteté même, a pu devenir pécheur, il faut se souvenir avant toute chose qu'il ne l'est pas devenu par une sainte fiction, mais selon la vérité de cette parole Dieu a mis sur lui l'iniquité de nous tous (Is 56, 6). Il est victime pour le péché, tout pénétré de péché, péché lui-même, pour ainsi dire. » Pour racheter le péché, il doit donc en subir les deux peines, celle du sens que le psaume 21 décrit plus loin, et celle du dam, la principale et la plus cruelle, dont il se plaint tout d'abord. Selon Bourdaloue : « Ce délaissement et cet abandon de Dieu est en quelque sorte la peine du dam, qu'il fallait que Jésus-Christ éprouvât pour nous tous… Il fallait que la réprobation sensible de l'Homme-Dieu remplît la mesure de la malédiction et de la punition qui est due au péché. »

Dans le psaume 21, annonce messianique des souffrances à venir pour le Christ, ce psaume que crie Jésus sur la croix, démontrant par là que la promesse de l'Ancien Testament est accomplie, il y a dans le verset 2 (celui cité par Jésus), après le « Ô Dieu, mon Dieu ! Regardez-moi, pourquoi m'avez-vous délaissé ? », une suite qui est : « Les paroles de mes péchés sont bien éloignées de mon salut. » La traduction (ici de Bossuet) est parfaitement fidèle au texte latin : « *Longe a salute mea verba delictorum meorum.* » L'hébreu a un autre mot, plus fort, pour évoquer les « paroles » du pécheur, c'est le mot « rugissement ». Les *rugissements* de mes péchés sont interprétés par les commentateurs comme une image des cris inarticulés exprimant une intense douleur.

Lorsque le père Louis-Marie m'a invité à Lagrasse pour passer trois jours en clôture avec les chanoines de saint Augustin, je n'ai pas rugi, j'ai tout de suite accepté, repoussant toutefois ma visite assez loin, je suis d'une nature à la fois impulsive et précautionneuse. La date s'approchant, j'ai été pris d'insomnies, comment pourrais-je m'enfermer dans un couvent, moi qui, comme je l'ai dit plus haut, ai passé les plus heureux étés de ma vie chez les sœurs de Sainte-Scholastique, à l'ombre de la Montagne noire, à quelque distance des Corbières ? Les cinquante années qui s'étaient écoulées depuis l'époque du charbonnier ne m'avaient pas rapproché de l'Église. À moins de considérer les ruines de l'abbaye cistercienne contre laquelle je vis, l'oculus géant, œil de Dieu vidé de son vitrail, à travers lequel je regarde le ciel en écrivant, comme la preuve d'un attachement instinctif aux ruines de ma foi. Mes livres, sans exception, n'étant que les paroles de mes péchés. Des rugissements. Les dernières années ont empiré mon exil, dans l'état où m'avait réduit ma fuite en avant, je ne me sentais pas le courage de retourner sur les lieux de ma jeunesse. L'enfant d'autrefois me regardait dans l'ombre, comme le frère du fils prodigue sur une eau-forte de Rembrandt. J'ai appelé Lagrasse et j'ai annulé. Mais les chanoines sont têtus, j'ai compris en les rencontrant qu'ils étaient de patients psychologues ayant l'habitude des détraqués.

La première nuit dans mon petit lit à une place sous le grand christ, les *Confessions* de saint Augustin et une bouteille de whisky à mon chevet, j'ai cru que je ne tiendrais pas.

Je me suis levé, je suis sorti dans de vastes galeries à peine éclairées où s'alignaient les livres par milliers, bien classés, contrairement aux miens, j'ai descendu les marches de pierre de l'escalier, passé un petit corridor qui m'a conduit à la tribune de l'église. Je n'avais encore assisté à aucun office, je ne connaissais pas le lieu où j'étais assis, et pourtant son odeur, l'atmosphère autour de moi m'étaient familières. Je me remémorais les nuits atroces traversées à l'époque où je me droguais, mes nuits dans des hôtels, mes cris au matin, je disais : « Seigneur, aie pitié de moi ! » alors qu'il était bientôt l'heure de descendre à la réception et de quitter la chambre. Si, comme dans une nouvelle d'Hoffmann, il y avait eu une porte dérobée à l'intérieur de l'hôtel qui ouvrait, non sur une loge de théâtre comme dans la nouvelle d'Hoffmann, mais à la tribune d'une église, j'aurais été heureux.

Ma situation s'était donc améliorée.

Je restai assis sur le banc de bois, dans la pénombre. La lumière rouge du saint sacrement brillait quelque part. C'était la première fois que je me tenais dans une église aux basses heures de la nuit, celles où je me réveille dans l'angoisse et le remords, pensant à toutes sortes de choses gaies, ma vieillesse qui approche, mon père qui doit mourir. Sans parler de toutes les mauvaises actions que j'ai commises et qui s'accumulent comme mes dettes et mes ennemis. C'est à cette heure que le démon m'a toujours suggéré de me pendre sans jamais se lasser. Il est patient, moi aussi. Ma lâcheté, la peur de l'enfer, l'amour que j'ai pour ma mère, mon père, l'existence d'un seul être que j'aime et qui m'aime, me gardent tant bien que mal. Au moins ici, je me sentais tranquille. Les lieux consacrés ont un effet apaisant. Sans doute la vieille tradition d'accueillir les brigands. Je ne priais pas, mais je restai là un bon moment. L'homme intérieur prenait l'empire sur l'homme extérieur.

Je devais être « presque saoul », aurait dit Francis Bacon, maître moderne des crucifixions, j'attendais que quelqu'un vienne. Je lui aurais parlé. J'aurais essayé de lui expliquer, à cet inconnu nocturne, comment j'en étais arrivé là. Comment ma vie que je croyais contrôler, avec tout mon désir de maîtrise, m'avait échappé. Une confession, non, car je n'attendais pas de pardon, le grand défaut humain, ne pas vouloir qu'on lui pardonne, plutôt un épanchement. Peut-être au fond était-ce une manière de prière, une prière qui ne disait pas son nom.

Personne, j'étais seul. L'image du corps de Sharon Tate, l'actrice assassinée en 1969 à cause d'un homme que ses disciples prenaient pour la réincarnation de Jésus-Christ, me vint à l'esprit. Cela m'arrive souvent de penser à Sharon Tate, dont la photo du cadavre supplicié orne un mur de mon bureau, au-dessus d'une liseuse anglaise tapissée de velours vert. Rien de sexuel, la compassion et le goût des cadavres. La méditation sur le cadavre a toujours fait partie de ma vie, depuis qu'un commissaire de police à Nice, dans les années 1970, ami d'école de mon père, m'avait montré des photos d'une prostituée égorgée.

Je me lève du banc, péniblement, titubant, alourdi par l'âge, et je retourne dans ma cellule fermée par deux portes. Il est toujours là, pendu au-dessus de mon lit, ce corps d'homme supplicié.

À bien y réfléchir, le goût qui est le mien pour les descriptions de cadavres ou d'agonie, goût dont j'ai plusieurs fois fait montre et plus particulièrement, de manière plus visible, avec la mort de Sharon Tate et de ses amis, mais aussi en mineur autre part, mes personnages vivant une sorte d'agonie prolongée, ce goût me vient des messes du Vendredi Saint, et de la lecture de saint Matthieu.

La nuit, ces messes dites dans les ténèbres où la dernière bougie s'éteint au moment où, après qu'on lui a humecté les lèvres de vinaigre, le Christ expire, disant : « Tout est accompli » ; ces leçons de mort furent, je m'en aperçois à l'âge que j'ai atteint, au centre de ma vie morale et artistique.

Pendant une dizaine d'années, de 1965 à 1976, j'ai entendu tous les Vendredis Saints ces mots que j'ai répétés plus haut, et la Croix arme secrètement mon être. Pas seulement le bois, les clous, mais le cadavre lui-même, lorsque ceux qui ont bravé leur peur et leur désespoir le déclouent pour aller lui rendre les derniers soins suivant le rite juif.

Relu le décrochage du Crucifié, la « descente de croix », selon la belle expression ordinaire utilisée dans l'art religieux. J'en ai trouvé une description détaillée dans *La Vie de Notre-Seigneur Jésus-Christ* de Louis Veuillot (1864), ce publiciste catholique dont j'ai un livre curieux sur les odeurs de Paris. Veuillot paraphrase les Évangiles, oubliant toute la littérature postérieure et les traditions non canoniques, il en fait une synthèse qui a le mérite d'être claire.

C'est un membre du Sanhédrin, Joseph d'Arimathie, qui se présenta à Pilate pour lui demander le droit d'enterrer Jésus-Christ, il était accompagné de Nicodème, un collègue au Grand Conseil. La coutume romaine voulait que les cadavres des suppliciés restent accrochés à leur croix plusieurs jours, livrés aux oiseaux, jusqu'à ce qu'on les brûle. Pilate accorda à ce Juif riche et respecté d'observer la coutume israélite et de l'enterrer le soir même. On peut supposer que le gouverneur romain se sentait coupable d'avoir laissé tuer un innocent et qu'il cherchait à réparer jusqu'à un certain point sa faiblesse.

Les deux membres du Sanhédrin se rendirent ensuite au Calvaire pour donner à Jésus-Christ les soins que leur loi prescrit pour la toilette des morts. C'est Nicodème qui, aidé d'une échelle, arracha les clous du bois de justice. Ce n'était pas une besogne facile.

J'ai souvenir de certaines peintures célèbres qui représentent cette scène en détail.

Veuillot précise que la Sainte Vierge recueillit les clous teintés du sang de son fils. Puis, une fois le corps descendu, elle le prit dans ses bras et posa sa tête sur son sein.

Dans l'appartement de deux pièces qu'occupaient mes parents, en pendant de la photographie du saint suaire posé sur ma bibliothèque, se trouvait sur celle de mon père une reproduction en couleurs de la Pietà d'Enguerrand Quarton, autrefois accrochée à la chartreuse de Villeneuve-lès-Avignon et aujourd'hui au Louvre, dans ces salles de peintures françaises que je ne manque jamais de visiter à chaque fois que je mets les pieds au musée. C'est un des plus beaux tableaux que je connaisse sur le sujet, avec le Christ mort d'Holbein au musée de Bâle.

La position de ce mince corps mort sur les genoux de sa mère, une légère disproportion donne à la mère une taille supérieure à celle de son fils, la tête couronnée d'épines soutenue par les mains de saint Jean (détail qui se trouvait sur l'image de mon père), tout cela m'a forgé. J'en retrouve une trace dans une description que j'ai faite d'une autre actrice morte, dont le cadavre désincarcéré du camion qui l'avait écrasée est recueilli pieusement dans les bras d'un jeune homme.

À mon deuxième jour en clôture à Lagrasse, dans ce paysage sec naturellement rafraîchi par des vents permanents, entouré de ces quarante-deux chanoines qui obéissent à des règles monastiques datant de la fin du paganisme, j'arrive petit à petit à dégager ce qui fait le cœur de ce que je pourrais appeler ma foi, si le diable esthétique ne l'avait emporté. Les deux jours qui séparent l'agonie de Jésus de sa résurrection. Le moment de doute, de désespoir qui a dû envahir le cœur de tous ces gens qui avaient suivi le Nazaréen et qui se retrouvaient sans rien, abandonnés de Dieu ; vivant leur dernier sabbat dans cette attente douloureuse du Dieu absent qui caractérise la foi juive.

Je commence à comprendre ce que mon camarade, toujours plus vif que moi, a voulu dire en disant qu'il n'y croyait pas. On peut croire à la mort de Jésus, on peut se complaire à la description de son agonie, courir tous les musées du monde pour admirer la plus belle peinture de cadavre, le bois sculpté le plus émouvant – je pense à certains Christ allemands du XIIIe ou du XIVe siècle, semblables à ces bois torturés dont Dante habille la forêt des suicidés dans l'Enfer de sa *Divine Comédie*, sacrilège, on peut partager les souffrances du condamné, de l'agonisant, de celui qui rugit « Pourquoi m'as-tu abandonné », on peut partager le désarroi et l'affliction de ses disciples, de ceux qui ont pris soin de lui après sa mort, compatir, se lamenter, mais il est infiniment plus difficile de croire qu'il a ressuscité.

D'ailleurs, en relisant saint Matthieu, je suis frappé du caractère évanescent ou au contraire trop incarné, impersonnel, du personnage de Jésus réapparu. Il est frappant de redécouvrir à quel point les gens, même les intimes, ne le reconnaissent pas. Je me souviens qu'enfant déjà je trouvais bizarre ce retour progressif, assez bien ficelé au point de vue de la dramaturgie, mais qui manque de merveilleux, malgré la présence des anges, et aussi, l'étonnante simplicité de celui qui se fait reconnaître comme Jésus ressuscité, une simplicité un peu bourrue, paysanne. Au fond, j'étais déçu que le mort ne soit pas mort, ou que cette mort fût atténuée, que ce désespoir qui me plaisait tant fût atténué au sens dramatique et non, évidemment, chrétien, par le mystère de la Résurrection. J'étais déjà sur la pente qui m'a mené à aujourd'hui.

Un chanoine, le père Michel, qui s'occupe ici de guider les vocations, m'a dit une phrase intéressante : « Il est très difficile d'accepter l'idée d'être aimé de manière désintéressée. » Il me parlait de ces jeunes gens fervents qui veulent mériter l'amour de Dieu, ils visent trop haut. L'amour de Dieu ne se mérite pas.

« Ô âmes, qui participez à cette désolation de Jésus-Christ, qui vous enfoncez d'abîme en abîme, si loin de Dieu, ce vous semble, et tellement séparées de lui par ce grand chaos, que votre voix ne peut parvenir à ses oreilles, comme si vous étiez dans l'enfer ! Je vous remets entre les mains de Jésus-Christ, qui vous donne son fiel à manger, son vinaigre à boire, sa désolation à porter. Il est avec vous ; et s'il ne veut pas se faire sentir, c'est là votre épreuve » (Bossuet, *Commentaires sur l'Évangile*).

Parlé hier avec ma mère. Elle qui fut catholique fervente depuis sa conversion en 1965 est d'accord avec moi. C'est le mystère de la Résurrection qui tient tout l'édifice et qui crée le doute lorsque la foi faut. À force de réfléchir encore la nuit précédente, je me suis persuadé que la question qui compte n'est vraiment pas de savoir si on croit en Jésus-Christ. Tout atteste son existence, même Tacite. Sa passion, ses souffrances excitent la compassion, on peut aimer ses paroles – pour ma part, les paraboles m'ennuient –, apprécier son courage ou même sa violence, les marchands chassés du temple ou Judas qui s'entend dire à table : « Il vaudrait mieux que tu ne fusses jamais né », ses cris sur la croix sont admirables, le problème n'est pas là, le problème, l'unique, c'est de croire en sa résurrection.

Plus je réfléchis, plus j'ai du mal avec le Jardinier de Marie-Madeleine. Le Salut, c'est la foi, et la foi, c'est le Jardinier, quant à la foi du charbonnier, celle dont je me vantais au début, elle se dissipe dès que le charbonnier réfléchit trop au sujet du Jardinier. Ma mère me conseille de lire saint Paul.

La fameuse phrase de Proust sur la souffrance, après la disparition d'Albertine, me revient : « Comme la souffrance va plus loin en psychologie que la psychologie. » Il en est de même pour la foi. La souffrance la forge. Je pense aux premiers martyrs et au dernier sabbat. Celui qui commença après que Joseph d'Arimathie eut fait refermer la pierre. On était vendredi soir, c'était le dernier sabbat pour les futurs chrétiens, celui qui précéda la venue du Messie. Je pense à l'état d'esprit des disciples, des femmes et de tous ceux qui avaient suivi Jésus et l'avaient cru. Redevenus des Juifs comme les autres, à la différence de la souffrance peut-être plus grande, due à un espoir qui pouvait être déçu, qui avait même de grandes chances de l'être.

J'ai lu dans Louis Veuillot, sans retrouver la source, que saint Augustin prête une valeur prophétique à la phrase de l'Ancien Testament sur le repos de Dieu. Le passage de la Genèse 2, 2 est, sauf erreur de ma part, une lecture du Samedi Saint. Dieu ne se repose pas, il est toujours en action, ce repos de Dieu le septième jour serait donc la prophétie de celui du Messie, ce sabbat passé dans le caveau de Joseph d'Arimathie, derrière la pierre. Louis Veuillot : « Enseveli, le Christ complète l'enseignement qu'il veut donner et il ajoute une grâce à toutes celles qu'il a données. Pour ressembler davantage à l'homme, il prend l'humiliation inévitable du linceul, du suaire et du tombeau ; par miséricorde pour l'homme, en la prenant, il lui en ôte l'horreur. Cette nuit où il faut passer, il y a passé, nous l'y retrouvons encore ; ce chemin qu'il faut prendre, c'est encore un de ses chemins, il conduit à Lui. »

Si j'étais encore un enfant à l'époque du charbonnier, je poserais une question simple : qu'a fait le Christ pendant qu'il était au tombeau ?

Sans doute était-il mort. Sans quoi le mot « résurrection » n'aurait pas de sens. Du vendredi vers trois heures de l'après-midi à l'aube du premier jour de la semaine juive, notre dimanche, durant tout le dernier sabbat, le Christ était donc dans l'état où l'a peint Holbein dans le très beau tableau du musée de Bâle. Un cadavre aux doigts gris-bleu, aux pieds et aux mains percés et boursouflés, au visage pâle et émacié, bouche entrouverte, semblable au masque mortuaire que portent les vieillards quand ils dorment. De ce Verbe qui s'était fait chair, il ne restait plus, enveloppée dans le suaire, que la chair crispée par la rigidité cadavérique. Pendant plus d'une trentaine d'heures, les disciples de Jésus furent donc dans l'affliction et dans le doute. À peu près l'état dans lequel celui qui eut la foi du charbonnier et la perdit se condamne à passer sa vie.

L'autre mort du repas des treize, de la dernière Cène, était Judas, dont on dit (Matthieu) qu'il se pendit avant la mort de Jésus.

J'ai relu Matthieu (26, 24), la phrase : « Il aurait été bon pour lui qu'il ne fût pas né », sentence terrible venant de la bouche divine, n'est pas adressée directement au traître, mais elle est lancée à la cantonade par Jésus. La phrase se place avant que Judas ne demande : « Est-ce moi, rabbi ? » et que Jésus lui réponde : « Tu l'as dit. » D'après les commentateurs, la menace aurait pour but de donner une dernière chance à Judas. Le mystère reste complet.

Jean dans son Évangile propose une autre version de la Cène. Jésus donne une bouchée à Judas, et à ce moment Satan entre en lui. Mystère plus grand encore. J'ai regardé le Wikipedia de Judas, il est, comme le note le préambule à la notice, « confus » et demanderait à être réorganisé. J'ai découvert que, pour des raisons diverses, beaucoup nient son existence, attestant que Judas n'est présent ni dans l'Évangile de Luc, ni dans l'Évangile de Marc. Ma vieille écorchure se rouvre, je n'aime pas ces gens. Ils puent. Pour que le reniement de Pierre et son repentir prennent toute leur force, il faut le désespoir de Judas.

Je suis touché par la version que donne Louis Veuillot de ses dernières heures. On dirait la fin solitaire et nocturne de Néron (la Bête, autre hôte de choix de l'Enfer) dans Suétone. L'errance malade qui précède le suicide est bien rendue. L'homme malade, bafouillant de regret, puis de remords, mais sans vrai repentir, car rendant les trente deniers il demande aux prêtres du temple la libération du « juste », le mot atteste sa pire faute, qui est de ne pas croire en la divinité de

Jésus. Il bredouille, jette par terre son pauvre magot, sous les moqueries des méchants, et sort, errant dans les rues de Jérusalem, parlant seul comme un fou sans que personne l'écoute. À la différence de Pierre, qui se repentit après son reniement. Judas, que je confondais enfant avec Jude, le saint dont mon saint patron, Simon, partage la date calendaire (le 28 octobre), Judas ne me touchait pas particulièrement à l'époque du charbonnier. Aujourd'hui, après toute une vie, je ne dirais pas qu'il me hante, mais que je pense souvent à lui aux pires heures de la nuit. C'est son souvenir qui m'a toujours fait juger que le suicide par pendaison n'était pas une bonne chose pour mon âme, à supposer qu'elle me survive. Ce que je suppose quand même parfois, n'étant pas aussi sombre qu'un ami très proche, il s'appelait Pierre, mort il y a deux ans, et qui, pendant notre conversation ultime, la dernière fois que je le vis, me dit qu'il ne croyait à aucune vie après la mort et qu'il partait dans le néant. J'entends encore le mot « néant » dans mes oreilles et il m'en monte au moment où j'écris cela les larmes aux yeux. Je crois lui avoir affirmé que je n'étais pas d'accord.

Dans l'Évangile de Jean (13, 30), une fois que Satan eut pénétré Judas et que celui-ci fut sorti de table, Jean conclut par une phrase lapidaire : « *Erat autem nox* », tragique brièveté que saint Augustin commente d'une manière tout aussi lapidaire : « *Erat autem nox, et ipse qui exivit erat nox.* »

La nuit dans laquelle baigne celui qui eut la foi du charbonnier et qui l'a perdue, cette nuit des Corbières, percée de milliers d'étoiles, est douce et triste en même temps. Qu'est-ce que ma loi morale ? Je ne sais. Ne croyant plus vraiment en la loi éternelle, je ne peux pas me tourner vers la morale laïque, celle dont nous bercent les gens qui nous gouvernent. Voilà des années que je mène une étrange vie où la littérature tient lieu de religion et l'amour pour certaines personnes, l'ouverture au monde, d'une forme de charité. Joseph de Maistre dit, au début des *Soirées de Saint-Pétersbourg*, qu'aux cœurs pervers « il n'est ni de belles nuits, ni de beaux jours ». Je n'en suis pas là, une petite lumière me guide. J'arrive à avancer petit à petit. Encore une minute, monsieur le bourreau !

La lumière des étoiles n'est pas la seule qui m'émeuve, en vieillissant je deviens de plus en plus sensible à la vie, la vie naturelle des enfants, des animaux, la vie des plantes, la vie silencieuses des rochers et des lichens. Ce n'est pas comme je l'ai craint, le regret de ce que je ne verrai plus, bientôt, mais une forme de joie dont je crois qu'elle me survivra. Le Faust de Marlowe se retournant vers Pythagore au moment d'être emporté par les diables supplie le ciel de devenir semblable à la pluie et aux nuages. Saint Augustin, pour qui la contemplation de la nature, l'émerveillement devant la beauté de la création, cette intelligence des choses d'ici-bas, ne doivent conduire qu'à l'amour de Dieu, saint Augustin m'éclaire peut-être un peu sur la voie à suivre.

« Tolle lege, tolle lege… »

Xavier Darcos, de l'Académie française,
Chancelier de l'Institut de France

Prends et lis ! On ne peut imaginer meilleur conseil à donner au voyageur qui s'apprête à prendre le train et qui craint de s'y ennuyer. Pour voyager jusqu'à l'abbaye de Lagrasse, il faut en général prévoir quelques heures de lecture. Quel livre prendre et que lire ?

Celui qui se rend à une invitation des chanoines de saint Augustin sera plus enclin à emporter les *Confessions* de l'évêque d'Hippone que celles de Jean-Jacques. Point de vicaire savoyard chez les chanoines de l'Aude. Mais il y a fort à parier qu'un exemplaire des *Confessions* de saint Augustin sera disponible dans chaque cellule où l'abbaye accueille ses hôtes. On les relira donc là-bas, dans cet environnement inspirant.

À la place, pourquoi ne pas emporter le *Génie du christianisme* ? Chateaubriand s'y emploie à montrer comment les « beautés de la religion chrétienne » sont les véritables héritières de l'Antiquité, et il y consacre quelques belles pages au chant grégorien. Pour se rendre dans une région si profondément marquée par la romanité, et dans une abbaye si fièrement attachée à l'Église romaine, la tentation est grande de s'en saisir et de s'y replonger. Par malheur, dans la collection de la Pléiade, le *Génie* est dans le même volume que l'*Essai sur les révolutions* : pages quelque peu détonnantes pour méditer dans un saint lieu dont la révolution n'est pas la spécialité. Une autre « Pléiade » s'impose davantage : la magnifique *Anthologie bilingue de la poésie latine*, parue en 2020. Je la prends avec moi, car j'y trouve, à travers la poésie, cette continuité de la latinité de siècle en siècle à laquelle je suis attaché et que je vais rechercher à Lagrasse.

Mais j'ajoute à mon bagage un autre volume. Un livre de Marcel Pagnol, et pas n'importe lequel. Il y a quelques années, les Éditions de Fallois ont eu la bonne idée de rééditer sa traduction des *Bucoliques* de Virgile – car Pagnol avait plus d'une corde à son arc, et sa Provence est fort latine.

En ouverture de cette réédition figure un texte où Marcel Pagnol raconte l'anecdote suivante : quelque temps après la parution de sa traduction de Virgile, il se trouvait dans le wagon-restaurant d'un train, sans doute entre Paris et Marseille. Un homme s'assied en face de lui pour déjeuner. La suite de la conversation révélera qu'il est viticulteur. L'homme, d'abord silencieux, le regarde fixement, avec un air sérieux et même un peu dur. De toute évidence, le voyageur a reconnu Marcel Pagnol. Après un long silence, l'homme prend la parole et, sans préambule, lui dit gravement : « Si vous aviez scandé le vers, vous auriez vu que *aeria*, dans la première églogue, est un ablatif qui ne s'applique pas à *turtur*, mais à *ulmo*. » Surpris, Pagnol ne se laisse cependant pas désarçonner. Il répond au savant viticulteur que, dans la seconde églogue, on retrouve *aeriae palumbes* et que, de palombe à tourterelle, il n'y a pas si loin. L'homme prend alors un stylo à bille et écrit le vers sur la nappe même du restaurant, le scande et ne veut pas en démordre : c'était un ablatif. Trois jours après ce voyage, Pagnol reçoit une lettre d'un industriel qui lui écrit pour lui faire exactement le même reproche. Ébranlé, Pagnol consulte alors le latiniste et historien Jérôme Carcopino, qui donne raison à l'industriel et au viticulteur du train Paris-Marseille.

Imagine-t-on pareille histoire aujourd'hui, à bord du TGV Paris-Narbonne ? Personne ne m'a jamais entretenu de Virgile dans la voiture-bar ou dans l'un de ces insupportables « Club Quatre » dans lesquels on ne manque jamais d'être relégué par la SNCF, entre un voisin qui regarde une série sur un écran, un autre qui téléphone et celui d'en face qui sort son paquet de chips. Il nous est loisible de lire Virgile dans le texte sur notre téléphone portable, mais ceux d'entre nous qui s'y sentent sont plutôt minoritaires. Il faudrait voyager avec le père abbé de Lagrasse pour disserter dans le TGV sur le sens de la quatrième églogue :

> *Tu modo nascenti puero, quo ferrea primum*
> *Desinet, ac toto surget gens aurea mundo...*
>
> Sois favorable à l'enfant qui vient de naître,
> grâce à qui la race de fer cessera
> et celle de l'âge d'or s'élèvera sur le monde entier...

Tant de générations ont vu le Christ lui-même dans « l'enfant divin » évoqué par Virgile ! Et n'en ont que plus admiré l'auteur de l'*Énéide*.

L'anecdote de Marcel Pagnol nous étonne, elle n'est pourtant pas si ancienne. Nul n'ignore à quel point la connaissance des lettres classiques est en déclin rapide. Mais si la transmission de la culture latine a pu se faire pendant tant de siècles jusqu'à nos jours, au milieu de tant de vicissitudes, pourquoi ne serait-il plus possible de la transmettre encore aujourd'hui ? C'est ragaillardi par cette idée que je m'apprête à partir vers l'abbaye de Lagrasse.

Prends et lis. Écoute. Et chante si tu le peux. C'est ce que n'ose pas dire l'aimable frère qui vous tend silencieusement un petit livret blanc, juste avant l'office, en précisant à quelles pages se trouvent les psaumes qui vont être chantés dans un instant. L'église abbatiale est accueillante. Elle est bénéfique au chant, car l'acoustique est heureuse. Elle est aussi propice à la méditation silencieuse. L'architecture et la décoration sont sobres sans être dépouillées. Le matin, l'unique vitrail du chevet plat est tout illuminé par le soleil. Le reste du temps, l'espace est plus sombre, ce qui permet au regard de s'attarder sur les cierges qui brûlent à l'entrée du chœur, prolongeant la prière de ceux qui les ont allumés. À l'immense lumière du matin, abondante comme les grâces déversées du ciel par le Dieu unique, semblent répondre, aux autres heures du jour, toutes ces modestes flammettes des cierges, œuvres humaines et fragiles, mais confiantes. Elles portent des remerciements pour ce qui a été reçu et des requêtes pour ce qui viendra, peut-être, si Dieu le veut.

Les religieux vêtus de blanc arrivent et prennent place dans les stalles. L'office commence et les psaumes, chantés en latin *recto tono*, semblent trouver naturellement leur place dans ce lieu. La messe donnera toute leur ampleur au chant grégorien et à la musique de l'orgue. Mes souvenirs de la messe d'autrefois, que je servais dans mon enfance, et ma longue pratique de l'orgue d'église me sont utiles pour m'associer à l'office, au moins par l'écoute et la pensée. L'abbaye compte une quarantaine de chanoines de saint Augustin, solidement formés au latin et au chant grégorien.

J'ai enseigné les lettres classiques et consacré quelques travaux à la poésie latine, mais j'ai rarement entendu autant de latin qu'au cours d'une journée passée dans une abbaye telle que Lagrasse. Cela mérite réflexion.

À l'heure du café, qui suit le déjeuner pris sans paroles mais avec lecture, la conversation avec les uns et les autres tourne précisément sur l'usage du latin dans la liturgie. Chacun avance son idée. Langue de l'Église, langue sacrée, langue belle et favorable à la prière, langue de Rome, elle est aussi source essentielle de toute la musique occidentale pendant des siècles, même en dehors de la communion catholique. On pense à Bach et pas seulement dans le *cantus firmus* qui ouvre le « Credo » de la *Messe en si mineur.* Dans un autre genre, comment oublier cette sorte de *leitmotiv* avant le mot que Berlioz place dans sa *Symphonie fantastique,* et qui reprend les premières notes du *Dies irae,* la séquence initiale de la messe des morts. Les exemples seraient infinis et le temps de la récréation ne suffira pas à en faire le tour. Bref, les arguments prolifèrent en faveur du grégorien et les voix des chanoines s'harmonisent sans peine sur le sujet. Les idées qui s'expriment mettent en valeur la beauté et la sacralité, mais aussi la continuité et la romanité. Continuité qui relie le temps présent avec toute l'histoire de l'Église. Romanité qui permet à une simple abbaye perdue dans les montagnes de la *Gallia narbonensis* de se sentir unie à toute l'Église catholique, apostolique et romaine.

La romanité et la latinité font plus que cela : elles relient aussi à l'héritage antérieur au christianisme. Nous touchons là une question essentielle de l'histoire, et il est heureux qu'elle se pose et s'impose à nous, entre l'office de sexte et celui de none, chantés en grégorien entre les vieux murs de Lagrasse, par des religieux dont la moyenne d'âge est inférieure à quarante ans, en l'an de grâce deux mille vingt et un.

Chateaubriand n'avait cessé de se poser cette même question. Une grande partie de son œuvre, qui est méditation sur l'histoire, est vouée à renouer « la chaîne des siècles », non seulement entre la France d'avant la Révolution et celle qui l'a suivie, mais aussi entre le christianisme et l'Antiquité. On ne lit plus guère *Les Martyrs,* peut-être à tort, mais on consulte encore le *Génie*, sûrement à raison. Pour la génération des Lumières et celle de la Révolution, le christianisme était cause de l'effondrement de la grandeur antique. On se rappelle la funeste vision d'Edward Gibbon : monté sur le Capitole pour y méditer sur les triomphes que les Romains y célébraient, de la *Via sacra* au temple de Jupiter Capitolin, il voit surgir une procession de franciscains de l'église médiévale Santa Maria in Aracoeli, qui occupe le sommet de la fameuse colline. Les religieux chantent mal et traînent leurs sandales sur les pavés où Rome avait mille fois célébré sa domination du monde. Et Gibbon conçoit son *Histoire de la décadence de l'empire romain,* que tout le monde aura lue au temps de la Révolution et de Napoléon.

Chateaubriand lui répond – à lui et à tant d'autres – dans le *Génie.* Il montre comment le christianisme a pu sauver la culture païenne de l'oubli et nous en a transmis la meilleure part. Il insiste notamment sur la valeur singulière, unique, irremplaçable du chant grégorien, qu'il voit, sans doute un peu vite, comme le précieux et ultime vestige de la musique des Grecs de l'Antiquité. Le grégorien est, à ses yeux peut-être plus qu'à ses oreilles, « le reste de cette musique antique dont on racontait des miracles. [...] Si l'on en croit une ancienne tradition, le chant qui délivre les morts [*Libera me*], comme l'appelle un de nos meilleurs poètes [allusion au *Jour des morts dans une campagne* de Fontanes] est celui-là même qu'on chantait aux pompes funèbres des Athéniens, vers le temps de Périclès ». De même, dans les prières de la messe, « la préface est chantée sur l'antique mélopée ou récitatif de la tragédie grecque ».

Mais, pour Chateaubriand, la question du grégorien se joue aussi à un autre niveau. Il le conçoit comme une musique populaire et proche de la nature, la vraie musique sacrée parce qu'elle imite la nature. Et il écrit, dans un passage du *Génie* qui influencera profondément la musique catholique du XIXe siècle : « On remarque aussi quelquefois dans les hymnes d'église je ne sais quel génie à la fois religieux et sauvage. Composées par des solitaires qui vivaient au milieu des bois, ces hymnes ont des silences, des renflements et des dimensions graduelles de sons ; vous croiriez reconnaître, dans leur murmure monotone, le bourdonnement des ifs et des vieux pins qui ombrageaient le cimetière et les cloîtres des abbayes. »

Des ifs, des vieux pins, des cloîtres : ce n'est pas à l'abbaye de Lagrasse qu'on rejettera l'image. Pour le reste, Chateaubriand est ici romantique en diable, si l'on peut dire. Il oublie que le grégorien, comme toute la liturgie et la poésie chrétienne ancienne, loin d'être né « au milieu des bois », trouve son origine dans un monde tout à fait urbain, celui de la civilisation romaine. Remontons les siècles – marcher en silence dans le cloître de Lagrasse, dans les vastes galeries de l'abbaye ou dans ses alentours immédiats offre les conditions idéales pour cette rétrospection.

Chacun sait aujourd'hui comment, à l'époque carolingienne, le grégorien a été institué dans l'intention de favoriser l'unification de la *Renovatio romani imperii* voulue par l'empereur et par le pape, y compris dans la musique liturgique, par la synthèse des meilleurs usages de l'Empire et de ceux des basiliques romaines.

Deux siècles plus tôt, le pape Grégoire le Grand, grand évêque, grand homme d'État, mais aussi, ne l'oublions pas, grand écrivain, avait promu la beauté de la liturgie latine (le nom du « grégorien » en garde le souvenir), dans la continuité de la culture antique. Cet homme, qui avait été préfet de l'*Urbs* avant d'en devenir l'évêque, avait eu cette image expressive : la culture profane est comme la plaine qu'il faut traverser pour accéder aux premiers contreforts de l'Écriture et à la montagne qu'est l'intelligence de la Révélation.

Isidore de Séville, contemporain de Grégoire, mais vivant dans l'Espagne des Wisigoths, se demandait comment réunifier le monde autour de Rome et de la foi catholique. Il ne voyait d'autre chemin que culturel, et il écrivit vingt livres d'*Étymologies* afin d'approfondir le vocabulaire de la pensée chrétienne par la connaissance fine de la grammaire latine. Pour lui, la formation intellectuelle dans la tradition antique, profane et chrétienne, était essentielle pour l'avènement de l'unité chrétienne.

Remontons encore deux siècles plus tôt, à l'époque d'Augustin – et comment ne pas penser à lui dans le cloître de Lagrasse ? La poésie latine et liturgique était en plein essor, parallèlement à la rhétorique chrétienne. Ambroise, le saint évêque de Milan, fut l'un des plus grands fondateurs de la poésie chrétienne avec ses fameuses hymnes. Augustin les évoque dans ses *Confessions* : « Que de larmes j'ai versées en écoutant vos hymnes, vos cantiques, vivement ému des mélodieux chants de votre Église ! Ces chants, coulant dans mon oreille, épanchaient la vérité dans mon cœur, y soulevaient des élans de piété et m'arrachaient des larmes, larmes bienheureuses ! L'Église de Milan venait d'adopter cette pratique consolante et sainte : dans un même concert, les fidèles mêlaient avec amour leurs voix et leurs cœurs. »

Les hymnes ambrosiennes restent un trésor de la liturgie catholique. Il en est de même d'un contemporain du saint évêque, le poète Aulelius Prudentius Clemens, dit Prudence, dont on chante encore dans le bréviaire romain l'hymne *Salvete flores martyrum,* pour les Saints Innocents. « Que peuvent-ils faire de leurs palmes et de leurs couronnes, les petits enfants martyrs ? Ils jouent avec. » Cette image touchera tant un Remy de Gourmont, auteur du *Latin mystique,* qu'un Charles Péguy dans son *Mystère des Saints Innocents.*

Ces auteurs étaient imprégnés de la poésie latine la plus classique comme les prédicateurs étaient façonnés par Cicéron et Quintilien. Je pense à deux de mes « compatriotes » bordelais de l'époque de l'Antiquité tardive. Le premier est Ausone, né à Bordeaux vers 310. Sa poésie, très abondante, n'a légué aucune hymne à la liturgie latine, mais ce professeur de rhétorique, qui fut proche d'un empereur et consul à Rome, était chrétien. Une pièce de vers de sa composition commence ainsi : « *Sancta salutiferi redeunt jam tempora paschae.* »

« Voici revenir le saint temps de la pâque salutaire. » Le poème contient aussi une allusion claire à la Trinité. Cela ne l'empêchait nullement, par ailleurs, d'adresser une prière à Janus la veille des calendes de janvier. C'était un lettré gallo-romain du IVe siècle attaché aux coutumes de sa civilisation. Ausone était chrétien, mais n'était pas un poète chrétien, et encore moins un saint.

L'un de ses disciples et amis, né lui aussi à Bordeaux, n'est autre que l'évêque saint Paulin de Nole. Ayant préféré l'Espagne à son Aquitaine natale, il écrivait : « Enfin j'ai trouvé où me reposer des calomnies et des voyages ; délivré des affaires publiques, enlevé au tumulte du barreau, j'ai célébré le culte de l'Église au sein du repos des champs, de sorte qu'ayant peu à peu retiré mon âme des agitations du siècle, l'ayant accommodée par degrés aux divins préceptes, j'ai passé insensiblement, et comme d'une route voisine, au mépris du monde et à la société du Christ. »

Il aurait eu sa place à l'abbaye de Lagrasse si elle avait existé – ce qui l'aurait dispensé de franchir les Pyrénées. Ausone, retiré dans sa maison de la région de Saintes, s'agaçait de ne plus avoir de nouvelles de son ancien disciple et lui écrivait lettre sur lettre. Paulin finit par répondre qu'il avait pris ses distances avec son milieu d'origine, resté trop païen à ses yeux :

« Pourquoi m'engages-tu, ô mon père, à revenir aux muses que j'ai abandonnées ? Les cœurs voués au Christ repoussent les muses et sont fermés à Apollon. Jadis, m'associant à tes travaux avec un zèle égal, sinon avec un talent pareil, j'évoquais, ainsi que toi, Phébus, ce dieu sourd, de son antre delphique, et je nommais les muses des divinités ; je demandais aux forêts et aux montagnes la parole qui est un don de Dieu. Maintenant, ce Dieu suprême est la nouvelle puissance qui gouverne mon âme ; il réclame un autre emploi de la vie [...]. »

Mais il reconnaissait sa dette envers la culture classique qu'Ausone lui avait transmise et sans laquelle rien n'aurait été possible : « Je te dois mes études, mes dignités, mon savoir, la gloire de ma parole, de ma toge, de mon nom. Tu m'as nourri, tu m'as instruit, tu m'as soutenu, tu es mon patron, mon instituteur, mon père. »

Paulin de Nole était en correspondance avec Augustin, qui puisait son sens de la beauté dans une longue imprégnation de la poésie latine, en particulier de Virgile. On connaît les étapes de conversion d'Augustin, fait majeur dans lequel toute une époque se résume. Rhéteur insatisfait, le futur « Cicéron chrétien » enseignait à Milan, lorsqu'il entend, un jour, dans la maison voisine, un enfant chanter une innocente petite ritournelle. Le texte latin (*Confessions*, VIII, 29) rend cette sensualité surprise et cette révélation :

> *Et ecce audio vocem de vicina domo cum cantu dicentis et crebro repetentis, quasi pueri an puellae, nescio : « Tolle lege, tolle lege. » Statimque mutato vultu intentissimus cogitare coepi utrumnam solerent pueri in aliquo genere ludendi cantitare tale aliquid. Nec occurrebat omnino audisse me uspiam. Repressoque impetu lacrimarum surrexi, nihil aliud interpretans divinitus mihi iuberi, nisi ut aperirem codicem et legerem quod primum caput invenissem. [...] quasi luce securitatis infusa cordi meo, omnes dubitationis tenebrae diffugerunt.*
>
> Et voici que j'entends une voix, venant d'une maison voisine ; on disait en chantant et l'on répétait fréquemment avec une voix comme celle d'un garçon ou d'une fille, je ne sais : « Prends, lis ! Prends, lis ! » À l'instant, j'ai changé de visage et, l'esprit tendu, je me suis mis à rechercher si les enfants utilisaient d'habitude dans tel ou tel genre de jeu une ritournelle semblable ; non, aucun souvenir ne me revenait d'avoir entendu cela quelque part. J'ai refoulé l'assaut de mes larmes et me suis levé, ne voyant plus là qu'un ordre divin qui m'enjoignait d'ouvrir le livre, et de lire ce que je trouverais au premier chapitre venu. [...] Ce fut comme une lumière de sécurité déversée dans mon cœur, et toutes les ténèbres de l'hésitation se dissipèrent.

Augustin ne fut pas seulement, avec son *De musica*, le premier auteur chrétien à se mesurer à la rédaction d'un traité de musique. Il ne devait pas oublier non plus que la voix qui l'invite à ouvrir le livre et à lire est une voix chantante. Huit siècles plus tard, lors d'un débat sur la légitimité de vocaliser en grégorien, en particulier sur les syllabes de l'alléluia, Jean de Salisbury s'inspirera de saint Augustin pour encourager la voix et la joie à investir les voyelles des hymnes, entre « exultation amicale qui bondit en Dieu » et « sage modération », entre « jubilation de la voix » et « intelligence [qui] caresse les oreilles ». Voilà le latin animé par le corps et l'âme du chanteur. Aujourd'hui encore, nous avons besoin d'avoir accès aux harmonies et aux rimes latines originelles de ces textes faits pour l'esprit et pour la sensibilité.

Si singulier que cela puisse paraître, un séjour à l'abbaye de Lagrasse ouvre le livre de notre histoire et me permet de retrouver la longue continuité du monde romain, de Virgile au bréviaire latin. « Retrouver sous les pierres le secret des sources », comme l'écrivait Marguerite Yourcenar.

C'est qu'il existe une parenté invisible entre la fréquentation d'une abbaye et le miracle de la lecture. *Prends et lis !* Un monastère est comme un livre. Sa porte d'entrée pivote sur ses gonds, et nous passons d'un monde à un autre, comme la couverture d'un livre se plie suivant la reliure, ouvrant à l'esprit de nouvelles perspectives.

Un monastère est comme un livre, car l'un et l'autre n'ont pas été écrits ou construits pour nous. Nous ne connaissons pas personnellement leurs auteurs ou leurs bâtisseurs, qui ont souvent vécu il y a des siècles. Et pourtant nous allons vivre, en séjournant dans un monastère comme en lisant un livre, une expérience personnelle et unique, qui ne ressemblera pas à celle d'un autre visiteur, comme ma lecture d'un livre pourra n'avoir rien de commun avec la lecture de mon voisin. L'ancienneté du livre n'est pas un obstacle, bien au contraire. Les plus grands et les plus vieux classiques sont les lectures qui peuvent le plus abreuver notre esprit d'aujourd'hui – *Sicut cervus desiderat ad fontes aquarum*..., si je veux parler comme les moines.

Contrairement à ce que pourraient croire ceux qui ne lisent pas ou ne visitent pas les cloîtres (les seconds étant tout de même plus nombreux que les premiers), le monastère n'impose pas plus une uniformité de pensée que le livre n'impose une culture générale unique. De même, l'hymne est à la fois chœur ecclésial et prière intime. Comme un livre que l'on prend et que l'on lit, le monastère est le lieu de la permanence et de la perpétuelle actualité, de la communauté la plus structurée, la mieux réglée, la moins imprévisible, et en même temps le lieu de l'expérience spirituelle la plus individuelle, la plus insaisissable et parfois la plus inattendue. Pour qui écoute du grégorien aux offices de Lagrasse comme on lit un vieux livre, une porte s'ouvre vers la redécouverte de ce que nous sommes collectivement, mais plus encore vers la redécouverte de soi-même. Celui du passé et plus encore celui de l'avenir.

« *Tolle lege, tolle lege.* » Désormais, pour se rendre à Lagrasse, il n'y a plus à hésiter sur le choix du livre à prendre et à lire : nous avons *Trois jours et trois nuits.*

Postface

Dialogue au-dessus des mots

R. P. Emmanuel-Marie Le Fébure du Bus

« Vrai dialogue de sourds », me propose le logiciel de correction de mon ordinateur. Non merci, vraiment pas ! Je voudrais écrire : « vrai dialogue de fous », ces rencontres entre écrivains et chanoines de Lagrasse. De fait, c'était un projet un peu fou, émergeant du cœur large et de l'intelligence riche d'intuitions de Nicolas Diat. Et nous, chanoines autant qu'écrivains, dans un tel projet, n'étions-nous pas quelque peu des « fous » ?

Il faut bien qu'ils soient passablement fous, ces chanoines, pour consacrer leur jeunesse à relever une abbaye ancienne comme Charlemagne, aussi ridée que lui. Pour, en plein XXIe siècle, tout consacrer à la prière, à la mission, à des préparations au mariage indissoluble, à des baptêmes ou à prêcher la vie éternelle lors de funérailles, dans des villages vieillis.

Ne faut-il pas être un peu fou pour être un auteur littéraire en 2021, alors que les jeunes peuvent vivre et communiquer sur la Toile avec soixante expressions, Google fournissant les mots manquants ? Pour être amoureux des mots, de leur sens et de leur « sang », alors que la culture de masse est une culture de consommation, offrant des produits à interprétation minimale ?

Oui, ce dialogue entre chanoines et écrivains était plus qu'audacieux. *A minima*, c'était une petite et douce folie. Allions-nous nous comprendre ? Allions-nous nous rejoindre ? Certes, nous avons en commun l'amour de la beauté. Eux taillent des phrases chargées de sève ; nous relevons, nous, des murs riches d'histoire pour les faire respirer et prier.

En relisant les textes des auteurs, je crois ce pari gagné. Dialogue de fous, peut-être, mais non un dialogue de sourds. Car nous nous sommes très bien entendus ; parfois même nous devenions fort vite des complices, comme deux classes scolaires que l'on croyait hermétiques l'une à l'autre, et qui se rassemblent pour un bon coup, loin du regard des surveillants et des censeurs.

Ce qui semblerait folie selon la sagesse du monde, devenait sans doute une sagesse selon Dieu : « Ce qui est folie de Dieu est plus sage que les hommes », enseigne saint Paul (1 Co 1, 25). Le premier à avoir tenté le dialogue, n'est-ce pas Dieu lui-même ? Yahweh ne vient-il pas converser avec Adam dans le jardin de la création, à la brise du soir ? Puis Dieu reprend le dialogue interrompu avec les hommes, se révélant dans l'opacité et la fragilité de la culture du peuple hébreu. Ce dialogue de salut porte sur l'amour, et part de l'amour. Car c'est Dieu en effet qui nous a aimés le premier (1 Jn 4, 19). Le Tout-Puissant, le Tout-Autre désire se révéler et se communiquer. Mieux encore, il s'incarne par son Fils, Verbe fait chair. En ce dialogue plus audacieux encore, Dieu entre charnellement, corporellement, dans une culture. Ce n'est pas par effraction : car il se donne tout entier en s'incarnant dans ce peuple juif. Il parle avec ses mots, il vibre selon ses coutumes, il évoque son Père par sa poésie, il prêche le Royaume avec ses métaphores : le levain, le grain, la vigne ou le sel…

J'hésitais à accoler deux formules, mais le cardinal Gianfranco Ravasi, président du Conseil pontifical pour la culture, me libère de tout scrupule dans une forte étude de la revue théologique *Communio* : « Le Verbe s'est fait chair et il a habité parmi nous », selon les mots de saint Jean (Jn 1, 14), peut audacieusement se prolonger en « Le Verbe s'est fait culture ». Jésus épouse cette culture juive qui est le terrain de son dialogue. L'homme et la divinité ne dialoguent pas dans des sphères nuageuses, mais sur des chemins poussiéreux, au bord d'un puits ou d'un lac, devant des poissons qui grillent. Lorsqu'il échange avec son Père, dans sa propre prière, Jésus est imprégné des caractéristiques culturelles sémitiques. L'exégète Joachim Jérémias a prouvé que Jésus emploie souvent, pour dialoguer avec son Père, l'expression araméenne : « Abba ». Il y met certainement toute l'intensité de tendresse, de proximité respectueuse, toute la familiarité qu'un Hébreu pouvait culturellement donner à ce mot « papa », « petit père ». Au crépuscule de sa course terrestre, avons-nous noté qu'il couronne sa Passion en érigeant pour toujours, comme signe du salut, ce qui fut un des symboles de la justice romaine, symbole d'ignominie : la Croix ? Bientôt saint Paul va incarner dans la culture gréco-romaine le message chrétien. Depuis, l'osmose entre le christianisme et la culture permet d'affirmer : le christianisme est culture.

Jésus dialogue avec tous : avec Nicodème le notable ; avec la samaritaine – étrangère et taxée d'hérésie –, avec une Syro-Phénicienne, dans un entretien débutant de façon houleuse (Mc 7, 24-29). Bref, ce projet de livre nous entraîne au dialogue : pour nous chanoines, il est une exigence de disciples de Jésus. Le dialogue – étymologiquement *dia-logoi* – suppose la rencontre de deux pensées. La préposition « dia » évoque certes deux visions différentes, mais aussi une possible descente en profondeur dans le discours. Cela suppose toujours un risque. Le lecteur l'aura remarqué : les opinions des auteurs ne sont pas nécessairement les nôtres ; mais fallait-il naguère censurer un Huysmans ou un Bloy ? Toute incarnation d'une idée dans la matière culturelle des mots, des images, des rites, des symboles entraîne d'éventuelles ambiguïtés. Gustave Thibon l'avait bien perçu lorsqu'il affirmait que, partout où le christianisme s'était implanté, il y avait eu « mélange ». Il concluait ainsi : « Refuser l'alliage, refuser l'ambiguïté, c'est refuser la vie, c'est refuser les contradictions qui sont inhérentes au temps, à la durée, à ce monde, et qui ne se dénouent que dans l'Éternel. » En ces échanges, nous prenions un risque. Mais ce risque était beau ; le risque d'un dialogue selon le « logos », profond et raisonnable, n'excluant ni la foi, ni les doutes, ni les divergences.

Ne sommes-nous pas témoins que ces écrivains, acceptant de venir « trois jours et trois nuits » à l'abbaye de Lagrasse, accomplissaient une démarche de bienveillance, d'humilité même ? Certains sont immortels, tous magnifiques et impressionnants par leur bibliographie. Or les voilà projetés dans un cadre nouveau, improbable, acceptant soit le décalage avec les horaires parisiens, soit d'écoper peut-être d'un mauvais lit ou de quelques repas frugaux.

Pour dialoguer, ils se sont penchés vers nous. Ils ont perçu notre bienveillance, ils témoignent de la leur. Serais-je aussi simple qu'eux si je devais fréquenter leurs cercles ? Saurais-je faire rire leurs amis, comme eux surent souvent le faire, durant une récréation avec nous, au jardin, sous le tilleul ?

Tout dialogue vécu, pourvu qu'il soit clair, demande comme une condition préalable la bienveillance, l'attention, une certaine humilité. C'est elle qui est mise en exergue, et l'orgueil qui est stigmatisé par le pape Paul VI, lorsqu'il décrit, dans son encyclique *Ecclesiam suam*, les conditions du dialogue.

Dieu, dans son dialogue selon le logos par l'Incarnation de son Fils, ne s'est-il pas abaissé et adapté à nous pour parler le langage de nos faiblesses et de nos pauvretés, pour dialoguer par sa miséricorde et sa compassion avec nos misères ? Saint Augustin dit que Jésus-Christ se désigne comme la porte des brebis, mais fait celle-ci assez basse, par l'humilité de son Incarnation. Désormais « pour y passer, il faut s'abaisser, afin de pouvoir y entrer sans se blesser la tête ». Oui, le dialogue selon le logos suppose une certaine humilité.

« Trois jours et trois nuits », c'est beaucoup pour ces auteurs suroccupés. Si l'on ose calculer, nous ont été offerts quarante-cinq jours de la vie de grands écrivains francophones. Que de temps donné ! Ou que de temps perdu ? Cette générosité à nous offrir leur temps et leur talent au profit de la restauration de notre transept roman me touche profondément. La gratuité inscrit une note de plus dans le dialogue « selon le logos ». La patience de Dieu dans nos vies en est l'archétype, lui qui dialogue sans relâche ni ingratitude avec les hommes. Cette gratuité n'est-elle pas un corollaire de la liberté de l'écrivain ? Aristote écrit dans sa *Politique* : « Chercher partout l'utilité est ce qui convient le moins aux âmes élevées et libres. » Cette place laissée à des activités « non fonctionnelles », ne fait-elle pas de l'homme de lettres un être plus libre que d'autres ? Les moralisateurs diront peut-être qu'il est « trop libre ». Mais cette liberté a une souveraine utilité, pour que la littérature demeure cette « jurisprudence de la vie humaine » (Marc Fumaroli), de ses passions, de ses chutes, de ses lumières, là où prescriptions et normes restent froides et générales. Il nous faut certes beaucoup de bons philosophes, de juristes sérieux ou de grands théologiens. Mais le Psalmiste de la Bible ne serait pas aussi lu et chanté s'il n'avait pas transcrit en vers, en poésie, toutes les passions de l'âme et de son peuple. Dostoïevski n'aurait sans doute pas tant marqué nos cœurs si, plutôt que *Les Frères Karamazov* ou *L'Idiot*, il avait écrit un traité d'anthropologie.

« La poésie, c'est vous, mon Dieu », aurait dit Jean Cocteau. Si ce n'est de lui, ce pourrait être tout aussi bien du Psalmiste, de Jésus-Christ ou d'un saint Augustin, lui qui évoque « la parole de la grâce, le baiser de la grâce ». Beauté et vérité sont tous deux des noms de Dieu même. Dans ce dialogue avec les écrivains, « trois jours et trois nuits », c'est en fait trop bref, car le discours est lent et laborieux ! Nous avons pu laisser la beauté parler, laquelle sait communiquer plus immédiatement, par intuition, par sympathie et vibration.

Un Père d'Orient, saint Jean Damascène, donnait ce conseil : si un homme s'avance « et te dit : montre-moi ta foi ! Conduis-le dans une église, montre-lui la décoration dont elle est ornée et explique-lui la série des icônes ». Malheureusement, nous sommes ici démunis, notre église de Lagrasse est nue, dépouillée par la Révolution et les misères qui suivirent, avec son merveilleux transept effondré. Fort heureusement il nous reste l'architecture du cloître, les lignes de pierre recueillies du réfectoire restauré, la liturgie de la messe et celle du quotidien. Nous laissons les écrivains goûter cela, selon leur cœur.

Le silence lui-même a sa beauté, quand il n'est pas factice. Dans la liturgie ou dans les galeries de l'abbaye, il est signe sacré, appel à la transcendance ; il peut être le lieu où l'âme communique avec elle-même, et certainement aussi avec l'Éternité. Témoignant de sa nuit douloureuse et solitaire, Simon Liberati nous offre le témoignage d'un émouvant dialogue avec son cœur profond, d'une rencontre bouleversante dans le silence, au-delà des mots et de la lumière, à la tribune d'une église plongée dans l'obscurité.

Nous pressentions tous que dans notre désir commun d'échanger sur ce qui est vrai, bon ou beau, nous n'échapperions pas aux paradoxes. C'est d'autant plus perceptible pour le mystère premier qui nous rassemble, nous chanoines : Jésus-Christ. Il est « le plus beau des enfants des hommes », pourtant défiguré dans sa Passion, maltraité et battu, sans plus de beauté extérieure. Pourtant nous savons combien le Christ est beau, s'écrie saint Augustin en commentant le psaume 44, car « il est beau comme Dieu, puisque le Verbe est Dieu, [...] beau dans ses miracles et beau dans la flagellation ; beau quand il nous invite à sa vie, beau quand il méprise la mort ; beau quand il donne son âme, et beau quand il la reprend ; beau sur la croix, beau dans le sépulcre, beau dans le ciel ».

« Le plus beau des enfants des hommes » est d'une si vilaine apparence que l'on ne désire pas le regarder. Pilate le présente à la foule avec ces termes : « *Ecce homo* », pour obtenir de la pitié pour celui qui a été maltraité et battu, celui qui n'a plus aucune beauté extérieure. Augustin, amateur passionné de la beauté dans la parole, dans la musique comme dans l'image, a ressenti très fortement ce paradoxe. Il comprend qu'il faut apprendre par la brûlure de la souffrance ce que signifie la beauté. Ayant sous les yeux ces textes, il parle de « deux trompettes » dont les sons sont opposés et qui, pourtant, reçoivent vibration du même souffle, du même Esprit. Il perçoit que le paradoxe est une opposition, mais non une contradiction. Le même Esprit joue dans la vie du Christ avec des notes différentes et présente ainsi devant nous l'ensemble de la beauté, de la vérité même. L'Esprit joue en nos vies ces notes aux teintes opposées mais complémentaires. Il joue sur toutes les touches de notre humanité blessée. La littérature témoigne de ces échos, si souvent déconcertants, toujours émouvants.

L'écrivain chrétien peut comprendre cette intuition du romancier roumain Virgil Gheorghiu, lorsque, dans *Dieu ne reçoit que le dimanche*, il entend comparer l'écriture et la vie du Christ : « La parole se matérialise dans la lettre dessinée sur la feuille de papier, exactement comme le Christ s'est incarné le jour de Noël à Bethléem. En refermant le cahier sur lequel on vient d'écrire, on procède comme les Apôtres qui ont mis le corps du Christ dans le tombeau. Celui qui ouvre le cahier est comme l'ange qui a enlevé la dalle du tombeau : les paroles écrites ressuscitent dans l'esprit du lecteur comme le Christ. Toute écriture est incarnation, mise au tombeau et résurrection. » Là où il n'y a pas la foi, le combat traverse aussi le cœur. L'écriture n'est-elle pas toujours épiphanie de soi-même ou d'autrui ? Elle voudrait aussi se faire libération ou rédemption. Mais elle n'y parvient pas toujours et parfois l'opacité d'une faiblesse l'empêche d'accéder à la lumière. Alors disons avec saint Paul : « Évaluez chaque chose et retenez ce qui est bon/beau, *kalon* » (1 Thess 5, 21). C'est sous sa plume le même mot, bon et beau, *kalos*.

« En clôture », précise notre convention non écrite avec les écrivains. Pour beaucoup de lecteurs, ces mots n'ajoutent pas grand-chose à « trois jours et trois nuits ». Au contraire, « clôture » évoque peut-être l'enfermement carcéral et, qui sait, pour certains, une vision de fils barbelés. Pourtant, « trois jours et trois nuits en clôture » exprime un point important, voire décisif. Car la clôture délimite les lieux réservés aux seuls chanoines, avec ses espaces de silence et de travail, les chambres ou la salle pour les récréations et la détente. Nous y recevons les évêques de passage ou quelque religieux désireux d'une sérieuse retraite. Les chanoines réguliers, religieux apostoliques, y rentrent après leurs missions pour retrouver leurs frères, le silence et l'étude.

Loger les auteurs à l'hôtellerie les condamnait à se retrouver entourés de leurs lecteurs, à dédicacer ou faire des selfies. Plus encore, la clôture signifie surtout l'intimité. Spirituellement, entrer en clôture, c'est pénétrer dans le cœur de la Communauté. Nous ouvrions notre cœur, nous livrions un peu de notre intimité, nous nous mettions à nu.

Le dialogue se devait d'être « clair », dans la vérité, selon ce que lui demande Paul VI comme première qualité, dans *Ecclesiam suam.* « Notre vie est sous vos yeux », dit saint Augustin à ses fidèles. Écrivains, « notre vie est sous vos yeux ». Oui, cette lisibilité, cette véracité claire est pour Augustin une exigence de l'amitié, et il écrit à Marcellin : « Je ne trouve pas bon que ceux qui me sont le plus chers me croient autre que je ne suis. S'ils aiment, non point ce que je suis, mais ce que je ne suis pas, ce n'est plus moi qu'ils aiment, mais un autre sous mon nom. »

Notre vie devient lisible pour ces écrivains, ces hôtes sont nos commensaux. Plus encore : nos amis. Car avec plusieurs d'entre eux, très vite, le dialogue s'établit au niveau de l'amitié, celle que saint Augustin souhaite pour ceux qui entrent dans la communauté. Je suis personnellement témoin de ce que, parfois, les échanges se font profonds. Néanmoins, ce que l'on communique est souvent indicible. Ce n'est qu'après leur passage que je lis ces belles lignes de François Cheng dans *L'éternité n'est pas de trop* : « Quand chacun des interlocuteurs vient de si loin, il faut du temps pour se comprendre. On s'écoute, mais on ne s'entend pas, ne fût-ce sur le plan du vocabulaire. Sauf pour ce qui touche les points sensibles en chacun de nous. En fin de compte, une rencontre authentique se situe toujours à un niveau plus profond ou plus élevé, ouverte sur l'infini. [...] Par-delà les paroles, un regard, un sourire suffit pour que chacun s'ouvre au mystère de l'autre, au mystère tout autre. »

Avions-nous communiqué au-delà de nous-mêmes ? Il me semble que oui. L'échange passe par nous, mais s'établit au-dessus de nous. Il nous dépasse et devient communion. Lorsque le silence devient comme un espace pour dialoguer, les hommes peuvent aussi dialoguer avec la part profonde d'eux-mêmes.

Comment leur exprimer certaines convictions portées par la vie religieuse, condensées ainsi par saint Jean Climaque : « Est chaste celui qui remplace l'éros par un autre Éros » ? Nous avons renoncé à une part importante de ce qui forme les désirs de nos contemporains. Mais comment le dire si ce n'est par la joie de notre vie, par le sourire de notre quotidien, le rire vrai dans une récréation ? Par la manière de vivre la liturgie, la beauté, sans raideur ni affectation ? J'espère que nous avons su le faire « passer ».

Nous communiquons tout autant par des discussions que par la vie même, par l'expérience des symboles que porte notre vie. Le philosophe Paul Tillich exprime combien le symbole « vrai », celui qui n'est pas artificiellement créé, « renvoie au-delà de lui-même », portant une puissance intrinsèque de contemplation. Nous l'avons dit, cela n'est pas sans ambiguïté, avec cette part d'erreur, d'interprétation que toute communication introduit.

En vie religieuse, le symbolisme s'incarne en des rites très sobres et quotidiens ; à l'église bien évidemment, mais aussi au réfectoire, dans la « liturgie » du service de mon frère. Là, le pain est offert à chacun par l'officiant de la messe, qui vient de consacrer le pain eucharistique ; et le lecteur durant le repas a un office simple mais quasi sacré : « Que votre bouche ne soit pas seule à absorber la nourriture, mais que vos oreilles soient aussi affamées de la parole de Dieu », demande la Règle de saint Augustin. Si nous y lisons une biographie de Richelieu, d'Alcibiade – par Jacqueline de Romilly – ou de Jérôme Lejeune, c'est pour s'en nourrir ensemble, pouvoir « digérer » ces textes sans interrompre la lecture (*dixit* la Règle), en reparler ensuite. Saint Grégoire témoigne qu'il a mieux compris le texte lorsqu'il l'a écouté avec ses frères, « *coram fratribus* ». Tout cela s'enchaîne au réfectoire en un rite fraternel, se prolonge dans la vie.

Nous avons dialogué en ces journées, non pas en latin, mais sur ce fond culturel porté par la latinité. Cette langue latine donne à notre liturgie une marque spéciale ; elle favorise le sens de l'héritage, de la continuité avec les siècles passés dont elle forme un des ciments. Les écrivains, hommes de culture, s'y trouvent très vite à l'aise. Dans la liturgie, les mots latins s'apparentent à l'iconostase du sanctuaire d'une église d'Orient :

ils semblent fermer, mais pour ouvrir au mystère ; ils cachent pour dévoiler. Incorporés à la sphère du symbolique, les mots ont leur épaisseur, mais pour porter plus nettement au-delà d'eux-mêmes.

J'ai souvent pensé à ce qu'écrivait le fondateur intellectuel du Parti communiste italien, Antonio Gramsci, dans un de ses *Carnets de prison*, en 1932 : « On n'apprend pas le latin et le grec pour les parler, pour travailler comme serveur, interprète ou représentant commercial ; on apprend pour connaître directement la civilisation de ces deux peuples, et donc le passé, mais qui est le fondement nécessaire de la civilisation moderne, c'est-à-dire pour être soi-même et se connaître soi-même, de manière consciente. » Peut-être les chanoines, comme ces écrivains, sont-ils un peu révolutionnaires, après tout…

Le dialogue avec les écrivains s'est fait sur le terrain de la beauté. Les cœurs, les sensibilités, les intelligences même se rejoignent alors, à la fois très rapidement et à un niveau élevé. La beauté architecturale, celle de la liturgie, des chants, touchent. Beaucoup de vérités ne se communiquent que par ces expériences-là, aptes à faire passer l'indicible, sur des « longueurs d'onde » portées par les symboles, sous une forme de poésie dont la vie religieuse et sa liturgie ont gardé le secret. Certainement est-ce la raison pour laquelle le pape François affirmait à un séminaire sur l'éducation en 2020 qu'on ne peut pas éduquer « sans amener le cœur à la beauté ». Ce défi qu'il invitait à affronter passait par la voie symbolique de la poésie : « J'ose dire qu'une éducation n'est pas efficace si elle ne sait pas créer des poètes. »

Mais qui sont les premiers poètes ? Les enfants. Julien Green a su l'exprimer de façon incomparable : « Dieu parle avec une extrême douceur aux enfants et ce qu'il a à leur dire, il le leur dit souvent sans paroles. La création lui fournit le vocabulaire dont il a besoin, les feuilles, les nuages, l'eau qui coule, une tache de lumière. C'est le langage secret qui ne s'apprend pas dans les livres et que les enfants connaissent bien. [...] On peut comparer les enfants à un vaste peuple qui aurait reçu un secret incommunicable et qui peu à peu l'oublie... Pour ma part, j'ai su ce que savent les enfants, et tous les raisonnements du monde n'ont pu m'arracher complètement ce quelque chose d'inexprimable. Les mots ne peuvent le décrire. Il se cache sous le seuil du langage, et sur cette terre il reste muet. »

Ce n'est pas puéril, ce n'est pas enfantin, c'est l'enfance : l'enfance au sens évangélique, un état de simplicité, de confiance, de franchise, formant une certaine garantie contre la sclérose spirituelle. Sommes-nous redevenus des enfants ? Avons-nous recouvré l'innocence de l'œil, ce regard contemplatif qui s'éclaire de toute chose ? Ce serait trop beau, ce serait l'Évangile dans sa rencontre la plus pure, et nous ne faisons que l'ébaucher. Ces écrivains ont-ils goûté ce charme évangélique qui annonce le Royaume ? Peut-être. Leur venue nous a rendus plus souples, et je l'espère plus simples encore. Voilà anticipé le dialogue selon le logos. Parce qu'un jour Dieu s'est fait enfant pour parler de la culture de l'Éternité.

Enfin, je voudrais exprimer ma gratitude à tous les auteurs, dont le souvenir qu'ils me laissent est si fort, remercier aussi ce maître d'œuvre que fut Nicolas Diat.

De tout cœur, je souhaite que cet ouvrage puisse répondre au propos de Benoît XVI dans son discours aux Bernardins en 2008 : « Eschatologie et grammaire sont indissociables l'une de l'autre. Le désir de Dieu comprend l'amour des lettres, l'amour de la parole, son exploration dans toutes ses dimensions. » Pour l'exprimer autrement, ce recueil prouve que la littérature est et doit rester un appel à l'Absolu, à la transcendance ; que la culture peut encore s'épanouir en désir d'Éternité. Ainsi cet ouvrage, dans un monde sombre, apparaîtra comme un signe d'espérance.

Remerciements

Le père abbé de Lagrasse et tous les chanoines se tournent une nouvelle fois vers Nicolas Diat pour lui dire leur immense gratitude et leur amitié.

Ils adressent aussi leurs sincères remerciements à Michèle Benbunan, à Jean Spiri et à Sophie de Closets qui ont su accompagner avec force, conviction et gentillesse ce beau projet.

Table des matières

Préface. Ceux de Lagrasse
– *Nicolas Diat* 7

Le phalanstère de Dieu
– *Pascal Bruckner*........................ 29

Dans le climat de la grâce
– *Sylvain Tesson*......................... 53

Fondation
– *Camille Pascal*......................... 69

Les soldats de la grâce
– *Jean-René van der Plaetsen* 95

Le refuge
– *Frédéric Beigbeder*..................... 119

Vingt-deux allers-retours à travers l'éternité
– *Jean-Paul Enthoven* 145

Du visible à l'invisible
– *Jean-Marie Rouart, de l'Académie française*.... 169

La résurrection
– *Franz-Olivier Giesbert* 181

Viendra tout à coup le trait divin
qui fera son effet
– *Sébastien Lapaque*........................ 199

La vocation
– *Thibault de Montaigu* 229

L'enfance retrouvée
– *Louis-Henri de La Rochefoucauld* 247

La guerre du feu
– *Boualem Sansal*........................ 269

« Eli, Eli, lema sabachtani »
– *Simon Liberati* 291

« Tolle lege, tolle lege… »
– *Xavier Darcos, de l'Académie française,*
Chancelier de l'Institut de France.......... 315

Postface. Dialogue au-dessus des mots
– *R. P. Emmanuel-Marie Le Fébure du Bus*.... 335

Remerciements.............................. 355

Cet ouvrage a été imprimé en France par
CPI Bussière
Z.I. rue Pelletier Doisy
18200 Saint-Amand-Montrond (France)

pour le compte des Éditions Fayard
en novembre 2021

Composition et mise en pages
Nord Compo à Villeneuve-d'Ascq

N° d'édition : 23-1086-8/01 - N° d'impression : 2061630